Ein Panda im Rucksack

AF219365

Ein Panda im Rucksack
在背包裡的熊貓

Peter Schroer

Herstellung und Verlag: BoD – Books on Demand, Norderstedt
ISBN: 9783755778431

Ein kleines Reiseabenteuer,
zusammengepuzzelt und erlebt,
erdacht und doch eine Erfahrung.

Geschrieben aus den Erinnerungen
der Jahre 2000 bis 2004

Inhaltsverzeichnis :

Kapitel I.

Feierabend im Großraumbüro

下 班 後 在 大 辦 公 室

„Peter, willst du wirklich nach China fahren?" höre ich meinen taiwanesischen Arbeitskollegen Jacky fragen.

„Ja", antworte ich, „einmal in China sein, das ist ein alter Kindheitstraum von mir. Gibt es irgendetwas dagegen einzuwenden?"

„Nein, nein", beschwichtigt Jacky sofort, „aber wieso muss dein Ziel denn gerade China sein?"

„Wieso bist du immer so neugierig?" Ich sperre mein Laptop und drehe mich zu Jacky um.

Jacky ist einen guten Kopf kleiner als ich und auch von Statur her schmaler gebaut. Seine Brille ist rahmenlos und seine pechschwarzen Haare haben schon lange keinen Friseur mehr gesehen.

Er trägt eine zerknitterte Sommerhose. Seine weißen Turnschuhe sind halb offen. Sein gelbes T-Shirt ziert ein schmelzendes, rotes Cartoon-Quecksilber-Thermometer.

Alles an ihm spiegelt meine erste Erfahrung auf Taiwan wieder. Egal, wie du dich auf der kleinen, vor Hitze nur so schwitzenden Tropeninsel kleidest, du bist immer zu warm angezogen.

Jacky stammt ursprünglich aus Yi Lan, einer Stadt an der Nordostküste des kleinen Inselstaates. Er erzählt gerne, dass Yi Lan übersetzt "Wunderschöne Orchidee" bedeutet und dass sie an den Ufern des Pazifischen Ozeans liegt.

Jacky verließ jedoch vor einigen Jahren seine geliebte Orchidee. Er zog von Yi Lan nach Hsin Chu, dem "Neuen Bambus". Er zog von der Ostküste an die Westküste Taiwans.

Der Grund war, dass er sein Leben nicht damit verbringen wollte, in der Garküche seines Vaters Nudelsuppen zu servieren. Oder wolltest du dich nur von den Familienfesseln lösen, um ein wenig entspannter dem Junggesellendasein zu frönen?

Ich rolle auf meinem Bürostuhl langsam zu Jackys Platz hinüber. Jacky hat bereits seinem Schreibtisch den Rücken zugekehrt und betrachtet gelangweilt die niederen Bürotürme auf der anderen Straßenseite.

„Was ist jetzt", empfängt er mich, „wieso willst du unbedingt nach China?"

„Alles mit der Ruhe", antworte ich und schaue dabei auf meine Armbanduhr. Der Zeiger verspricht in Kürze den Feierabend. Aber Vorsicht, ich sollte mich nicht zu früh freuen.

Jacky hat mich gerade vor die Wahl gestellt. Entweder gehe ich auf seine Frage ein, das heißt, wir quatschen ein wenig über meine Chinareise, oder aber er fängt an, mich mit langweiligen technischen Fragen zu nerven.

Ich entscheide mich für die chinesische Variante. Vielleicht gelingt mir das unverhoffte Kunststück, Jacky noch einige nützliche Tipps für meine morgige Chinafahrt zu entlocken. Er ist zwar Taiwanese, aber in Sachen China ist er für mich ein ortskundiger Local.

Ich will die Informationsbeschaffung erst einmal ruhig angehen lassen: „Du fragst mich, warum ausgerechnet China? Ich will China einmal mit den eigenen Augen sehen. Ich kann mir nicht vorstellen, dass die Bedingungen günstiger werden könnten. Du kennst die Fakten doch selber: Von Taiwan nach Hong Kong ist es ein Katzensprung. Etwas mehr als eine Stunde Flugzeit, kein Jetlag, keine teuren Flugtickets. Was will ich mehr? Warten, dass ich irgendwann von Deutschland aus nach China fliegen darf?"

„Ja, ja, die Vorteile sind mir bekannt. Aber wieso muss dein Kindheitstraum unbedingt China heißen?" bleibt Jacky unbeirrt bei seiner alten Frage: „Ich meine, wieso suchst du dir gerade China als Traumland aus und nicht ein normales Urlaubsland?"

„Du meinst, eines der klassischen Urlaubsländer, wie Thailand, Philippinen, Malaysia und wie sie noch alle heißen?" antworte ich.

„Ich sehe, du fängst an zu verstehen." Sein Gesicht bleibt beim Sprechen unbeweglich lächelnd: „Die leben vom Tourismus, die warten nur auf Leute wie dich."

Jetzt strahle auch ich: „Und in China, da werde ich direkt hinter der Grenze an die nächste Wand gestellt?"

„Nein, nein, das ist Blödsinn", Jackys Blick folgt dem dichten Verkehr aus Autos und Motorrollern unter uns auf der Straße. Als ob er dort die passende Frage sehen könnte.

Irgendetwas will er von mir, wenn ich nur wüsste, was?

Jacky scheint einen neuen Ansatz gefunden zu haben: „Konstruieren wir mal ein Beispiel: Vom Hong Konger Flughafen fährst du mit dem Bus zu deinem ersten Ziel, die Stadt Guang-Zhou. Sie liegt direkt hinter der Grenze zu Hong Kong. In Hong Kong spricht jeder auf der Straße Englisch. Glaubst du wirklich, dass du in Guang-Zhou genauso viel Glück hast?

Ich sage dir, was geschehen wird! Du wirst von 100 Chinesen umringt sein und kein einziger von ihnen wird Englisch sprechen können, von Deutsch ganz zu schweigen. Was wirst du dann tun? Du wirst kein Hotel finden können. Du wirst in keinem Restaurant etwas zu essen bestellen können. Du wirst nicht einmal die Bushaltestelle in Guang-Zhou verlassen können.

Also, was soll der ganze Stress? Flieg nach Bangkok oder Bali und entspann dich!"

„Du bist ja richtig besorgt um mich", spotte ich. Leider habe ich in Wahrheit mehr als genug Zweifel über das eigene Vorhaben. Jacky muss sie nicht noch schüren.

„Jacky, ich unternehme keine Reise ohne Wiederkehr. Ich gehe nicht in den finstersten Dschungel oder in die heißesten Wüsten unseres Planeten. Ich habe nicht vor, mit Schlangen oder Löwen zu kämpfen.

Ich will ein paar Tage nach China. Ich besichtige dort lediglich einige Städte. In Städten gibt es immer Menschen. Erzähl mir jetzt bloß nicht, dass es dort nur Chinesen gibt, die des Englischen unkundig sind."

„Es geht nicht nur um das Können, sondern vor allem um das Wollen. Was wirst du tun, wenn dir keiner helfen will?" baut Jacky sein Schreckensszenario weiter aus.

Versucht er mir die Reise auszureden? „Also gesetzt den Fall, ich würde nur unfreundlichen, englischsprachigen Chinesen begegnen!

Ich würde in solchen Fällen meinen Reiseführer zur Hilfe nehmen. In dem Buch sind jede Menge Übersetzungen in Englisch und Chinesisch aufgeführt. Ich würde, ohne sprachliche Hindernisse, auf all die vielen, freundlichen Chinesen zurückgreifen, die nur reines, chinesisches Mandarin sprechen oder lesen können. Zudem habe ich für jede Stadt einige Hoteladressen auf Chinesisch. Es sollte doch möglich sein, in China einen Taxifahrer aufzutreiben, der chinesische Zeichen lesen kann, oder?"

„Gut, gut, du wirst deine Übernachtungsmöglichkeiten finden. Und, mein großer Chinareisender, wie wirst du dann weiter vorgehen? Wie willst du zum Beispiel für dein leibliches Wohl sorgen? Glaubst du etwa, die haben da drüben auf dem Festland an jeder Straßenecke einen westlichen Fastfoodladen?" eröffnet Jacky die nächste Runde.

„Ich bediene mich bei der chinesischen Wohlfahrt für verwaiste Rucksacktouristen. Was soll die Frage? Du hast mir selber beigebracht, wie ich auf deiner kleinen Robinsoninsel Nahrung finden kann." Er will mir wirklich die Fahrt ausreden!

„Wer ist Robinson? Ich kann dir nicht folgen", entgegnet Jacky und schaut mich fragend an.

„Jacky, du willst es nicht anders. Wie sucht ihr Taiwanesen euch ein Restaurant aus? Ihr geht erst in ein Restaurant, wenn schon viele Gäste anwesend sind. Viele Gäste bedeuten für euch, dass das Essen gut ist. Wenige Gäste bedeuten für euch, dass das Essen schlecht ist."

„Zu deiner Information, gut besuchte Restaurants versprechen lediglich, dass die Ware frisch ist, da sie ständig neue nachliefern müssen", entgegnet Jacky, „ich prophezeie dir das unvermeidlich Kommende! Du sitzt im Restaurant und verhungerst, weil in deinem Reiseführer nur Hotelnamen aufgelistet sind."

„Viel schlimmer, ich werde mich als barbarische Langnase blamieren. Ich werde mein Gesicht verlieren. Ich werde mit ausgestrecktem Finger auf die Gerichte auf den Nachbartischen zeigen. Natürlich nur auf die Teller, auf denen nichts Lebendiges zappelt", antworte ich schon etwas genervt. Wieso bekommt Jacky nur Informationen von mir? Wieso erhalte ich keine von ihm?

„Das hört sich alles zu gut an", zweifelt Jacky meine Chinareise weiterhin an. Wieso will er mir die Fahrt ausreden?

„Vielleicht finde ich ein Restaurant, das über englische Speisekarten oder sogar Bilder ihrer Gerichte verfügt. Was sagst du dazu?" ergänze ich meine Möglichkeiten.

Jacky wiegt seinen Kopf hin und her: „Du musst es wissen, es ist schließlich deine Abenteuerreise. Was hat eigentlich, wie war doch gleich sein Name? Ach ja, was hat eigentlich Herr Marco Polo zu deinen Plänen gesagt?"

„Jacky, jetzt mach mal einen Punkt. In China sind die Naturgesetze nicht anders als bei uns! Wenn ich ein paar Nägel brauche, um sie in die Wand zu schlagen, dann gehe ich doch nicht in ein Blumengeschäft, um sie zu kaufen. Genauso müsste ich doch sehr clever vorgehen, in einem chinesischen Restaurant nur Motorenöl und Ziegelsteine vorgesetzt zu bekommen."

Jackys Lächeln ist kurzzeitig unnatürlich breit geworden. Die Kombination aus Motorenöl und Ziegelsteinen scheint ihm gefallen zu haben. Leider ist er noch nicht damit fertig, mir die Fahrt madig zu reden: „Hast du einen Plan, wenn du krank wirst oder einen Unfall hast?"

„Auf dass mir in China der Himmel auf den Kopf fällt! Ich werde auf offener Straße dahinsterben. 100 Chinesen werden hilflos um mich herumstehen. Sie wollen helfen, wissen aber nicht wie, weil sie mein Bayrisch nicht verstehen", antworte ich.

Jacky schüttelt verneinend den Kopf: „So wird es wohl nicht aussehen. Aber bist du sicher, dass du dich auf eine gute Versorgung verlassen kannst?"

„Ich denke, dass die medizinische Versorgung in China besser ist als in so manchen anderen asiatischen Staaten. Dass ein chinesischer Voodoo Arzt stinkende Hühnerfüße und getrocknete Tintenfische über mich ausschütten wird, das halte ich für sehr unwahrscheinlich.

Wie sieht es aus, hast du noch weiter Schreckliches aus dem Land der Mitte zu berichten?" Bei meinen letzten Worten rolle ich zu meinen Rechner und schalte ihn aus. Ich denke nicht mehr, dass mir Jacky noch Tipps für die Chinareise verrät. Damit gibt es für heute keinen Grund mehr, länger im Büro zu bleiben.

Jacky verfolgt meine Bewegungen aufmerksam und weiß sofort, was ich vorhabe: „Also, Peter, Entschuldigung, aber ich will nur, dass dir nichts passiert. Eines solltest du aber noch über China wissen!"

„Oh Gott, das Grauen nimmt kein Ende", resümiere ich mit resignierender Stimme.

Jacky listet weiter auf: „In China herrscht die Kriminalität, dort regiert die Mafia, die Triaden. Die Jungs sind wirklich nicht lustig!"

Es ist nicht zu fassen. Er meint es tatsächlich ernst: „Die einzige Kriminalität, die mir aus China bekannt ist, das ist die Wirtschaftskriminalität. Glaubst du allen Ernstes, die chinesische Industrie würde mich wie ein Schaf klonen wollen?"

Jackys Antwort folgt prompt: „Wenn die Profit riechen, dann werden die dich mit Pandas kreuzen, glaube mir."

Ich brauche eine Pause.

Was sagte einmal ein westlicher Geschäftsmann zu mir? „Du wirst niemals verstehen, was in dem Kopf eines Chinesen vor sich geht."

Er schnäuzte sich und teilte mir den Rest seiner Botschaft mit: „Aber vergiss nie: Wir können uns wehren. Die Chinesen stehen nämlich vor dem gleichen Dilemma. Dein Gesicht ist für sie ebenso eine Maske, glaube mir."

Er strich sich über die Haare und kehrte der kleinen Insel für immer den Rücken zu. Ich blieb zurück und was zumindest die Chinesenköpfe anbelangt, so kann ich ihm nur beipflichten.

Was will Jacky nur von mir?

Ach was, ich sollte nicht aufgeben. Vielleicht ist mir das kleine, bescheidene Wunder doch vergönnt. Vielleicht erhalte ich einen Tipp von Jacky für meine Chinareise.

Ich wende mich ihm wieder zu und knöpfe an das zuletzt Gesagte an: „Entschuldige Jacky, dass ich deine Meinung über die chinesischen Triaden nicht teile, aber für mich sind das nur Hong Kong Filme und Abenteuergeschichten. Ich vermag an den Burschen nun wirklich nichts Reales zu finden."

„Schon gut, lassen wir mal die schweren Jungs aus dem Spiel", Jackys Lächeln wird mit seinen Worten listiger. „Um noch einmal von vorne zu beginnen, du hast mir immer noch nicht verraten, was dich wirklich nach China zieht?"

Was habe ich Jacky erzählt? Mein wahrer Reisegrund sei die Erfüllung eines Kindheitstraumes? Ich habe mir tatsächlich in der Richtung noch gar nichts überlegt.

Die Reise hat sich einfach so ergeben. Vielleicht sollte ich mir bei zukünftigen Fragen eine bessere Antwort einfallen lassen. Für Jacky muss diese Erklärung erst einmal genügen: „Ich habe dir bereits meinen Reisegrund verraten. Jawohl, ob du es glaubst oder nicht, es ist ein Kindheitstraum."

Jetzt muss aber einmal die Richtung des Frage -und Antwortspiels gedreht werden. Wenigstens einen kleinen Tipp muss Jacky für mich springen lassen. Dafür sind doch Kollegen da?

„Jacky, jetzt mal zu etwas wirklich Wichtigem. Sag mal, als guter, alter Kollege, kannst du mir nicht einen brauchbaren Tipp mit auf den Weg nach China geben?"

Jacky fängt an zu lachen: „Du willst ganz alleine, auf eigene Faust, für volle vier Tage durch China reisen. Klar kann ich dir einen Tipp geben. Zu deinem eigenen Schutz solltest du mich mitnehmen. Nimm wenigstens dein Mobiltelephon mit, ich meine, nur als Option, du verstehst, wenn nichts mehr geht. Du kannst mich anrufen und ich kann für dich den Übersetzer spielen... "

„Gib dir keine Mühe, ich lasse mir die Reise nicht ausreden. Ich will nur einen kleinen Tipp von dir bekommen, mehr nicht."

Die Unterhaltung ist für einen weiteren Augenblick unterbrochen. Jacky und ich schauen aus dem Fenster in die Abenddämmerung. Jacky scheint zu überlegen. Ich warte. Vielleicht geschieht eine taiwanesische Unmöglichkeit und er entlockt sich selber irgendeine kleine Weisheit, die mir in den nächsten vier Tagen weiter helfen könnte.

Aber statt eines Tipps überrumpelt mich Jacky mit einer klaren Stellungnahme: „In Ordnung, ich will ehrlich zu dir sein. Du wirst in China schon Probleme haben, alleine eine Toilette zu finden. An den Türen stehen keine Männlein, -Weiblein Zeichen, wie bei uns. Du wirst in deinen Reiseführern jedes Mal so lange blättern, bis dir das Wasser in den Augen steht."

Jacky legt eine kleine Pause ein. Ein Schmunzeln regt sich in seinen taiwanesischen Mundwinkeln: „Ich finde, das mit deinem Kindheitstraum ist eine schöne Ausrede. Peter, sei mal ehrlich, das ist es doch nicht? Das weibliche Geschlecht ist das eigentliche Ziel deiner Reise. Du hast da hinten auf dem Festland eine süße, kleine Freundin!"

„Was?", damit habe ich nicht gerechnet, „wie kommst du auf denn auf so einen Schmarren?"

„Das ist doch ganz einfach", erklärt Jacky seine Logik, „ich bin davon überzeugt, dass du alleine in China nicht die geringste Chance hast. Du musst dort jemanden haben, der auf dich aufpasst. Was liegt also näher?"

Ich denke über Jackys Worte nach. Erstens habe ich von ihm keinen Tipp bekommen. Zweitens ist er überzeugt davon, dass ich nicht chinatauglich bin. Als Drittes glaubt er auch noch, dass ich in China ein Mädel hätte. Ja, für was hält der mich eigentlich?

Meine Gedanken werden von Jacky unterbrochen: „Peter, ich denke, da du so von dir überzeugt bist, besonders von deinen Qualitäten als Chinareisender", Jacky räuspert sich, seine Gesichtszüge nehmen den Ausdruck eines kleinen Ganoven an, der ein gutes Geschäft wittert: „Also, da du meinen Ansichten bestimmt widersprechen möchtest, schlage ich dir eine Wette vor."

Jetzt endlich hat er die Katze aus dem Sack gelassen. „Jacky, ich will nicht mit dir wetten, ich will lediglich einen kleinen, einen klitzekleinen, hilfreichen Tipp für meine Reise", stoße ich gereizt durch die Zähne.

„Natürlich kannst du von mir Informationen zu deiner China-tournee erhalten. Aber zuerst musst du mit mir wetten!" Sein Schalk strahlt über das ganze Gesicht. Hätte er keine Ohren, könnte er rund herum grinsen.

Was kann ich tun? Ich gehe auf sein Erpressungswerk ein: „Also gut, wie stellst du dir denn die Wette vor?"

„Ja", Jacky wippt aufgeregt mit seinem Bürostuhl auf und nieder: „Ich möchte dich natürlich nicht überstrapazieren. Eigentlich bin ich sogar auf deiner Seite. Verstehe das also nicht falsch, aber ich befürchte, dass du alleine in China nicht zurechtkommen wirst. Du darfst das wirklich nicht falsch verstehen, aber ich wette nur mit Überzeugung. Alles andere wäre doch gelogen!"

In einem Punkt hat Jacky recht, er überstrapaziert mich. Ich unterbreche ihn, weil unmissverständlich klar geworden ist, was er will: „Um es kurz zu machen. Du willst mit mir wetten, dass ich in China kläglich untergehe? Habe ich das richtig verstanden?"

„Ja, ganz recht, ich wette, dass du in China alleine nicht zurecht-kommst. Nimm meine Ansicht bitte nicht persönlich." Jackys Lächeln ist die Unschuld selbst.

Ich überlege kurz, ob er diese Wette von langer Hand vorbereitet oder ob sie sich für ihn spontan ergeben hat.

Er lässt mich jetzt aber nicht mehr zur Ruhe kommen: „Du weißt hoffentlich, dass bei uns in Taiwan eine Wette nur dann eine Wette ist, wenn um einen Einsatz gespielt wird?"

„Ja, das ist mir bekannt. Ich nehme an, dass du dir schon fleißig deinen Einsatz überlegt hast."

Jacky nickt bejahend: „Falls ich verlieren werde, sprich, wenn du mühelos durch China reisen willst, dann solltest du unbedingt mehr Chinesisch lernen. Stell dir vor, ich würde dir helfen etwas Chinesisch sprechen zu können? Wie fändest du das?"

Das stelle ich mir tatsächlich vor. Aber dafür benötige ich keine Wette als Triebkraft. Jacky könnte mir durchaus etwas Chinesisch beibringen, auch ohne mich über den Roulettetisch zu ziehen!

„Sag mal, habe ich dich richtig verstanden? Falls ich in China aus sprachlichen Gründen scheitere, gibt es von deiner Seite auch keinen Chinesischunterricht. Komme ich jedoch auch ohne die chinesische Sprache gut zurecht, so willst du mir trotzdem Chinesisch beibringen?"

„Falsch, du verstehst nicht, wie gut ich zu dir bin! Wenn du in China alleine zurechtkommst, willst du bestimmt noch mehr Chinesisch lernen wollen. Dann werde ich dir gerne helfen. Wird die Tour ein Reinfall, dann willst du bestimmt auch kein Chinesisch mehr lernen wollen. Dann benötigst du auch keinen Chinesischlehrer mehr." Jacky nickt noch einmal zufrieden zur eigenen Bekräftigung in den Nachthimmel, der sich über der Stadt Hsin Chu ausdehnt.

„Also darf ich in China auf gar keinen Fall hops gehen. Sag mal, nur den unmöglichen Fall, ich lande in China auf die Nase. Wie stellst du dir den meinen Wetteinsatz vor?" frage ich vorsichtig und zögernd.

Jacky beschwichtigt sofort mit einer lockeren Handbewegung: „Genieße erst einmal deinen Aufenthalt auf dem Festland. Gesetzt den Fall, dass du in China ohne fremde Hilfe nicht zurechtkommst... Na lass mal überlegen, ich möchte dich natürlich nicht bei der Wette übervorteilen... Was hältst du davon, mir eine Karaoke Nacht zu spendieren? Du weißt doch, dass ich, wie alle Taiwanesen, gerne zum Karaoke gehe."

„Ich weiß nur, dass eure Karaoke Nächte sündhaft teuer sein können. Das kann ich mir schon aus finanziellen Gründen gar nicht leisten", lehne ich Jackys Angebot ab.

Mit einem Mal kommt mir ein anderer Gedanke: „Mal eine andere Frage, wie willst du eigentlich wissen, wie ich in China abschneide? Ich meine, ich könnte dir doch in einer Woche alles Mögliche erzählen?"

Jacky lächelt nur: „Du brauchst mir nichts zu erzählen, ich werde es dir schon so ansehen können."

Ich bin überrascht: „Ach ja. Du denkst also, du wärst als Taiwanese in der Lage, in den Kopf einer Langnase zu sehen?"

„Ja", bestätigt Jacky vergnügt.

„Du meinst, du kannst meine Gedanken lesen?" hake ich noch einmal nach. Ich muss unwillkürlich an den Geschäftsmann denken.

„Ganz genau", Jacky lächelt.

Was für eine Teufelei wird hier gespielt? Ich streiche mir, wie der Geschäftsmann, über die Haare: „Das möchte ich sehen, komm schlag ein!"

Jacky und ich besiegeln im Schein der nächtlichen Lichter Hsin Chus unsere Wette.

Jacky? Was für ein Hirngespinst reitet dich? Wenn ich deiner Logik richtig folge, dann entscheidet einzig und allein mein Auftreten nach der Reise, ob du mir Chinesisch beibringst oder ich zum Karaoke gebeten werde!

Habe ich dich richtig verstanden, oder ... natürlich ist die Wette für dich ein Geschäft ... oder hast du etwa deine Chancen falsch kalkuliert ... oder habe ich etwas übersehen ... egal ...

„So und jetzt zu deinem kleinen Tipp für meine Reise. Ich hoffe, das hast du nicht vergessen."

„Natürlich nicht, spiel einfach den freundlichen und zahlungskräftigen Touristen. Mit ein wenig Glück triffst du genug freundliche und hilfsbereite Chinesen. In der Regel helfen sie, wenn sie wissen, was sie für dich tun können. Vor allem helfen sie gerne, wenn sie ein Geschäft wittern."

„Das ist alles? Das habe ich auch vorher schon gewusst!" Will der mich veralbern?

„Wir sehen uns in vier Tagen." Jacky spielt vergnügt mit zwei Essstäbchen in seiner Hand.

„Jacky, money makes the world all round, das ist kein Geheimtipp, das kann dir jedes Kind auf der Straße bestätigen. Was soll das?"

„Richtig, das Wissen ist die eine Seite. Deren Anwendung die Andere", spielt Jacky unbekümmert den Altklugen.

Peter, jetzt nur nicht dein Gesicht verlieren! Ich halte für einen Moment die Luft an. Die Wette mit Jacky fängt ja gut an. Oder hat er es wirklich ernst gemeint, mit seinem Tipp. Wieso bin ich nur diesem Geschäftsmann begegnet!

Das auch noch! Es ist allerhöchste Zeit. Der Feierabend ruft.

„Jacky! Über deinen Tipp werden wir uns noch unterhalten müssen! Ich denke, wir sehen uns in ein paar Tagen."

Jacky winkt mir freundlich lächelnd hinterher, während ich das Großraumbüro verlasse. Das gibt es doch gar nicht. Mit dem Tipp hat er mich eindeutig übers Kreuz gelegt!

Ach was! Ich starte in Richtung China. Ich starte mit einer Wette im Reisegepäck.

Kapitel II.

Wer wird denn gleich abergläubisch werden?

誰 將 變 成 迷 信 ？

Ich eile aus dem Bürogebäude. Ich werde angetrieben von einer verborgenen Alarmsirene, immer wachsam, auf dass ich meine Verabredungen ja einhalte.

Hoppla, da vorne ist eine gute Stelle. Ich postiere mich weit sichtbar am Straßenrand. Ich will keine Zielscheibe für eines der unzähligen, gelben Taxis abgeben. Ich will, dass Lin-Lin mich auf Anhieb findet.

Lin-Lin ist seit einigen Wochen meine Freundin auf dem kleinen Eiland. Die Gute ist Taiwanerin und stammt aus der Stadt Taichung. Der Name Taichung bedeutet so viel wie "Zentrale Mitte". Das ist zwar nicht besonders originell, beschreibt aber umso besser die Lage der Stadt auf der Insel.

Taichung liegt auf halbem Weg zwischen Taipei im Norden und Kaoshung im Süden Taiwans. Als Verkehrsknotenpunkt und Industriestandort hat Taichung zudem dem Vorteil, dass einzig von dort täglich Fähren nach China und zurück verkehren.

Lin-Lin studierte an einer der Universitäten der Stadt. Vor einigen Jahren zog sie um nach Hsin Chu. Sie tat dieses nicht, wie ich zuerst vermutete, eines Mannes zuliebe.

Der Grund war nicht ganz so romantisch: Sie wechselte den Wohnort, ihrer Karriere gehorchend. Auf Taiwan herrscht ein nord – südliches Jobgefälle. Im Norden brummt die Wirtschaft einfach besser, da half auch die zentrale Lage Taichungs nicht.

Was heißt hier Karriere? Taiwan ist eine "Man`s World" >eine Männer Welt<, hier haben Frauen nichts zu melden, schon gar nicht auf den Gebieten Karriere und Beruf.

Bitte nicht falsch verstehen, ich habe mir das nicht ausgedacht! Aber es vergeht hier fast kein Tag, an dem ich nicht auf dieses ungeschriebene Gesetz hingewiesen werde.

Lin-Lin beklagt sich in regelmäßigen Abständen über diesen Missstand, unter dem sie und ihre Schwestern zu leiden haben. Dabei hat dieses Hindernis ihrem Aufstieg nichts anhaben können. Sie hat sich fleißig und emsig hochgearbeitet, weit hinauf in die Zonen der wichtigsten Entscheidungsträger.

Ein Vergleich unserer Jahresgehälter ließ mich staunen. Allerdings nur, weil sich der taiwanesische Finanzminister mit niedrigen 13 Prozent zufrieden gibt. Zudem hat sie mir erklärt, dass in Taiwan die jährlichen Bonuszahlungen mit ins Jahreseinkommen eingerechnet werden müssen. Und diese bescheidenen Gewinnausschüttungen sind tatsächlich für alle Mitarbeiter und sie sind tatsächlich nicht unerheblich.

Leider hat Lin-Lins Zielstrebigkeit auch ihre Schattenseiten! Ihr Terminkalender platzt vor lauter Lebendigkeit. Das in der Geschäftswelt gepflegte Begriff "Zeitfenster", bekam für mich eine ganz neue Bedeutung.

Unsere Beziehung ist eindeutig ihrer beruflichen Terminplanung unterworfen. Für den heutigen Abend haben wir uns für ein chinesisches Teehaus entschieden. Ich hoffe, dass nichts dazwischen gekommen ist.

Wie habe ich eigentlich Lin-Lin kennen gelernt? Ich meine nicht, wo wir uns das erste Mal gesehen haben, wann wir uns das erste Mal verabredet haben, wie wir das erste Mal zusammen gelacht haben. Nein, all diese aufregenden Momente meine ich nicht! Ich meine. Wieso gerade wir? Wieso gerade hier auf Taiwan? Ohne Zweifel hat der Zufall seine Hände mit im Spiel gehabt. Dass ich überhaupt nach Taiwan gekommen bin, das hätte mir kein Weissager im Kaffeesatz oder an den Händen ablesen können! Und erst recht, welcher Wünschelrutengänger hätte mir den Weg zu Lin-Lin weisen können?

„Hallo, sucht der Herr ein Taxi?" reißt mich eine Frauenstimme aus den Gedanken.

Sieh an, Lin-Lin hat mich auch ohne Magie finden können! Sie winkt mir fröhlich aus dem Seitenfenster ihres Wagens zu: „Steig schnell ein, ich will hier nicht zu lange stehen bleiben."

Dankend gehorche ich ihr und lasse mich auf dem Beifahrersitz nieder. Lin-Lin betätigt den Blinker ihres keinen automatischen Japaners und los geht die Fahrt.

„Willst du immer noch in ein chinesisches Teehaus?" fragt Lin-Lin und fädelt ihren Wagen routiniert in den laufenden Verkehr ein.

„Natürlich will ich in ein chinesische Teehaus oder hast du einen neuen Vorschlag?" frage ich zurück und schnalle mich an.

„Wir könnten zum Beispiel in ein Garnelen-Restaurant gehen!" Lin-Lin wird von einem anderen Wagen ausgebremst. Wahnsinn, wie die hier fahren!

„Ich denke nicht daran. Wenn ich das Getier schon auf dem Teller sehe. Das muss nicht sein", lehne ich ihren Vorschlag ab.

„Stell dich nicht so an, du hast sie noch nie probiert. Garnelen schmecken wirklich gut", versucht Lin-Lin mich weiter zu überreden und biegt das erste Mal ab.

„Ich weiß, wer auf Garnelen setzt, der hat hier auf der Insel die Nase vorn bei der Damenwelt."

Wir fahren durch einen Dschungel aus Straßen und Häusern. Ich versuche erst gar nicht, Lin-Lins Weg zu verfolgen.

„Wo du Recht hast, da hast du Recht. Ohne Garnelen wird das nichts mit uns Taiwanerinnen. Moment mal, wer hat dir das Geheimnis verraten?" Lin-Lin missachtet den Gegenverkehr und biegt seelenruhig links ab.

„Was glaubst du? Wer hat mir wohl diese Kleinigkeit anvertraut?" Ich kontrolliere noch einmal, ob der Gurt richtig sitzt.

„Mit mir warst du zumindest noch nie in einem Garnelen-Restaurant", beklagt sich Lin-Lin.

„Und wenn das Gespräch unserer Verliebten mal ins Stocken gerät, dann können sie immer noch diese Viecher um die Wette häuten", spotte ich.

„So, so, da hat dir ja jemand so allerhand erzählt", fängt Lin-Lin zu kichern an. Sie bedeckt dabei mit einer Hand ihren Mund. Für gut erzogene taiwanesische Töchter gehört es sich nicht, die entblößten Zähne beim Lachen zu zeigen. Lin-Lin überholt einen alten Mann, der auf einem Handkarren Verpackungspapier sammelt. Zwei Motorroller drängeln sich noch zwischen Pappe und Blech, ich zucke leicht zusammen.

Nach einer schweigsamen 50m Fahrt nehme ich das Gespräch wieder auf: „Was glaubst du, was ich nicht alles weiß! Ich weiß zum Beispiel, wie ihr euch auf ein Rendezvous vorbereitet!"

„Nein, jetzt hör aber auf!" Lin-Lin muss vor einer Ampel warten. Eine große LED Anzeige über der Straße gibt die Zeit bis zum Signalwechsel an. Einige Dutzend Motorroller rauschen in dichten Wellen über die Kreuzung.

„Nun, um es auf den Punkt zu bringen: Ihr fresst euch vor dem Treffen erst einmal so richtig satt. Der verliebte Trottel soll den Eindruck gewinnen, dass sein Schwarm kein Nimmersatt ist."

„Was! Das hast du wirklich geglaubt? Dann will ich dich mal auf den neuesten Stand bringen. Heutzutage spielen wir, wer den größeren Haufen gehäuteter Garnelen auf dem Teller hinterlässt." Lin-Lin hält wieder eine ihrer Hände vor dem Mund, um ihre lachenden Zähne zu verbergen: „Was du meinst, das ist Vergangenheit, das war eine Generation vor mir. Die moderne Taiwanerin lässt sich ins exklusivste Inlokal der Stadt chauffieren. Dort checkt sie erst einmal, ob ihr Lover auch flüssig ist."

Prompt gehe ich ihr auf dem Leim. Meine Hände tasten automatisch zum Portemonnaie in der Hosentasche. Lin-Lin trommelt Vergnügt aufs Lenkrad: „Oh, mein gottgütiger Buddha. Peter, check nur ruhig dein Cash Flow. Heute nehme ich dich aus wie..., du weißt schon, euer Weihnachtsgeflügel."

„Lin-Lin, das Tier heißt Gans und jetzt kühl dich wieder ab. Wir wollten nicht ins "Rex", sondern in ein traditionelles chinesisches Teehaus!"

„Ja, ja, keine Panik, mein lieber Sponsor. Ich weiß zwar nicht, wo das "Rex" in Hsin Chu zu finden ist, aber vergiss nicht, es gibt solche und solche Teehäuser."

Das habe ich jetzt von meiner Besserwisserei. Ich sollte das Gesprächsthema wechseln. Lin-Lin biegt bei einem Seven-Eleven Geschäft rechts ab. Es folgt eine Garküche, eine Motorroller-Werkstatt und ein Schuhverkauf. Eine Bäckerei, ein Bettelnussverkauf und ein 85°C Kaffee schließen sich an. Weiter geht es mit einem Taiwanesen, der in einem rostbraunen Metalleimer ein Feuer angezündet hat.

„Da ist schon wieder einer", ich zeige auf den Mann, während wir ihn passieren. Ich denke, ich habe ein neues Gesprächsthema gefunden, um Lin-Lin von ihren Garnelen abzulenken: „Sag mal Lin-Lin, was verbrennen deine Landsleute immer so hingebungsvoll in den Metalltonnen?"

„Geld." Lin-Lin hat ihren Japaner vor einer Ampel zwischen zwei dunkelblauen Kleinlieferwagen geschoben.

„Was, Geld verbrennt ihr! Aber sonst geht es euch noch gut!" Ich drehe mich zu dem beschäftigten Taiwanesen um. Ganze Bündel gelber Scheine, die alle mit einem roten chinesischen Schriftzeichen versehen sind, landen in der heißen Glut.

„Natürlich nicht normales Geld, du Schlauberger." Lin-Lin gibt langsam wieder Gas zwischen den beiden Lieferwagen. Wieso stehen wir eigentlich zu dritt an der Ampel, die Straße hat doch nur zwei Fahrstreifen?

„Du hast Recht, eure "New-Taiwan-Dollar" Scheine sehen anders aus." Der Taiwanese gerät außer Sicht und ich drehe mich wieder zur Fahrtrichtung um: „Also, was hat es mit dem gelben Monopoly Geld auf sich?"

Lin-Lin lässt einen der blauen Lieferwagen überholen. Das Gewusel ordnet sich, einschließlich eines großen Rudels Motorroller, zu einem zweispurigen Verkehr zurück. Das Verkehrschaos wechselt in den Zustand einer temporären Ordnung. „Was glaubst du? Das Geld ist eine Zahlung an die Götter."

„Das verstehe ich sehr gut: Wenn der New-Taiwan-Dollar brennt, die Seele in den Himmel rennt", diesmal bin ich es, der sich lachend die Hand vor dem Mund hält.

„Was gibt es da zu lachen? Sie verkaufen das Papiergeld an die Götter", fängt Lin-Lin eine Erklärung an: „Das kannst du dir am besten als ein Geschäft vorstellen. Je nachdem, was für Wünsche der Einzelne hat, so verbrennt er sein Geld. In dem Feuer wechselt es dann zu den Göttern."

„Und was für Wünsche dürfen den Göttern finanziell unterbreitet werden? Habt ihr einen Wunschkatalog oder darf jeder frei wählen?" frage ich weiter.

Lin-Lin zieht ihren kleinen Japaner auf eine andere Fahrspur. Ob sie für dieses Manöver in Deutschland eine Anzeige wegen Nötigung bekommen hätte? „Peter, es gibt keine Regeln. Jeder nimmt so viel Geld, wie er es für richtig hält. Meistens wird das Geld für Erfolg im Beruf oder zum Schutz gegen böse Geister eingesetzt." Wer immer diese bösen Geister sein mögen? Lin-Lin stoppt, wir stecken fest. Morgen will ich nach China und heute bleibe ich in der "Rush Hour" der Stadt Hsin Chu liegen.

Gibt es eigentlich jenseitige Instanzen, an die die Taiwanesen ihre Bußgelder brennend überweisen können? Ich beobachte, wie zwei Verkäuferinnen vor einem Schmuckgeschäft einen ähnlichen Metalltopf mit diesem gelben Geistergeld füttern.

Vielleicht entrichten sie gerade die Zahlung an das taiwanesische Finanzamt! „Was ist das eigentlich für eine Religion?" frage ich Lin-Lin.

„Das ist keine Religion, das ist der traditionelle Glaube", erwidert sie. Die Antwort ist für mich genauso greifbar wie der taiwanesische Straßenverkehr. Vielleicht sollte ich in Taiwan nicht immer so einspurig monotheistisch fahren. Die Ampel schaltet auf grün um und wir schleichen zwei Wagenlängen vorwärts.

Ich beschließe, das Thema erneut zu wechseln. Vielleicht sollte ich in Sachen Glauben und Religion mit etwas Einfacherem anfangen. Ich betrachte die ruckartigen Pendelbewegungen der Glücksbringer an Lin-Lins Innenspiegel.

Gegenüber dem abergläubischen Sicherheitsbedürfnis der Taxifahrer ist Lin-Lins Anhängerbaum unter dem Innenspiegel eher bescheiden. Lin-Lin legt ihr Schicksal auf Hsin Chus Straßen vertrauensvoll in die Hand dreier, an Bindfäden baumelnder Sonderlichkeiten.

„Lin-Lin, mal zu etwas ganz anderem. Vor was schützt uns eigentlich dieses nette, weiße Steinchen?" Ich fasse einen der drei Glücksbringer, einen weißlich transparenten Stein an, um ihn besser betrachten zu können. Er steckt in einer Plastikverpackung, so dass ich ihn augenblicklich drehe, um nach einem Preisschild zu suchen.

„Das ist kein Stein, das ist ein Kristall", belehrt mich Lin-Lin. „Um es für dich noch genauer zu sagen, das ist ein weiblicher Buddha."

Lin-Lin hat Recht, erst jetzt erkenne ich eine im Schneidersitz betende Gestalt. Ob diese jedoch weiblicher oder männlicher Natur ist, das bleibt das Geheimnis der Folienverpackung.

„Ja, und was ist nun der Aufgabenbereich unseres weiblichen Buddhas?" frage ich weiter.

„Schutz, er hat die Aufgabe mich wohlbehütet durch die Straßen Hsin Chus zu geleiten", antwortet Lin-Lin und fügt hinzu: „Ich habe ihn von meiner Cousine zum Geburtstag geschenkt bekommen."

„Deine Cousine hat dir also einen zweiten Airbag geschenkt." Ich nehme den nächsten Anhänger. Es ist ein kleines rotes Schächtelchen mit goldenen Verzierungen. So wie das Schächtelchen kitschig in Rot und gold unter dem Spiegelchen hängt, könnte es ohne weiteres Inventar eines jeden deutschen Chinarestaurants sein.

„Was für eine Bedeutung hat das rot goldene Schächtelchen hier?"

„Das habe ich aus einem Tempel in Taipei." Lin-Lin fährt wieder ein paar Meter vor. Wir passieren ein Internet Cafe, einen Friseur, ein KTV Pub, eine Garküche für Nudelsuppen und einen Eisenladen aller Art.

Ein Arbeiter spuckt eine Mundladung roten Bettelnussspeichels auf die Straße. Anschließend zieht er eine Zigarette aus einer gelben Zigarettenschachtel. Es muss die Marke "Langes Leben" sein. Wenigstens das weiß ich.

„Ja also, und wofür ist das Schächtelchen gut?" Muss ich ihr den alles aus der Nase ziehen?

Wir überholen einen Generationen Motorroller mit Großvater als Fahrer, Mutter in der Mitte und zwei kleinen Kindern, die hinten sitzen.

Lin-Lin fängt wieder an zu kichern: „Das weiß ich gar nicht mehr. Um ehrlich zu sein, so genau kenne ich mich mit religiösen Dingen gar nicht aus. Du musst wissen, ich bin gar nicht so religiös. Aber irgendeine Schutzfunktion hat das Schächtelchen bestimmt."

„Ist schon gut, was ist das eigentlich für ein kleines Glöckchen neben dem weiblichen Buddha?"

Lin-Lin hat auf doppelte Schrittgeschwindigkeit beschleunigt. Meine Aufmerksamkeit wird von einer äußerst knapp bekleideten Bettelnuss Verkäuferin abgelenkt. Das Mädchen stapft, nur noch im Bikini und auf super hohen Plateauschuhen, aus ihrem Glaskasten zu einem blauen Lieferwagen. In ihrer Hand hält sie eine Packung Bettelnüsse und Zigaretten der Marke "Neues Paradies". Jeder auf Taiwan weiß, dass manche Bettelnussdamen nicht nur die Bettelnüsse verkaufen.

„Das Glöckchen, du wirst es kaum glauben, fand ich schick und habe es als Dekoration da zugehängt. Hallo Peter, aufwachen!"

Ich reiße mich los und bin mir sicher, dass das Bettelnussmädchen keine Glöckchen zur Dekoration nötig hat.

Lin-Lin biegt bei einem dieser vielen bunten und verspielt aussehenden Tempel links ab. Ich sehe eine junge taiwanesische Frau, die kniend drei Räucherstäbchen anzündet.

Einer der vier farbigen Tempelwächter des Götterhauses, eine wahrlich schaurige Gestalt, gegossen in Plastik, schaut zornig zu uns herüber.

Ich frage mich, ob sein zürnender Blick Unheil über mein Haupt bringt? Mit einem Mal bekomme ich Angst, dass die Fratze dieses Dämons mir nach China folgen könnte. Wäre es besser, vor meiner Chinafahrt einen Pakt mit den örtlichen Göttern abzuschließen?

Werde ich abergläubisch? Ich sehe mich schon, mit einem Bündel Geistergeld bewaffnet, heimlich nachts in einen taiwanesischen Tempel schleichen. Was hatte Lin-Lin gerade erklärt? Das Geld dient dem Geschäft mit den Göttern.

Ein alter Ingenieur hatte mir einmal über den Rand seines Bierglases anvertraut: „Wir sind hier auf Taiwan nicht auf der anderen Seite der Welt, wir sind hier auf Taiwan am Ende der Welt."

Er hielt bei einem weiteren Bier kurz inne und fuhr dann fort: „Gib dir erst gar nicht die Mühe, das Ende der Welt und deren Menschen verstehen zu wollen. Es ist ein sinnloses Unterfangen. Es ist zwecklos, selbst die einfachsten Fragen zu stellen. Es ist unmöglich, brauchbare Antworten zu erhalten."

Nach dieser positiven Beurteilung der Lage trank er sein letztes Bier aus und ging zurück auf die schwäbische Alb. Ich bleibe zurück auf Taiwan und frage mich seit dem, woran ich das Ende der Welt erkennen kann.

Lin-Lin setzt meiner Nachdenklichkeit ein Ende: „Peter, wusstest du, dass Buddha früher ein gut aussehender Mann gewesen war? Der hatte einen schlanken, muskellösen Körper und jede Menge Haare auf dem Kopf. Du weißt, was ich meine? Der war früher ein richtiger California Dream Boy." Lin-Lin passiert eine Kreuzung, die von einem guten Dutzend blau gekleideter Polizisten geregelt wird.

Ich frage mich, worauf sie hinaus will, mit ihrer so schnell erfundenen Buddhageschichte: „Nun spann mich nicht auf die Folter. Wieso ist aus deinem holden Adonis mit Waschbrettbauch so ein dicker Glatzkopf geworden?"

Lin-Lin schaut amüsiert zu mir herüber: „Na, neugierig geworden? Der hübsche Buddha hatte ein Problem. Die Frauen sind ihm zu aufdringlich geworden. Kannst du dir das vorstellen? Es gab für ihn nur einen Weg aus der Misere! Er hat seinen Schädel kahl geschoren und sich fett gefressen. So unansehnlich war er zumindest nicht mehr äußerlich attraktiv. Verstehst du?"

„Natürlich: Und die Moral von der Geschichte, schlanke Buddhas gibt es nicht!" rutscht es mir heraus. „Nein, ich habe keine Ahnung, worauf du hinaus willst."

„Schlanke Buddhas gibt es, aber das ist etwas ganz anderes. Peter, ich rede von dir!"

„Was? Was habe ich mit deinem fetten Buddha zu tun?" Lin-Lins Geschichten sind genauso verwirrend wie Hsin Chus Straßenverkehr.

„Peter, du musst mich entschuldigen. Aber schau dich mal selber an: Deine Haare sind schon ziemlich licht und dein Bierbauch ist eine stattliche Murmel. Du stehst auf der letzten Vorstufe, ein vollendeter, fetter, kahlköpfiger Buddha zu werden!" Lin-Lin schafft es nicht über die Kreuzung. Eine nicht abreißende Wagenkette von Linksabbiegern nimmt ihr solange die Vorfahrt, bis die Ampel wieder auf Rot schaltet.

„Danke für das Kompliment, aber das hört sich für mich wie ein typischer taiwanesischer Übersetzungsfehler an: Du suchtest einen California Dream Boy und du fandest einen Bavaria Beer Boy. Lin-Lin, kannst du mir nicht direkt sagen, was du von mir willst?"

Lin-Lins neues Thema gefällt mir gar nicht. Ich schaue aus der Seitenscheibe und beobachte, wie fünf junge Taiwanesen einen Wagen, der aus einer Waschstraße fährt, mit kleinen Handtüchern trocken rubbeln.

„Es geht nicht darum, was ich von dir will. Es geht darum, was du in China willst! Meiner Ansicht nach kann es für dich nur einen Grund geben. Aber lass es dir gesagt sein: Du bist nicht mehr der Jüngste, du siehst auch nicht mehr blendend aus. Aber dein dicker Bauch und deine lichtes Haar gelten in China als Symbol für Reichtum. Zudem bist du auch noch ein Europäer. Ich an deiner Stelle würde den Frauen da drüben nicht trauen. Es dürften, dort nicht wenige Schönheiten geben, die an deiner Kohle oder an einem Visum nach Deutschland Interesse hätten. Hast du gehört!"

Zuerst Jacky mit seiner Vermutung, dass ich in China eine heimliche Liebschaft habe. Jetzt Lin-Lin, die mir einen ähnlichen Verdacht vorwirft. Was habe ich bei den beiden bloß für einen

Eindruck hinterlassen? Ich will doch nur einmal China mit den eigenen Augen sehen. Ich will nicht als Sex-Tourist nach Thailand. Moment mal, wieso habe ich das bloß vergessen? Was Thailand für viele deutsche Männer ist, das ist China für viele taiwanesische Männer. Ich erinnere mich an die recht freizügig gekleidete Bettelnuss Verkäuferin, die einige Straßenkreuzungen hinter uns ihrer Tätigkeit nachgeht. Ich bin zwar auf Taiwan am anderen Ende der Welt. Aber das älteste Gewerbe der Welt ist auch hier, am anderen Ende der Welt, immer noch das älteste Gewerbe der Welt.

Ich schaue rüber zu Lin-Lin. Glaubt sie wirklich, ich hätte keinen anderen Grund, nach China zu reisen? Der Abend fängt nicht gut an. Auf der gegenüber liegenden Straßenseite hat sich eine lange Schlange an einer Lotterie gebildet. Diese Taiwanesen setzen ganz auf ihren Gott des Glücksspiels. Ich frage mich, wo sich meine Gutelaunegottheit herumtreibt? Ist er auch in der Rush Hour stecken geblieben?

Lin-Lins kleiner Japaner passiert einen Pizza Hut und ein Starbucks Café. Ein Burger King rundet die Verwestlichung der taiwanesischen Nahrungskette ab. Wieso essen die Taiwanesen mit einem mal Brot statt Reis? Wieso trinken die Taiwanesen Kaffee anstatt Tee? Wieso gehen die Taiwanesen in Fastfood Läden und nicht mehr in ihre Garküchen?

Ich sehne mich nach den alten Urlaubsgeschichten zurück: Beim guten Bier wird von einem Abenteuer in der Ferne erzählt. Irgendwann wird der Punkt erreicht, an dem weder der Erzähler noch die Zuhörer das Erlebte einordnen können. Als Lösung wird vereint zugeprostet und alle entscheiden gleichzeitig: „Das ist eben eine andere Kultur. Da können wir uns gar nicht hineindenken." Noch einmal werden die Biergläser gehoben und der Nächste darf seine Story zum Besten geben.

Für mich sieht die Lage leider etwas anders aus: Ich muss für taiwanesische Frauen diese Garnelenviecher schlucken. Die Brandopfer in den Feuereimern werden mir wie die weiblichen Buddhas und andere Spiegelanhänger ein ewiges Rätsel bleiben. Der Straßenverkehr Hsin Chus wirkt auf mich furchteinflößend und chaotisch. Selbst die taiwanesischen Götter scheinen es nicht gut mit mir zu meinen.

Lin-Lin unterstellt mir böse Absichten. An einen gemütlichen, ruhigen Abend in einem chinesischen Teehaus ist momentan nicht zu denken und morgen fliege ich nach China. Wie bin ich bloß in diese vertrackte Lage geraten?

Mir kommt der alte Ingenieur hinter seinem Bierglas wieder in den Sinn. Ist diese Fahrt zum Teehaus nur ein Paradebeispiel für sein Ende der Welt? Er hat Recht, etwas über Land und Leute anderer Kulturen zu erfahren, das ist nicht einfach. Ich habe jede Menge gefragt und jede Menge Antworten erhalten. Am Schluss muss ich mir gestehen, nicht besonders viel verstanden zu haben. Ich kann nur hoffen, dass meine morgige Chinareise nicht ebenso hektisch und konfus verläuft wie die jetzige Fahrt zum Teehaus.

„Und, mein stiller Grübler. Weißt du schon, was du für einen Tee du trinken wirst?" Lin-Lins Stimmung hat sich hörbar normalisiert, ihre schlechte Laune scheint entfernteste Vergangenheit zu sein. Habe ich doch noch Glück?

„Nein. Wieso, sind wir schon da?" Die Frage ist nicht unberechtigt. Lin-Lin hat den Wagen am Bordstein geparkt. Ich schaue mich um. Wer soll sich da noch auskennen. Alles ist auf Chinesisch geschrieben. Keine der vielen Neonreklamen an den Häusern verrät mir, wo hier ein Teehaus zu finden ist. Es ist ein perfekter Ort, um mich an Jackys Triaden auszuliefern. Ich bin mir sicher, einen Grund dafür hätte sie.

Stattdessen hüpft Lin-Lin aus ihrem kleinen Japaner und ruft mir zu: „Da vorne, komm ich zeig dir den Eingang zum Teehaus."

Ich folge ihr rasch und werde dabei fast von einem Motorroller touchiert. Ich springe zurück auf den Bordstein und schaue den Rückleuchten des Kraftrads hinterher.

„Peter, du musst aufpassen", kichert Lin-Lin, „auch am anderen Ende der Welt bitte immer nach rechts und links schauen, bevor du die Straße überquerst!"

Ja, ja, das Ende der Welt. Wie kommt sie denn auf den Gedanken? Hat Lin-Lin den alten Ingenieur gekannt?

„Schick mir ein paar von deinen Talismanen", rufe ich ihr hinterher.

Ich hoffe nur, dass dieser beinahe Unfall keine Botschaft des bösen Tempelwächters war. Ich fürchte langsam, dass mich nicht nur Jackys Wette, sondern auch ein ergrimmter Abkömmling der taiwanesischen Geisterwelt nach China begleiten wird.

Kapitel III.

Zeremonie übern Lotus

蓮 花 的 儀 式

„Willkommen in einem traditionellen chinesischen Teehaus",
verkündet Lin-Lin.
Ich bleibe am Eingang stehen und vernehme ein leises Zirpen. Ein
elektronischer Summer meldet unsere Ankunft. Hatte ich das
Dröhnen eines schweren Gongs erwartet?
Zwei junge Taiwanerinnen bilden das Empfangskomitee. Sie tragen orangefarbene T-Shirts und schwarze Jeans. Wieso tragen die
Beiden nicht japanische Geisha Kostüme oder vielleicht Farben-
prächtiges aus dem Palast des Himmlischen Friedens oder wenigstens schicke Reisbauerngewänder? Sind meine Vorstellungen von chinesischen Teehäusern so fern der Realität?
Lin-Lin übernimmt, wie immer in diesen Situationen, die Verständigung mit dem lokalen Personal. Ich kann nur abwarten
und vermuten: Lin-Lin erkundigt sich nach einem freien Tisch.
So ist das halt, wenn einem die Sprache der Eingeborenen nicht
geläufig ist. Ich überlege: Wie weit würde ich heute Abend ohne
Lin-Lins Hilfe kommen? Lin-Lin weiß, wo es in Hsin Chu ein Teehaus gibt. Lin-Lin lotst uns sicher durch das taiwanesische Verkehrschaos. Lin-Lin spricht fließend chinesisch, Lin-Lin ... diese
Liste ließe sich beliebig verlängern, ... Ich darf gar nicht weiter-
denken:
Wieweit werde ich morgen in China ohne Lin-Lin kommen? Ich
trete die Chinareise alleine an. Ich habe keinen ortskundigen Füh-
rer. Ich verfüge über keinen Dolmetscher. Ich habe keine Ahnung, was mich tatsächlich erwartet.

Was ist, wenn Jacky doch recht hat? Wäre es nicht klüger, die Reise auf Bangkok oder Bali zu beschränken?

„Peter, hier entlang", unterbricht Lin-Lin meine Bedenken. Es scheint ein Tisch frei zu sein. Eine der beiden in orange und schwarz gekleideten Empfangsdamen marschiert vorne weg. Lin-Lin folgt ihr auf dem Fuße. Ich trotte als Schlusslicht brav hinten drein.

Was hatte mir einmal ein russischer Englischlehrer gesagt, nachdem wir eine extra scharfe Nudelsuppe mit Tofu bestellt hatten?

„Du benötigst für Taiwan zwei Eintrittskarten. Die erste Karte, um auf diese Insel zu gelangen. Die zweite Karte, um das Land zu verstehen."

Der Russe ließ seine Nudelsuppe stehen und verschwand ins Land der unbegrenzten Möglichkeiten. Ich bin nach wie vor auf Taiwan und kann mich glücklich schätzen, eine wirklich bezaubernde zweite Eintrittskarte an meiner Seite zu haben.

Moment mal, heiliger Konfuzius, wo sind wir hier gelandet? Ist das wirklich ein Teehaus?

Wir passieren enge, mit dunklem Holz getäfelte Gänge. Schiebetüren werden automatisch vor uns geöffnet und hinter uns geschlossen. An den Decken hängen rote Laternen, verziert mit goldenen, chinesischen Zeichen. Wir überqueren steinerne Bogenbrücken, die über sich spiegelndes, pechschwarzes Wasser führen. Das Gebäude entpuppt sich als Labyrinth, ein Irrgarten aus verzweigenden Gängen, erbaut über einem künstlich angelegten Teich.

Ich halte vergebens Ausschau nach großen Ming Vasen oder dickbäuchigen Buddhas. Ich habe mich mittlerweile daran gewöhnt, dass meine Vorstellungen aus einer anderen Welt sein müssen.

Endlich, wir haben das Ziel erreicht. Unsere Empfangsdame und Pfadfinderin ist stehen geblieben. Sie zieht eine Schiebetür zur

Seite und deutet mit einer Armbewegung ins Innere. Ich bin wirklich überrascht. Wir haben ein Tee-Separee mit angrenzendem Lotusteich für uns alleine.

Ich will ins Zimmer gehen, werde aber augenblicklich von Lin-Lin zurückgehalten. Sie zeigt kopfschüttelnd auf meine Schuhe. Natürlich, wie in Japan, so auch in diesem Teehäusle, vor dem Betreten bitte die Schuhe ausziehen. Es dauert ewig, bis ich meine alten Treter aufgeschnürt habe.

Lin-Lin ist schneller. Sie hat sich bereits im Schneidersitz niedergelassen. Ich mühe mich redlich, auf der anderen Seite eines sehr flachen, massiven braunen Holztisches Platz zu nehmen. Auch ein mit Blüten besticktes Sitzkissen ändert nichts an meiner Meinung: Für meine langen westlichen Beine ist diese Sitzhaltung einfach nichts.

Unsere Pfadfinderin verabschiedet sich mit einem Kopfnicken und schließt die Schiebetür von außen. Richtig, Chinesen verbeugen sich nicht, das tun die Japaner.

Lin-Lin blättert bereits in der Speisekarte: „So etwas aber auch, die Sprache beschränkt sich auf das Chinesische und das Japanische. Ich denke, ich werde etwas für dich mit aussuchen."

Nach kurzer Zeit beginnen ihre Augen zu strahlen: „Versprichst du mir, alles zu essen, was ich für dich bestelle?" Ihre Finger ruhen auf einigen der in welcher Sprache auch immer geschriebenen Zeilen.

Ich habe Lin-Lins Meinung über meine Chinareise nicht vergessen: „Mich von China abzuhalten, dafür ist dir wohl jedes Mittel recht!"

„Endlich verstehst du mich einmal", antwortet Lin-Lin kühl. Ihre Augenlider werden dabei zu dünnen Schlitzen.

Die Schiebetür fährt geräuschlos auf. Eine weitere Angestellte des Teehauses lächelt uns an. Die bereits beschriebene

Arbeitskleidung scheint Uniform in diesem Hause zu sein, das Lächeln ebenso.

Lin-Lin wendet sich ihr zu und gibt die Bestellung auf. Ich kann das wieder einmal nur vermuten.

Was immer der Russe meinte, Lin-Lin ist meine Eintrittskarte für dieses chinesische Teehaus. Ohne sie geht es wirklich nicht. Mir wird angst und bange, wenn ich an die morgige Chinafahrt denke.

Ich muss mich ablenken, wo bin ich hier eigentlich gelandet? Das kleine Kämmerlein bietet außer dem Tisch keine weiteren Möbel. Wir sitzen auf dem Fußboden. Dieser ist aus dunklem Laminat.

Hinter Lin-Lin, an der weiß gestrichenen Wand, hängt ein gerahmtes Bild. Der Inhalt ist ein Werk der chinesischen Kaligraphie. Ein großes chinesisches Schriftzeichen, in Schwarz gemalt, auf weißem Hintergrund. Meine Wandseite ist leer. Von der Decke strahlt eine höhenverstellbare Bürolampe mit giftgrünem Schirm.

Rechts von mir ist die Schiebetür, links der Lotusteich. Ja, das ist es. Ich will Lin-Lins Bestellung nutzen, um die kleine Besonderheit dieses Teehauses in Augenschein zu nehmen.

Ich muss zuerst einmal feststellen, dass wir doch nicht ganz alleine sind. Gut ein Dutzend kleiner Tee Separees, dem unsrigen vergleichbar, umschließen in einem ovalen Kreis den malerischen Teich. In fast allen Tee Separees sitzen kleine Gruppen von Asiaten.

Der kleine Teich selber wird aus den Tiefen heraus beleuchtet. Das schwarze Wasser schimmert in den Lichtkegeln geisterhaft grün. Ich strecke meine Hand aus. Nur wenige Zentimeter trennen die Fingerkuppen von dem Wasser. Unzählige Koi Karpfen drehen entlang der kleinen Tee-Separees ihre Runden. Die Lotuspflanzen bilden kleine Inseln, wie zufällig gestreut, über der gesamten Fläche des Teiches.

Das ist noch nicht alles: Ein beruhigender Klang von leisem Flötenspiel und zusammenschlagenden Bambusstäben schwebt an mein Ohr. Ja, bin ich noch im Hier und Jetzt? Das ist Taiwan, wie ich es noch nie erlebt habe.

Haben gerissene Kaufleute ihre Geschäfte in dieser Stille getätigt? Haben die Beamten, die Mandarine, in dieser Abgeschiedenheit die Geschicke der Insel gelenkt? Haben reiche Lebemänner ihre Liebschaften in diesem Luxus verwöhnt? Haben hungrige Generäle in dieser Ruhe und Stille die Zeichen auf Sturm gestellt?

Meine Phantasie kann sich gar nicht mehr beruhigen. Es ist ein Gefühl, als ob ich ein Stück chinesischer Vergangenheit einatme.

„So, jetzt heraus mit der Sprache, warum willst du unbedingt nach China?" stoppt Lin-Lin unsanft meine Zeitreise. Ich habe wirklich geträumt. Ich habe nicht einmal bemerkt, wie die Kellnerin mit Lin-Lins Bestellung den Raum verlassen hat.

„Ich will mal sehen, ob es mir gelingt, ein Stück chinesischer Vergangenheit aufzustöbern", antworte ich schmunzelnd. Manche Antworten ergeben sich einfach von selbst.

Lin-Lin schaut mich fragend an.

„Du hast richtig gehört", bekräftige ich meine Worte noch einmal: „Dein Bavaria Beer Boy interessiert sich für die chinesische Vergangenheit."

Wie war das doch gleich? Es ist nicht möglich, in den Kopf eines Chinesen zu schauen? Ich muss mich korrigieren, Lin-Lin glaubt mir kein Wort.

Ich habe Glück, irgendein dicker Buddha muss mir gut gesonnen sein! Oder hat der grimmig blickende Tempelwächter sich zu meinen Gunsten entschieden? Zwei weitere Kellnerinnen treten ein. Die Beiden retten mich.

Ich rücke ein wenig zur Seite, damit die beiden jungen Damen mehr Platz haben. Was sie nicht alles auf unseren Tisch stellen!

Ist das alles notwendig für eine Tee Zeremonie? Das ist ja wie Weihnachten!

Ein hohes, hölzernes Teetablett, eine Tüte Tee, eine größere braune und eine kleinere weiße Tonkanne, vier weiße Teetassen, zwei Gläser mit heißem Wasser, zwei kleine Essschüsselchen, Essstäbchen, Erfrischungstücher und Servietten werden vor uns auf den Tisch gestellt.

Eine dritte Kellnerin bringt zum guten Schluss eine große Thermoskanne und einen Abfallbehälter. Sie stellt beides neben unserem Tisch auf dem dunklen Laminatboden.

Die Schiebetür wird sanft von außen geschlossen.

„Hast du schon einmal einer Tee Zeremonie beigewohnt?" fragt Lin-Lin.

„Nein, das wäre heute das erste Mal", antworte ich und ergreife eines der weißen, aufgerollten Erfrischungstücher. Das Tuch ist eiskalt. Ich rolle es auseinander und wische mir den stressigen taiwanesischen Tag aus dem Gesicht.

Wenigstens ist meine morgige Chinareise, dieses lästige Gesprächsthema, vom Tisch. Ich beobachte schweigend, wie Lin-Lin heißes Wasser aus der großen Thermoskanne in die leichtere braune Tonkanne umfüllt.

„Wir wollen doch immer heißes Wasser haben oder? Leider ist die Thermoskanne zu schwer und zu unhandlich", beantwortet Lin-Lin meinen fragenden Blick.

Nun übergießt sie mit dem heißem Wasser aus der "handlichen" braunen Tonkanne das weiße Kännchen und die vier weißen Tassen über dem Tablett.

„Ich reinige sie nur. Wer weiß, wer sie vorher in den Händen hatte", erklärt sie dazu.

Nach diesem ersten Waschgang füllt Lin-Lin das weiße Kännchen und die weißen Tassen bis zum Rand mit weiterem heißen

Wasser aus der braunen Kanne und reiht alles ordentlich vor sich auf dem Tablett auf.

„Das weiße Kännchen und die Tassen sollen vorgewärmt werden, so bleibt der Tee später länger heiß", setzt Lin-Lin ihre Tee-Schulung fort.

Zwei der Tassen sind dünn und lang, die zwei anderen Tassen sind dick und flach. Die einzige Verzierung auf dem Kännchen und den vier Tassen sind einige in Schwarz geschriebene chinesische Schriftzeichen. Alle Zeichen haben die gleiche Größe und den gleichen Abstand zum Nachbarn. Ich weiß nicht, was sie bedeuten, ich kann nur vom Schreibstil auf deren Inhalt schließen. Sie vermitteln den Eindruck einer bürokratischen Schrift. Was könnte das sein?

„Sag mal, was steht denn auf dem Kännchen und den vier Tassen geschrieben? Sind das irgendwelche weisen chinesischen Sprüche?" frage ich und fahre mit dem Zeigefinger auf einer der schwarzen Linien entlang.

Lin-Lin antwortet nicht sogleich. Sie ist vollauf damit beschäftigt, die soeben mit heißem Wasser gefüllten fünf Gefäße über dem Teetablett zu entleeren. Erst jetzt sehe ich, dass das Tablett nicht massiv ist. Es besitzt einen Hohlraum, in den das gebrauchte Wasser abfließen kann.

„Nicht so schnell. Bei mir geht alles der Reihe nach." Lin-Lin öffnet die grüne Tüte mit den Teeblättern.

„Bei mir geht alles >Schritt für Schritt<", erklärt sie und schüttet etwas von den Teeblättern in das weiße Kännchen. „Weißt du eigentlich, was >Schritt für Schritt< auf Chinesisch heißt?"

„Nein, weiß ich nicht", antworte ich und reiße die Papierverpackung meiner Essstäbchen auf.

„>Schritt für Schritt< heißt auf Chinesisch >i pu i pu lei<. Hast du gehört? >i pu i pu lei< heißt >Schritt für Schritt<. Weißt du, wieso ich dir das sage? Ich sage es dir, weil du dir jeden Schritt der Tee

Zeremonie genau merken solltest!" Lin-Lin übergießt die grünen Teeblätter in dem weißen Kännchen mit heißem Wasser aus der braunen Kanne.

Nachdem sie damit fertig ist, schaut sie mich eindringlich an und fügt hinzu: „Natürlich nur, wenn du dich für chinesische Kultur interessierst."

„>i pu i pu lei<, >i pu i pu lei<", ahme ich Lin-Lin fleißig und pflichtversessen nach. Das habe ich jetzt von meiner chinesischen Vergangenheit! Noch viel schlimmer, für so etwas wette ich mit Jacky!

„Aber natürlich pass ich auf. Den nächsten Tee werde ich aufsetzen. Dann kannst du dich selber überzeugen, wie gelehrig dein Schüler ist", prahle ich.

„Ist das ein Wort? Da bin ich ja mal gespannt. Wenn du aus China zurück bist, dann kannst du beweisen, wie viel du dir merken konntest", Lin-Lin klatscht begeistert wie ein kleines Kind in ihre Hände.

Sie nimmt anschließend das weiße Kännchen und entleert es erneut über dem Teetablett: „So, der erste Aufguss wird nur dazu benutzt, den Tee zu reinigen."

„Was heißt hier nach-meiner-Chinareise? Ich denke, wir veranstalten hier eine echte chinesische Tee Zeremonie? Wir testen doch wohl mehr als nur eine Teesorte?" frage ich verdutzt.

„Irrtum mein Lieber, falsch gedacht. Heute Abend darfst du nur eine Teesorte kosten", klärt mich Lin-Lin auf.

„Nein, das glaube ich nicht. Der ganze Aufwand, nur für eine Teesorte?" bemerke ich enttäuscht und sehe, wie Lin-Lin jetzt zum dritten Mal das weiße Kännchen mit heißem Wasser füllt.

„Du hast es erfasst. Der ganze Aufwand und noch ein bisschen mehr. Der Herr muss nämlich lernen, Geduld aufzubringen. Ich lasse den Tee jetzt ein wenig ziehen", antwortet Lin-Lin.

„Wie lange?"

„Ungefähr eine Minute. Nach jedem Aufguss musst du dann eine halbe Minute dazu zählen."

„Ich denke, das kann ich mir merken."

Wir schweigen und lauschen der eintretenden Stille aus Flötenspiel, zusammen schlagendem Bambus und leisem Wassergeplätscher. Die Koi Karpfen drehen unverdrossen ihre Runden.

Die Zeit verstreicht und Lin-Lin vollführt den nächsten >Schritt< der Tee Zeremonie. Sie füllt beide langen Tassen mit dem grünen Tee. Nach einem kurzen Moment füllt sie den Tee von den langen Tassen in die flachen Tassen.

„Hier, riech einmal", Lin-Lin reicht mir eine der langen Tassen.

Ich halte die Tasse an meine Nase und ziehe den Duft zig tausendjähriger chinesischer Teekultur ein. Stopp, ganz so schlimm ist es natürlich nicht. Wie muss eigentlich guter Tee riechen? Hauptsache, er schmeckt.

„Und? Gefällt er dir?" fragt Lin-Lin, während sie selber an der anderen langen Tasse deren Teeduft aufnimmt.

„Ja, gut, würde ich sagen, den nehmen wir heute Abend! Wie heißt der Tee eigentlich?" frage ich Lin-Lin und wechsele zur flachen Tasse.

„Das ist ein Wu-Long Tee. Auch als schwarzer Drache bekannt. Der kommt aus den Bergen Taiwans. Zu deiner Information, der Tee kann, je nach Güte, zwischen vier und acht Mal wieder aufgegossen werden", erläutert Lin-Lin und zeigt lächelnd auf das chinesische Etikett der Teeverpackung. Wie schön, mitzählen kann ich schon, nur beim Lesen hapert es.

Wir prosten uns gegenseitig zu und trinken gemeinsam unseren ersten Tee des Abends. Ist das ein feierlicher Augenblick?

„Das ist ganz große Klasse Lin-Lin. Aber um ehrlich zu sein, wenn ich aus China zurückkehre, musst du mir die ganze Prozedur noch einmal erklären. Ich glaube, ich bin da bei einigen

44

Punkten nicht ganz mitgekommen", gestehe ich fröhlich. Wer kann sich diese vielen, einzelnen >Schritte< bloß merken?

Lin-Lin Augenschlitze verengen sich augenblicklich: „Nun, der Herr interessiert sich für die Vergangenheit Chinas. So wie mir scheint aber nicht für chinesische Kultur, Land und Leute. Wie schade aber auch." Lin-Lin schlägt ihre Augen nieder. Ihr Blick scheint ganz im dampfenden Wu-Long Tee zu versinken.

„Lin-Lin, Entschuldigung, natürlich interessiere ich mich für Kultur, Land und Leute. Was glaubst du denn?" Ich greife zu einem der Wassergläser und nehme einen großen Schluck.

„Zum Beispiel für die chinesische Damenwelt!" antwortet Lin-Lin frostig. Bravo, damit wären wir wieder beim alten Thema gelandet!

Ich schaue hinaus auf den Teich. Was würde wohl passieren, wenn jetzt einer der Kois Kiel-oben schwimmen würde? Ganz einfach, ein kleiner Taiwanese würde den Bauch des Kois aufreißen und neue Batterien einsetzen.

Zum zweiten Mal greift ein mir unbekannter Schutzbuddha ein. Die Schiebetür gleitet auf und vier kleine Teller mit Dumplings und zwei unterteilte Schälchen mit Essig und Soja werden auf unseren Tisch gestellt.

Zu meiner Erleichterung findet Lin-Lin zu ihrem Lächeln und zu einer meiner alten Fragen zurück: „So, spätestens jetzt solltest du wissen, wieso wir am heutigen Abend nur eine Teesorte trinken."

„Nein, weiß ich nicht", muss ich gestehen. Ich greife zu meinen Essstäbchen und peile mit ihnen auf einen der vier kleinen Teller: „Also gut, es hat etwas mit den Dumplings zu tun. Wirst du es mir verraten oder lässt du mich dumm sterben?"

„Du meinst, ob ich dir einen Vorgeschmack auf deine Chinareise geben will?" fragt Lin-Lin tonlos zurück.

Jetzt ist es auch mir klar geworden. Lin-Lin verlangt von mir eine Erklärung. Die chinesische Vergangenheit als Reisegrund nimmt sie mir nicht ab. Für Lin-Lin muss ich mir schon etwas Besseres einfallen lassen. Ratlos schaue ich auf die vier Teller mit ihren Dumplings.

Lin-Lin nimmt ihre Essstäbchen und greift sich einen Dumpling. Der Dumpling schimmert unter dem weißen Teig, der ihn ummantelt, schwach rosa. Lin-Lin tunkt ihn kurz in ihr Schälchen mit dem Essig. Vorsicht beißt sie ein Stück des Dumplings ab. Den Rest legt sie erst einmal in ihr Essschälchen.

Wieso nicht, ich nehme mir auch einen Dumpling. Meine Wahl fällt auf einen grün schimmernden von einem der anderen Teller. Ich tauche ihn in die Soja Soße ein und hebe ihn anschließend vorsichtig hoch. Die grünliche Färbung unter seinem Teig verrät ihn: Dieser Dumpling ist ein vegetarischer Dumpling.

Was ist noch einmal ein Dumpling? Wie würde er bei uns bezeichnet werden? Als Ravioli? Als Maultasche? Als Teigtasche? Ja, genau das sind sie. Moment, irgendetwas hatte ich doch vergessen?

Ist jetzt auch egal. Ich stopfe mir den ganzen Dumpling in den Mund und beiße zu.

Jawohl, jetzt weiß ich, was ich vergessen habe! Bei der Zubereitung des Dumplings saugt sich dieser mit kochendem Wasser voll. Die geballte Ladung dieses kochenden Wassers habe ich jetzt in meinem Mund freigesetzt. Na prima, ich verbrenne mir Zunge, Gaumen und Rachen an einem vegetarischen Dumpling. Ich schiebe den vor Hitze nur so strotzenden Dumpling von einer Ecke meines Mundes in die nächste. Der Überlebenskampf des Dumplings dauert lange, so lange wie eine ganze chinesische Dynastie. Puhh, wie sich die Zeit dehnen lässt! Ich wische mir den Schweiß von der Stirn. Am Ende beruhige ich meinen Geist, Körper und Mund mit gutem Wu-Long Tee.

Was macht eigentlich Lin-Lin? Wieso hat sie mich nicht, wie sonst auch immer gewarnt? Während ich mit meinem ersten Dumpling beschäftigt war, hat sie bereits von den beiden letzten Tellern gekostet. Jetzt sitzt Lin-Lin friedlich da und schaut dem Lotus zu.

Ich kratze mich nachdenklich am Kinn und schaue zurück auf den Tisch. Auf jedem der vier Teller liegen jetzt nur noch jeweils drei Dumplings.

Nanu, wenn das kein Zeichen ist! Manche Antworten ergeben sich einfach von selbst. Hatte ich das vorhin nicht schon einmal gedacht?

Ich versuche meine Stimme möglichst unschuldig wirken zu lassen: „Ab morgen besichtige ich in vier Tagen drei Städte. So etwas muten sich nur japanische Touristen zu. Das wird eine richtige Hetzjagd durch China."

Ich halte kurz inne und hebe einen weiteren Dumpling von einem der Teller. Mein neuer Dumpling ist rot. Er ist so rot wie eine Tomate oder sollte ich in Taiwan lieber sagen: Er ist rot wie Chili? Ein richtiger kleiner Red-Hot-Chili-Pepper-Dumpling.

„Damit nicht genug, ich muss erst einmal in jeder Stadt ein Hotel suchen. Anschließend muss ich die Fahrt für den nächsten Tag organisieren, noch etwas zu futtern finden und so weiter. Ich vermute, ich kann an jedem Ort gerade mal ein Dutzend Fotos schießen und schon geht es im Schweinsgalopp weiter."

Fragend schaue ich Lin-Lin an, die sich mir langsam wieder zuwendet: „Und ganz neben bei soll ich mir den Hals nach chinesischen Schönheiten verdrehen? Verstehst du, was ich meine?"

Wir beide schauen auf den roten Dumpling zwischen meinen Essstäbchen. Die Farbe Rot ist in der Natur eine Warnfarbe. Ich frage mich, ob dieses Naturgesetz auch für dieses Exemplar gilt. Egal, ich schiebe mir unbekümmert den gesamten Dumpling in den Mund.

„Du musst es wissen, es ist deine Chinareise." Habe ich diese Worte heute nicht schon einmal von Jacky zu hören bekommen? Das habe ich jetzt von meinen tollen Ideen.

Lin-Lin fängt plötzlich zu kichern an. Mit der einen Hand bedeckt sie ihren Mund. Mit der anderen Hand füllt sie meine Tasse mit dem heißen Wu-Long Tee. Anschließend beginnt sie, vergnügt an ihrem zweiten Red-Hot-Chili-Pepper-Dumpling herum zu knuspern. Dabei beobachtet sie mich mit funkelnden, schelmischen Augen.

Autsch, ich weiß Bescheid. Mein Red-Hot-Chili-Pepper-Dumpling schlägt verzögert zu. Er ist die perfekte Zeitbombe.

Der Dumpling ist nicht scharf, er ist nicht heiß, er ist einfach nur tödlich. Ich fühle und schmecke nichts mehr, ich kann mich auch nicht mehr bewegen. Ein betäubendes metallisches Gefühl breitet sich in meinem Mund aus.

Meine Hände schwitzen, meine Arme schwitzen, mein ganzer Körper stößt Schweiß als Panikreaktion aus. Ich habe hingegen keine Panik, ich habe nur noch Angst. Das ist das Ende. Vergiftet von einem Red-Hot-Chili-Pepper-Dumplings mitten in Taiwan. Schweiß läuft mir in die Augen. Ich traue mich nicht, ihn heraus zu wischen. Kann ich mich überhaupt noch bewegen? Wie lange wird es dauern? Nur nicht die Nerven verlieren. Wer kann mir jetzt noch helfen? Lin-Lin, wo bist du?

Ich versuche Lin-Lin zu erkennen. Sie sitzt gegenüber und winkt mir quietschvergnügt zu. Wer den Schaden hat, der braucht für den Spot nicht mehr zu sorgen.

„Hier trink", höre ich sie flüstern wie einen Geist aus den Tiefen des Lotusteiches. Sie hält mir meine Tasse mit dem heißen Wu-Long Tee entgegen. Ich nehme ihn dankend an und versuche mich beim Trinken nicht zu besabbern.

„Bei zu scharfem Essen hilft nur heißer Tee. Als barbarischer Beer Boy machst du immer den Fehler, dass du eiskaltes Bier trinkst. Damit verschlimmerst du nur alles. Das einzige, was wirklich hilft, das ist heißer Tee. Kannst du dir das merken?" belehrt mich Lin-Lin grinsend und füllt erneut meine Tasse auf.

Ich trinke, Lin-Lin füllt auf. Das geht nun einige Male so. Einen gemütlichen chinesischen Teeabend habe ich mir anders vorgestellt.

Nach einiger Zeit wage ich, mir den Angstschweiß aus dem Gesicht zu wischen. Ich nehme dafür ein neues dieser aufgerollten Erfrischungstücher.

Aus der Distanz einer vergangenen chinesischen Zeitepoche vernehme ich Lin-Lins Stimme: „Du wolltest doch wissen, was auf den Tassen und dem Kännchen in Chinesisch geschrieben steht. Du wirst es nicht glauben, es sind Gebrauchsanweisungen. Auf dem Kännchen steht, dass hier der Tee mit heißem Wasser übergossen wird. Auf der langen Tasse lese ich "riechen" und auf die kurze Tasse haben sie geschrieben "trinken". Ist das nicht lustig?" Nein, ist es nicht. Es ist kein bisschen lustig. Ich kann mich jetzt nicht für ordentlich, geschriebene chinesische Schriftzeichen erwärmen. Ich betaste vorsichtig meine Lippen, Zunge, Teile des Zahnfleisches, Backen und Kinn. Alles ist noch da, nichts ist weggebrannt. Ich nehme eine weitere Tasse heißen Wu-Long Tees.

Lin-Lin füllt sofort wieder die leere Tasse auf. Bevor sie aber das Kännchen wieder abstellt, stutzt sie und schaut einen Moment zwischen Kännchen und Dumplings hin und her.

„Noch etwas. Du wolltest doch wissen, wieso es bei der heutigen Tee Zeremonie nur eine Teesorte zu trinken gibt?" Lin-Lin stellt das Kännchen ab und schaut mich fragend an.

Nein, ich will nichts mehr wissen, das ist mir momentan egal. Andererseits bin ich froh, dass sie so munter drauf los redet. Das lenkt von meinem vergifteten und verbrannten Körper ab.

„Also, das ist sehr einfach. Am besten, du vergleichst die Tee Zeremonie mit einer Weinprobe. Während einer Weinprobe wird nichts gegessen, oder? Genauso wird auch während einer Tee Zeremonie nichts gegessen? Ganz anders hingegen bei einem Besuch im Restaurant. Zum Essen wird eine Flasche Wein geordert, stimmt's? Genauso haben wir zu unseren Dumplings eine Sorte Tee geordert, stimmt's? Aber du solltest nicht traurig sein. Bis die Dumplings kamen, war es eine ein-Tee-Zeremonie. Was sagst du dazu?"

Nein, ich sage nichts, ich kann nichts sagen. Ich trinke noch einen Schluck Tee und versuche ein wenig zu husten. Ich habe Lin-Lin zum falschen Zeitpunkt gefragt, nun antwortet sie zum falschen Zeitpunkt. So scheint es halt zu gehen, mit den kulturellen Fragen. Der alte Ingenieur behält recht.

Lin-Lin schiebt mir die drei zarten rosafarbenen Dumplings zu: „Die solltest du jetzt kosten. Keine Angst, die sind nicht scharf."

Ich habe keine Kraft mehr, ich kann mich nicht mehr wehren. Willenlos greife ich meine Essstäbchen und angele mir einen der rosafarbenen Dumplings. Ob du mein Schierlings Dumpling oder mein Phönix Dumpling bist, das werde ich gleich erfahren. Lin-Lin will nicht, dass ich nach China reise, aber dass sie soweit mit ihren Mitteln geht!

Es sind Garnelen! Es ist ein Garnelen-Dumpling! Es sind meine ersten Garnelen! Sie schmecken richtig gut! Ich kann wieder schmecken! Ich darf wieder Mensch sein! Meine Stimmung wechselt augenblicklich! Lin-Lin hat mir gerade zwei Fragen beantwortet. Wird sie mir noch einmal weiterhelfen?

Ich räuspere mich laut und kräftig: „Sag mal, du weißt ja, dass aller guten Dinge drei sind, oder?"

Lin-Lin schüttelt völlig verdutzt ihren Kopf.

„Nun, zum Ersten hast du mir so nett einige chinesische Gebrauchsanweisungen vorgelesen. Zum Zweiten hast du mir erklärt, dass Tee und Wein Gemeinsamkeiten haben."

Ich räuspere mich noch einmal und frage listig: „Was denkst du, was könntest du mir denn als Drittes verraten?"

Lin-Lin fängt an zu kichern. Ich schnappe mir den nächsten dieser Garnelen-Dumplings. Ich muss mich konzentrieren, ich habe

den Red-Hot-Chili-Pepper-Dumpling noch nicht richtig über-
standen.

Morgen fahre ich nach China. Jacky hat mir keinen sinnvollen
Tipp gegeben. Wäre es möglich, eine brauchbare Reiseinforma-
tion von Lin-Lin zu erhalten?

„Also, Morgen reise ich für ein paar Tage nach China. Ich weiß,
dass du das nicht willst. Du weißt, dass du mich nicht aufhalten
kannst. Ich möchte mir aber während der Reise nicht noch weitere Red-Hot-Chili-Pepper-Dumplings einfangen. Also, langer
Rede kurzer Sinn: Hast du vielleicht einen Tipp, den du mir mit
auf die Reise geben könntest?"

Ich entscheide mich für einen vegetarischen Dumpling, während
Lin-Lin einen der letzten Sorte, einen weißen, farblosen
Dumpling in die Essigsoße tunkt.

„Was sollte ich dir für einen Tipp geben? Du besitzt in China Pandastatus."

„Was habe ich?" Ich lege den grünlichen Dumpling auf mein kleines Essschüsselchen.

„Ein Panda, du kennst doch diesen schwarz weißen Bären, den
alle im Zoo aufsuchen und fotografieren? Genau das bist du dahinten auch. Alle wollen dich sehen und bestaunen. Du bist ein
wandelnder Panda." Lin-Lin lächelt mich an, ein Koi schlägt ge-
räuschvoll mit der Schwanzflosse aus dem Wasser.

„Einen kleinen Tipp kann ich dir tatsächlich geben. Der Panda
verschafft dir auf alle Fälle einen Vorteil. Aber er nützt dir nichts,
wenn du nicht lächelst."

„Ich bin ein Panda und ich soll lächeln?" Jetzt bin ich es, der völlig
verdutzt drein schaut.

„Ja, du musst immer lächeln. Mit einem Lächeln signalisierst du,
dass du dich gut fühlst und dass alles in Ordnung ist. In diesem
Fall sind die meisten Chinesen gerne bereit, dir zu helfen. Du
wirst sehen. Ein Panda, der lächelt. Wir Chinesen können gar

nicht anders. Alle werden dir helfen." Lin-Lin genehmigt sich den Rest des weißen Dumplings und nickt mir zu.

Ich esse den vegetarischen Dumpling und sichere mir einen weißen, noch unbekannten Dumpling: „Ich laufe also lächelnd durch China. Wenn ich zu Hause lächele, dann verstehen das viele als Provokation. Das bringt mir nichts als Ärger ein."

„Du bist aber nicht zu Hause, du bist in China", Lin-Lin hat sich jetzt ganz in ihrem Schneidersitz aufgerichtet und fixiert mich. Sie fixiert mich wie ein Raubtier sein Opfer.

„Wenn du anderer Meinung bist, wir können ja wetten", kichert sie und streckt mir ihre rechte Hand entgegen.

Das gibt es doch nicht! Zuerst Jacky und jetzt Lin-Lin. Diese Chinesen und ihre Wettleidenschaft!

„Ich soll also mit dir wetten, dass dein Panda ohne Lächeln in China scheitern wird?" Ich bade meinen weißen Dumpling in der Sojasoße.

„Genau, du hast es erfasst", antwortet Lin-Lin und lässt ihre Hand ausgestreckt.

„Und wie willst du überprüfen, ob deinem Panda das Lächeln etwas nützt?" frage ich weiter.

„Das ist doch ganz einfach: Du hattest vorhin recht. Die Zeit und dein Reisestil sind viel zu kurz, um ein "Techtelmechtel" mit einer kleinen Chinesin anzufangen. Du benötigst also ein anderes Mittel, um dich unter die Chinesen zu mischen. Du wirst sehen, Lächeln ist die beste Methode. Das ist wie eine zweite Eintrittskarte nach China. Komm, schlag ein", sprudelt es nur so aus Lin-Lin heraus.

„Was ist das?" Habe ich Lin-Lins letzte Worte richtig verstanden?

„Was? Dass das Lächeln wie eine zweite Eintrittskarte ist? Ja, du hast richtig verstanden. Lächeln ist das Tor nach China. Es ist dein Ticket ins Reich der Mitte", Lin-Lin ist nicht mehr zu bremsen.

Das gibt es doch nicht. Woher kennt sie den Spruch von dem russischen Englischlehrer? Das ist wie ein zweiter Red-Hot-Chili-Pepper-Dumpling.

Willenlos gebe ich Lin-Lin meine Hand und besiegele somit meine zweite Wette des Tages.

Zufrieden nippt Lin-Lin von ihrem schwarzen Drachen. Beruhigendes Flötenspiel gleitet wie unsichtbare, uralte chinesische Mythen über den Lotus an mein Ohr. Die Pflanzen treiben in der Mitte des Teiches, beständig umkreist von den Kois.

Ich beiße vorsichtig ein Stück von dem weißen Dumpling ab. Endlich, das ist ein Dumpling, wie ich ihn mir vorgestellt habe. In der Teigummantelung verbirgt sich ein Gemisch aus gehacktem Fleisch und Gemüse. Er ist nicht mehr zu heiß, er ist nicht brutal scharf und es mussten auch keine Garnelen für ihn sterben. So soll ein richtiger Dumpling schmecken.

„Na Peter, haben wir nicht etwas vergessen?" flüstert Lin-Lin verschwörerisch über ihre Tasse mit dem dampfenden Wu-Long Tee.

„Nein, habe ich nicht", entgegne ich knapp und nehme mir einen weiteren, der weißen Dumplings.

„Also? Was ist dein Einsatz?" Lin-Lin Stimme wechselt unvermittelt ins Geschäftliche. Sie stellt ihre Tasse ab und schaut mir direkt in die Augen.

Ich betrachte meinen weißen Dumpling. Ist er nicht schneeweiß? Das ist es, ich wische mir noch einmal den Schweiß aus dem Gesicht. Jetzt den Kopf in eiskalten Schnee stecken können. Einmal wieder abkühlen, aber wo auf dieser Insel ist das möglich? Moment, das ist es! Manche Dinge ergeben sich von selbst. Hatte ich das heute nicht schon einmal?

„Sag mal, du hattest doch einmal erwähnt, dass ihr auf Taiwan Berge habt. Du meintest, die sind bis zu 4000m hoch. Die sind so hoch, dass es da oben sogar Schnee geben soll? Kannst du dich noch daran erinnern? Lin-Lin, wenn das mit dem Lächeln in China nicht funktioniert, dann zeigst du mir diesen Taiwanschnee!"

„Taiwanschnee willst du sehen?" Lin-Lin schaut mich mit halb geöffnetem Mund ungläubig an. Damit hat sie nicht gerechnet. Zufrieden genieße ich meine gute Idee und das stille Treiben der Koi Fische.

„Also gut, wenn ich verliere, dann zeige ich dir den Taiwanschnee, abgemacht." Vernehme ich da in Lin-Lin Stimme einen verwirrten Unterton?

„Für den Schnee müssen wir aber tief ins Gebirge fahren. Das ist nicht ganz so einfach?" Lin-Lin schaut mich nachdenklich an.

Irgendetwas ist doch jetzt schon wieder faul an der ganzen Geschichte. Wenn ich nur wüsste, was es ist: „Das ist kein Problem Lin-Lin, ein paar Stunden in die Berge fahren? So und jetzt aber Schluss mit der Heimlichtuerei, was ist dein Wetteinsatz?"

Lin-Lin räuspert sich und nimmt noch einen Schluck Tee, bevor sie antwortet: „Zuerst dachte ich an ein Restaurant in Taipei, vergleichbar mit deinem komischen "Rex". Aber das wäre zu teuer gewesen. Dein Taiwanschnee hat mich auf eine ganz andere Idee gebracht: Was hältst du von einem Wochenende in einem heißen Thermalbad am Sonne-Mond-See?"

Lin-Lin teilt den letzten Rest des Wu-Long Tees auf unsere beiden Tassen auf.

„Ich denke, das ist eine sehr gute Idee. Zum einen ist es nicht so teuer wie der Restaurant Besuch in Taipei. Zum anderen müssen wir aber auch nicht so tief ins Gebirge fahren wie zu deinem Taiwanschnee. Abgemacht?" Lin-Lin reicht mir mit ihrem unschuldigsten Gesichtsausdruck noch einmal ihre rechte Hand.

Was immer in ihrem kleinen taiwanesischen Köpfchen gerade vorgeht, ich werde es noch erfahren. Lächelnd schütteln wir uns die Hände.

„Der letzte Dumpling ist gegessen, der letzte Wu-Long Tee getrunken. Noch ein kleines Bierchen in der Altstadt?" frage ich Lin-Lin und wische mir mit einer Serviette den Mund ab.

„Aber nur eins, mein großer Chinareisender", antwortet Lin-Lin und wir stehen auf. Das heißt Lin-Lin steht auf, ich quäle mich aus dem Schneidersitz in die Höhe.

Lin-Lin findet auf Anhieb den Weg durch das Teehauslabyrinth zum Ausgang. Die beiden Empfangsdamen in Orange und Schwarz warten bereits auf uns. Sie überreichen mir, mit einem höflichen Kopfnicken, die Rechnung. Ich zahle mit einem neuen meeresblauen 1000 New Taiwan Dollar Schein. Das entspricht bei dem momentanen Wechselkurs so ungefähr 25 Euro. Auf der Vorderseite des Scheins sind vier Schulkinder zu sehen, die neugierig einen Globus studieren. Auf der Rückseite ist der höchste Berg Taiwans abgebildet. Es ist der Jade Berg (Yu-Shan: Yu = Jade, Shan = Berg). Da steht er, in seiner ganzen, ausgewachsenen Lebensgröße von 3952m.

Wird mir Lin-Lin an seinen Hängen den Taiwanschnee zeigen? Natürlich nur, wenn mir in China das Lachen aus dem Gesicht fällt! Auf was für eine Wette habe ich mich da bloß eingelassen? Halt, es sind mittlerweile zwei Wetten und ein böser Tempelwächter, das kann ja heiter werden!

Kapitel IV.

Ein Gläschen zur späten Stunde

深 夜 的 一 小 杯

Lin-Lin steuert ihren kleinen Japaner zügig durch die nächtlichen Straßen Hsin-Chus. Das Ziel der Fahrt ist die Altstadt, mit ihren unzähligen Bars und Restaurants.
Den Abend vor meiner Chinareise werde ich nicht mit einem grünen Tee, sondern mit einem kühlen Bier ausklingen lassen.
Es dauert nicht lange und ein grell beleuchtetes chinesisches Stadttor taucht vor uns auf. Ein breiter mehrspuriger Kreisverkehr umgibt das historische Gemäuer. Während Lin-Lin dem Verkehrsfluss um das massive Tor folgt, schlagen meine Gedanken wieder einmal Purzelbäume. Das alte Osttor, der Gruß an die aufgehende Sonne, das Wahrzeichen der Altstadt, erbaut in längst vergangenen Tagen, da war doch noch etwas?
Richtig, jetzt erinnere ich mich! Es gibt nicht nur eins, sondern insgesamt zwei chinesische Stadttore. Das Eine nimmt gerade mein gesamtes Blickfeld ein. Das Andere hatte ich irgendwann einmal auf einer alten Photographie gesehen.
Das Bild war in braunen und gelben Farbtönen gehalten. Die Konturen verblassten zu den Rändern hin. Die Aufnahme erweckte den Eindruck, dass sie noch zu Kaisers Zeiten aufgenommen worden war.
Der Mittelpunkt des Bildes war ein Stadttor, dem hiesigen von Hsin-Chu sehr ähnlich. Es war Teil einer steinernen Befestigungsanlage. Zu beiden Seiten waren Mauern, die mit Palisaden versehen waren. Wer in oder aus der Stadt gelangen wollte, der musste über eine hölzerne Brücke. Die Brücke führte über einen mit Wasser gefüllten Stadtgraben.

Die Geschichte ist nicht stehen geblieben. Was immer auch aus dem Tor auf der vergilbten Photographie geworden ist, das Stadttor Hsin-Chus steht noch. Es hat den Weg aus der Vergangenheit in die Gegenwart überlebt. Es musste allerdings einen hohen Preis dafür zahlen. Die Mauern zu seiner beiden Seiten sind geschliffen worden. An ihrer Stelle sind Konstruktionen aus Stahl und Beton gerückt. Der Stadtgraben ist bis auf wenige Reste zugeschüttet worden. Die Brücke aus Holz ist einer Straße aus Asphalt gewichen. Niemand muss mehr das Tor passieren, um in oder aus der Stadt zu gelangen.

Das alte Osttor Hsin-Chus, es ist seiner früheren Weggefährten und seiner schützenden Aufgaben entledigt worden. Es thront nun fremd und geisterhaft im Zentrum einer modernen taiwanesischen Stadt.

Ich lenke meine Gedanken wieder zurück, zu der alten Photographie. Mehrere Dutzend Bürger der Stadt hatten vor der Brücke und dem Stadtgraben Aufstellung genommen. Sie waren allesamt fein herausgeputzt. Bestimmt waren sie nach Macht, Geld und Titeln vor dem alten Tor aufgereiht und sortiert worden. Die Prominenz der Stadt war angetreten! Mit ausdrucklosen Minen blickten sie starr in die Kamera. Von denen hat keiner gelächelt. Wieso eigentlich nicht? Was war der Anlass zu dem Gruppenbild? Was ist aus all den Bewohnern dieser alten chinesischen Stadt geworden? Was ist aus dem alten Tor auf der Photographie geworden? Sind vielleicht beide Stadttore ein und dasselbe Stadttor? Wieso interessiere ich mich mit einem Mal für derartige Fragen?

Lin-Lin verlässt den Kreisverkehr und fährt parallel neben den wenigen noch vorhandenen Metern des alten Stadtgrabens her.

Was hatte ich ihr erzählt: "Ich will mal sehen, ob es mir gelingt, ein Stück chinesischer Vergangenheit einzuatmen." So schlecht ist die Idee gar nicht. Natürlich muss es nicht gleich eine komplette Stadt mit ihren Bewohnern sein. Ein weiteres altes Stadttor, das wäre doch ein durchaus erreichbares Ziel!

Ich bin begeistert von meiner neuen Idee. Mit einem Mal sehe ich die Chinareise aus einem ganz anderen Blickwinkel. Von jetzt an ist es keine normale Reise mehr. Wo sind die alten Stadttore? Sollte es möglich sein, die chinesische Vergangenheit aus längst verblassten Photographien zu lösen …

„Peter, wo willst du dein Bier trinken?" reißt mich Lin-Lin aus den Gedanken. Sie drosselt die Geschwindigkeit des Wagens. Vor uns ragt das *SOL* Hotel in den Nachthimmel.

„Wir gehen ins *B52*, fahr rechts", entscheide ich, plötzlich sehr ortskundig. Lin-Lin biegt ab in eine schmale Seitengasse. Wir haben Glück und finden nach gut 50m eine Parkmöglichkeit, direkt gegenüber vom *B52*.

Das *B52* ist eines von den unzähligen Lokalen dieser Stadt. Eine ruhige, kleine Kneipe, gelegen am Ende einer Seitenstraße. Wer sich von den lauten und hektischen Lokalen im Umkreis des *SOL* Hotels erholen will, der ist hier im *B52* gut aufgehoben. Es ist der ideale Ort, um den Abend mit einem gemütlichen Bier ausklingen zu lassen.

Ich steige aus und schaue durch die große Fensterfront in das Innere des Lokals. Hatte ich aus dem Autofenster doch richtig gesehen. Gerd sitzt bereits an der Bar bei einem Bier. Er winkt uns fröhlich von seinem Platz aus zu.

Was hatte mir einmal ein Rucksacktourist auf dem Flughafen von Hong Kong anvertraut? „Als Rucksacktourist gehst du doch nicht in die entlegensten Winkel dieser Welt, um die dortigen Einheimischen kennen zu lernen! Um Himmelswillen, das tut keiner von uns."

Er grinste und kratzte sich am Kinn: „Wir gehen bis ans Ende der Welt, um uns dort mit anderen Rucksacktouristen zu treffen. So einfach ist das. In der Fremde treffen wir uns mit

Gleichgesinnten. Das ist das ganze Spiel." Er stand auf und nahm einen Flieger nach Australien. Ich blieb sitzen und fragte mich, was ich wohl für Gleichgesinnte in Taiwan treffen würde.

Gerd empfängt uns mit kräftigem Händedruck. Wir nehmen bei ihm an der Bar Platz. Gerd kommt ursprünglich aus dem Hessischen. Jetzt steht er, genauso wie ich, im Sold globaler Halbleiterfirmen. Was hatte ihn bewogen, so fern der Heimat seine Haut zu Markte zu tragen?

Es gibt Menschen, die leiden unter Heimweh und es gibt Menschen, die leiden unter Fernweh. Gerd ist keiner von diesen Unglücklichen. Gerd ruht in sich selber, das heißt, er ruht bei seinem Bier und seinen Zigaretten.

Gerds Grundbedürfnisse befähigen ihn zur extremer Mobilität und gleichzeitiger Häuslichkeit. Was sagt er häufig von sich selber? Er hätte auch Matrose oder Söldner werden können. Aber hier ist es doch auch ganz nett!

Hatte das der Rucksacktourist gemeint? In der Fremde treffen wir uns mit Gleichgesinnten?

Lin-Lin bestellt für mich ein Taiwan Bier und für sich selber eine 7-up Limonade. Ich sollte eigentlich ihrem Beispiel folgen. Meine Chinareise beginnt morgen Früh schon vor sieben Uhr.

Es dauert nicht lange und die beiden Getränke stehen vor uns. Lin-Lin entschuldigt sich und verschwindet in Richtung Toilette. Gerd und ich bleiben an der Bar sitzen und prosten uns zu.

„Sag mal, warum willst du eigentlich nach China?" startet Gerd das Gespräch und zündet sich in aller Ruhe eine japanische Mild 7 Zigarette an.

Ich bezahle mit zwei rot weißen einhundert New-Taiwan-Dollar Scheinen. Dr. Sun, der Gründer der chinesischen Republik, blickt uns mit ernstem Gesicht von den Geldnoten entgegen.

Wieso will ich nach China? Jacky hat mich zuerst gefragt. Ich habe Jacky geantwortet, dass die Reise ein alter Kindheitstraum von mir ist. Jacky denkt, ich hätte etwas anderes im Sinn.

Wieso will ich nach China? Lin-Lin hat mich als Zweite gefragt. Ich habe Lin-Lin geantwortet, dass ich mich für die chinesische Vergangenheit begeistere. Lin-Lin hat mir jegliches Kulturinteresse abgesprochen.

Wieso will ich nach China? Gerd fragt mich nun als Dritter. Was kann ich Gerd antworten, was er mir sowieso nicht glauben wird? Moment mal, was hatte der Rucksacktourist gesagt? Er reist, weil er in den entferntesten Winkeln dieser Erde andere Rucksacktouristen treffen will? Er reist, um auf Gleichgesinnte zu stoßen. Ich reise auch.

Ist diese Logik-der-Gleichgesinnten nicht auch auf meinen Chinatrip und Gerd anwendbar? ...

Ich schaue mich noch einmal um. Lin-Lin ist nirgends zu sehen. Wenn mir so wieso keiner glaubt, dann kann ich auch fröhlich drauflos lügen, ganz im Stil des guten Herrn Baron von Münchhausen: „Gerd, was fragst du noch? Du weißt es doch selber. Die Firmen verlagern ihre Produktion von Taiwan nach China."

„Ja, ja, ich weiß, China ist die Fabrik der Welt. Was hat das mit deiner Reise zu tun?"

„Gerd, in was für einer Welt lebst du? Ich gehe mit der Zeit. Ich sehe mir meinen zukünftigen Arbeitsplatz an. Über kurz oder lang werden wir auch in China tätig werden."

„Oder wir werden arbeitslos. Du natürlich nicht, du opferst sogar deinen Urlaub für deinen Job. Ach, Junge, erzähl mir keinen Müll!" Gerd schüttelt nur amüsiert den Kopf und greift zu seinem Bier.

Das also zu der Logik-der-Gleichgesinnten! Gerd ruft mich in die Realität zurück. Die nächste Talfahrt (Downturn) der weltweiten Industrie ist bereits in Sicht. Die ersten großen Entlassungswellen stehen vor der Tür. Die Branche wächst und gedeiht weiterhin im chinesischen Yang –und Yin Stil. Leider rutschen wir gerade wieder talwärts. Ich tue gut daran, in den nächsten Tagen China zu sehen. Wer weiß, vielleicht ist mein Dasein auf der kleinen Insel Taiwan kürzer als ich dachte!

„Na, wenigstens sind die Taiwanesen genauso schlau wie wir. Die schließen auch ihre heimischen Fabriken und lassen sie in China wieder aufbauen", fange ich an, das Thema breit zu treten. Als ob Gerd das nicht selber wüsste.

„Der chinesische Wirtschaftsaufschwung muss heute Abend ohne mich stattfinden", stöhnt Gerd. Er trinkt den letzten Schluck aus seiner Flasche und brummt: „So etwas aber auch, ich hatte dich ganz anders eingeschätzt."

„Wie meinst du das?" frage ich. Was soll das jetzt? Wieso glaubt mir einfach niemand?

„Was meinst du wohl? Der Antriebsmotor unseres Herrn Ingenieur ist das schnöde Geld", spottet Gerd und greift zu seinen Zigaretten.

„Was hattest du denn gedacht", setze ich meine Rolle als Baron von Münchhausen einfältig fort.

Gerd wirft sich die nächste Mild 7 ein: „Ich weiß es nicht. Vielleicht so etwas, wie einen heimlichen Wunsch. So etwas wie einen alten Traum. Das ist es, die Erfüllung eines alten Kindheitstraumes. Verstehst du? Träume müssen nicht nur Schäume sein."

Ich sitze da und schaue einem Rauchkringel nach, den Gerd über die Bar schweben lässt. Der Kreis hat sich von Jacky über Lin-Lin nach Gerd geschlossen. Ich frage mich, ob ich meine Antworten auf die Drei lediglich falsch verteilt habe? Wie könnte eine andere Anordnung wohl aussehen? Meine Gedanken werden unterbrochen. Lin-Lin kehrt zurück.

Gerd beginnt zu meinem Glück ein neues Thema: „Das hätte ich doch fast vergessen. Lin-Lin, hat unser guter Freund denn endlich seine geheime Reiseroute preisgegeben?"

„Ja, hat er schon", antwortet Lin-Lin und leitet die Frage in ihrem Sinne an mich weiter: „Oder? Gibt es noch etwas, das ich wissen sollte?"

Ohne Zweifel sollte Lin-Lin nicht alles wissen. Ihr Misstrauen ist noch lange nicht erloschen. Wüsste sie, dass ich mir mittlerweile drei Reisebegründungen ausgedacht habe, sie würde mir gar nichts mehr glauben. Viel schlimmer noch, sie würde ihre Verdächtigungen nur bestätigt sehen.

„Bei meiner Reise gibt es wirklich kein Geheimnis. Ich will mir in vier Tagen drei Städte in China ansehen. Das ist der gesamte Plan", antworte ich so kurz und unschuldig, wie ich nur irgendwie kann.

„Das ist doch nicht alles, oder?" hakt Gerd lachend nach: „Seit wann bist du denn so schüchtern! Mit einer Chinareise muss geprahlt werden! Wir wollen was hören. Herr Ingenieur, gehen Sie mal ins Detail."

„Alles mit der Ruhe, lasst mich doch erst einmal ausreden", verteidige ich mich: „Apropos Ruhe, Lin-Lin, was heißt noch einmal >Alles mit der Ruhe< auf Chinesisch?"

„>Man man lei<, >alles mit der Ruhe< heißt auf Chinesisch >man man lei<", lehrt Lin-Lin sofort und fängt dabei zu kichern an.

„Wie war das? >man man lei<, >man man lei<", wiederholt Gerd und nickt dazu, als wenn er es damit besser ins Hirn bekäme. Auch er weiß, welche Ausdrücke für die Arbeitswelt brauchbar sind.

„Richtig, alles mal >man man lei<", bestätige ich und räuspere mich noch einmal kräftig. „Dann will ich mal meinen kompletten Reiseplan offen legen: Wie ihr bereits wisst, beginnt meine Reise gleich morgen Früh. Mit dem Flieger geht es zuerst nach Hong

Kong. Ich habe mich über das Internet schlau gemacht. Täglich fahren mehrere Busse vom Hong Konger Flughafen über die chinesische Grenze nach Guang-Zhou. Ich denke, es ist der einfachste und bequemste Weg, um nach China zu gelangen.

Wenn alles funktioniert, werde ich also morgen Nachmittag in Guang-Zhou sein. Ich habe dann noch jede Menge Zeit, mir ein Hotel zu suchen und mir ein bisschen die Stadt anzusehen.

So weit, so gut. Wie ihr ebenfalls wisst, ist meine Reise zeitlich limitiert. Mir stehen nur vier Tage zur Verfügung. Ich muss nun wählen, zwischen dem Reisen und dem Besichtigen. Ich hoffe, dass ich den Weg der Mitte gewählt habe. Vormittags will ich von einer Stadt zur nächsten reisen, nachmittags will ich mir die neu erreichte Stadt ein wenig ansehen. Ich möchte nicht den ganzen Tag im Bus oder in der Bahn verbringen. Ich will noch etwas Zeit haben. Ich will ein wenig durch die Straßen der chinesischen Städte schlendern.

Lange Rede, kurzer Sinn. Die Entfernungen zwischen den Städten dürfen nicht zu groß sein. Am zweiten Tag geht es nach Wuzhou und am dritten Tag nach Yangjiang. Auf dieser Route beschreibe ich ein Dreieck in Reichweite Hong Kongs. Am vierten Tag geht es dann wieder zurück von Yangjiang über Guang-Zhou und Hong Kong nach Taiwan.

Das war es schon! Habt ihr noch Fragen?"

„Hört sich nicht gerade nach einer >man man lei< Tour an", ist Gerds erster Kommentar.

„Deine drei Städte liegen wirklich noch bei Hong Kong. Peter, weißt du überhaupt, wie groß China ist?" bemerkt Lin-Lin.

„Wie meinst du das?" frage ich zurück.

„Ganz einfach, nimm eine Karte von ganz China. Die kleinen Punkte für Hong Kong, Gaung-Zhou, Wuzhou und Yangjiang liegen so dicht beieinander, dass du denkst, es sei eine Stadt. Ich möchte es ja nicht so sagen, aber meiner Meinung hältst du dich noch in den Vororten Hong Kongs auf."

„Das sind Städte in den Wirtschaftssonderzonen um Hong Kong herum. Sei ehrlich, das ist doch nicht China, wo du hinfährst", schließt sich Gerd Lin-Lins Aussage an.

„Was meinst du eigentlich mit "durch die Straßen schlendern"? Die Städte, die du aufgezählt hast, das sind Industriestädte. Glaubst du wirklich, dort in schicken Fußgängerzonen zu bummeln, in Parkanlagen spazieren zu gehen oder alte Bauten und Kulturdenkmäler zu besichtigen? Peter, was weißt du eigentlich überhaupt von China?" Lin-Lins Fragen werden mit einem Mal schärfer.

„Dort gibt es nur Wohngettos, gegossen in Beton. Dazwischen die ältesten und dreckigsten Fabriken dieser Welt. All die alten Dreckschleudern, die bei uns nicht mehr genehmigt werden. Willst du dir so etwas antun?" schießt sich Gerd ebenfalls auf mich ein.

„Ja, ja, ist schon gut, ich habe verstanden. Ihr wollt mir die Reise so richtig schlecht reden. Verratet ihr mir auch, wieso ihr das tut?"

„Das fragst du noch", Gerd schaut mich ungläubig an: „Hast du nicht Lin-Lins Frage gehört: Was weißt du überhaupt von China? Ich an deiner Stelle würde morgen in Hong Kong bleiben. Ich würde mir ein paar schöne Tage auf der ehemaligen englischen Kolonie machen. Aber das musst du ja selber wissen."

„Was wisst ihr denn von China? Ihr hört euch an, als wenn ihr jeden zweiten Tag dort wäret", versuche ich Lin-Lins und Gerds Kreuzverhör weiter entgegen zu treten.

„Nein, ich war noch niemals in China", gesteht Gerd ohne Zögern, „aber ich habe genug Geschichten gehört, um auf so eine Reise verzichten zu können."

„Aber bis nach Taiwan hast du dich getraut? Das musst du mir näher erklären", bleibe ich weiter auf Angriff.

„Ich bin beruflich hier in Taiwan. Du willst privat nach China. Was ist, wenn mir irgendetwas passiert? Ich habe jede Menge taiwanesischer Arbeitskollegen, die sich um mich kümmern. Ich habe zudem ein internationales Unternehmen, das für mich verantwortlich ist. Du gehst auf eigene Faust nach China. Du buchst deine Fahrt nicht einmal bei einem Reiseunternehmen. Ich finde, das ist ein großer Unterschied", vergleicht Gerd unmissverständlich seine und meine Lage.

„Genau, Gerd hat recht", setzt Lin-Lin nach: „Du unternimmst deine Reise wirklich auf eigene Faust. Du bist eine Hälfte des Tages eingepfercht in völlig überfüllten Bussen und Bahnen. Die andere Hälfte des Tages marschierst du durch Trabantenstädte aus Asphalt und Beton. Jetzt sei ehrlich, Peter, wofür machst du den ganzen Aufwand? Damit du sagen kannst, das du einmal in deinem Leben in China warst! Bist du sicher, dass du das wirklich willst?"

Jetzt reicht es mir aber: „Jetzt macht mal einen Punkt. So schlimm kann China gar nicht sein. Ich glaube, ich sollte allein schon nach China reisen, um euch das Gegenteil zu beweisen", antworte ich genervt von diesem ständigen, negativen Gefasel über meine Reise.

„Was willst du beweisen?" fragt Gerd patzig zurück.

„Du hast richtig gehört. Ich werde dir das Gegenteil beweisen. Gerd, ich werde Geschichten sammeln, die selbst dich nach China locken. Ob du willst oder nicht, solche Geschichten gibt es! Darauf können wir wetten." Moment mal, was rede ich da eigentlich?

„Einverstanden", Gerds Augen leuchten: „Um was wetten wir?" Das kann doch nicht wahr sein. Es kam, wie es kommen musste. Alle guten Dinge sind drei. Meine dritte Wette zur Chinareise ist

nicht mehr aufzuhalten. Ich habe mich selber in die Wette hinein-
geredet. Ist das der Zorn des grimmigen Tempelwächters?

Lin-Lin ist Augenblicklich nicht mehr zu bremsen: „Ihr wettet, ihr
wettet", wiederholt sie ständig und klatscht dabei wie ein kleines
Kind in die Hände: „Was für Geschichten sollen das sein? Peter,
wie viele Geschichten willst du in China auftreiben?" Lin-Lin ist
ganz aus dem Häuschen: „Wisst ihr schon, um was ihr wettet?"

„Das sind genau die drei Fragen, um die es jetzt geht", antworte
ich müde und kraftlos. Was habe ich jetzt schon wieder angerichtet? Wie habe ich mich da bloß hinein manövriert? Ich will doch
nur nach China.

„Lin-Lin hat recht, was für Geschichten sollen das sein? Peter, wie
bestimmen wir die Qualität jeder Geschichte? Da können wir uns
ja bis in alle Ewigkeit zu Tode diskutieren", überlegt Gerd laut
und kratzt sich am Kopf.

„Ich weiß wie, ich weiß wie", jubelt Lin-Lin, „ihr braucht einen
Schiedsrichter."

„Ach nein, du willst den Schiedsrichter spielen", lacht Gerd,
„wenn du mir mal nicht parteiisch bist."

Nach kurzem Nachdenken fügt Gerd hinzu: „Gut, ich gehe darauf ein. Aber, ich möchte mir nicht anhören müssen, dass die
Chinesen auf dem Festland Reis in Säcken transportieren, Fischköpfe auslutschen oder mit Stäbchen essen. Das weiß ich schon
und das ist auch nicht interessant. Ich will gute Gründe hören,
um nach China zu reisen."

Was kann ich jetzt noch anderes tun? Ich nicke zustimmend. Lin-
Lin strahlt wie ein Ölgötze und wippt aufgeregt auf ihrem Barho-
cker hin und her.

„Peter, die Wette hast du so gut wie gewonnen. Du musst einfach
ein paar gute Kneipen für Gerd auskundschaften. Das ist alles,
was Gerd will." Lin-Lin benötigt jetzt beide Hände, um ihren
Mund beim Kichern zu verbergen.

„Stopp, so haben wir nicht gewettet. Peter, wie wäre es mit einer zweiten Chinesischen Mauer? Dann hast du die Wette klar gewonnen", wendet Gerd ein.

„Das hast du gar nicht mehr zu entscheiden. Ich bin hier der Schiedsrichter", lacht Lin-Lin.

„Ich glaube, Gerd, du hast recht", melde ich mich wieder zu Wort, „wir werden uns über jede, noch so kleine Geschichte zu Tode diskutieren. Ich denke, dann soll es so sein. Komm, schlag ein, besiegeln wir die Wette."

„Abgemacht", brummt Gerd und wiegt dabei etwas nachdenklich den Kopf.

Wir reichen uns die Hände. Ich hoffe nur, dass ich in vier Tagen die einzelnen Wetten noch auseinander halten kann.

„Na, habt ihr beiden Wettprofis nicht etwas vergessen?" fragt Lin-Lin schelmisch von der Seite.

„Nicht, dass ich wüsste, Herr Schiedsrichter", entgegne ich Hirntod, vom eigenen Schicksal gezeichnet.

„Ihr müsst um etwas Wetten. Keine Wette ohne Wetteinsatz", erklärt Lin-Lin mit fast schon empörter Stimme.

„Auch das noch", lacht Gerd: „Ich finde, nachdem wir unsere Wette so klar definiert haben, könnten wir den Einsatz doch etwas lockerer angehen!"

Zwischen uns dreien entsteht eine kleine Gesprächspause. Ich mache mir keine Gedanken über den Wetteinsatz. Das kann von mir aus Lin-Lin entscheiden, hat sie doch auf dem Gebiet die meiste Erfahrung.

Ich frage mich, ob Jacky und Gerd nicht doch recht haben? Sollte ich mich nicht lieber in einem Ausländerhotel in Hong Kong verkriechen oder gleich nach Bangkok weiterfliegen?

Quatsch, ich mache mich ja nur selber verrückt: „Lin-Lin, da du schon unser großer, unparteiischer Schiedsrichter bist. Möchtest du nicht auch unseren Wetteinsatz bestimmen?"

„Aber nur, wenn du auch garantiert unparteiisch bist", stimmt Gerd meiner Idee zu und zuckt mit den Schultern. Er hat zu diesem Thema ebenfalls keinen Einfall.

Es keimt der Verdacht in mir, dass nur Lin-Lin die Wette ernst nimmt. Gerd und ich benutzen die Wette lediglich als Gesprächsaufhänger.

„Das kann ich gar nicht annehmen", kichert Lin-Lin und schaut uns fragend, mit großen, unschuldigen Augen an.

„Lin-Lin, du darfst aus dem Vollen schöpfen, also sei mal nicht so bescheiden", ermuntere ich sie.

„Also gut, ihr habt es so gewollt", flüstert Lin-Lin und schaut mit unschlüssigem Gesichtsausdruck zwischen Gerd und mir hin und her. Plötzlich hellt sich ihre Mine auf: „Was haltet ihr davon: Der Verlierer spendiert ein Essen?

Ich finde, das ist eine wirklich praktische Idee. Egal, wer gewinnt oder verliert, zwei Herren führen mich zum Dinner aus, hi hi hi …

Noch etwas, ich möchte in ein Garnelen-Restaurant eingeladen werden. Peter, dann wirst du um deine ersten richtigen Garnelen nicht mehr herum kommen. Vergiss die Garnelen Dumplings im Teehaus, die waren nur zur Probe.

Als letztes sollte es ein Restaurant an der Ostküste sein. Das ist für Gerd, damit er einmal aus den Kneipen Hsin-Chus kommt und etwas von der wunderschönen Insel Taiwan sieht.

Was haltet ihr davon?"

„Komm, Gerd, da überlegen wir nicht lange", antworte ich spontan. Gerd nickt nur zustimmend und wir reichen uns noch einmal die Hände. Lin-Lin klatscht dazu wieder begeistert.

Jetzt gib endlich Ruhe, du furchteinflößender Tempelwächter. Du solltest deinen Willen bekommen haben! Ich habe drei Wetten zu meiner Chinareise abgeschlossen. Ich habe drei Tipps zu meiner Chinareise erhalten …

68

Moment mal, Jacky hat mir von der Fahrt abgeraten, Lin-Lin hat mir geraten, immer zu lächeln und Gerd hat...? Gerd, so leicht kommst du mir nicht davon!

„Bevor ich es vergesse", ich schnippe mit den Fingern der linken Hand in Stirnhöhe: „bevor ich es vergesse, Gerd, hast du vielleicht noch einen Tipp für mich parat? Ich meine einen Tipp für meine Chinareise?"

„Aber klar doch, mein Sohn. Für einen guten Freund doch immer. Lass mich mal überlegen", fängt Gerd wieder an zu brummen und zündet sich eine weitere Mild 7 an. Ich beobachte, wie ein weiterer Rauchkringel langsam schwebend den Weg zur Decke des *B52* findet.

„Das ist es", reißt mich Gerd aus der Betrachtung der schwebenden Materie.

„Alleine ist es immer schwerer. Wenn du in Guang-Zhou bist, versuche dich anderen Touristen anzuschließen. Zu zweit oder in einer Gruppe ist es immer leichter. Am sinnvollsten wären solche, die zu dir und deinem Reisestil passen. Da du noch kein Hotel gebucht hast und demzufolge in jeder Stadt eine Bleibe für die Nacht suchen musst, kämen für dich nur Rucksacktouristen in Frage." Gerd hält in seiner Erklärung kurz inne.

Lin-Lin schaut auf ihre Uhr und gibt mir zu verstehen, dass es Zeit wird zu gehen.

Jetzt ist es Gerd, der mit einer Hand schnippt: „Einen Moment noch! Wenn du in China bist, finde Gleichgesinnte! Du wirst es nicht glauben, aber es ist leichter, als es sich anhört."

Ich frage mich, ob Gerd ein Gleichgesinnter des Rucksacktouristen aus dem Hong Konger Flughafen ist? Wieso passen heute so viele Gedankengänge und Gespräche zueinander? Werde ich langsam abergläubisch? Vielleicht ist es nicht verkehrt, in irgendeinem Tempel Räucherkerzen anzuzünden. Ich meine natürlich, nur ab und zu.

„Weißt du, wieso es sehr einfach ist, dort drüben Gleichgesinnte zu treffen?" fährt Gerd fort: „Weil ihr euch wie Astronauten unter den vielen Chinesen vorkommen werdet. Ihr seid klar erkennbar fremd und ihr seid klar erkennbar nur zu Besuch. Ihr betretet das Reich der Mitte, um es wieder zu verlassen."

„Du willst mir also sagen: Oh Fremder, der du ganz allein durch China wandelst, halte Ausschau nach Astronauten?" scherze ich.

„Du kannst dich ruhig über mich lustig machen. Unter den vielen chinesischen Marsmenschen wirst du dir vorkommen wie ein Astronaut, du wirst sehen", antwortet Gerd gespielt beleidigt.

Lin-Lin unterbricht unser Gespräch und gibt mir ein Zeichen zum Aufbruch. Es ist wirklich schon spät geworden und ich muss ihr Recht geben. Wir zahlen und verabschieden uns von Gerd.

Beim Hinausgehen winkt mir Gerd noch einmal kurz zu und ruft mir nach: „Peter, du weißt doch, was sie früher in China auf Schilder geschrieben hatten: "Chinesen und Hunde müssen draußen bleiben." Heute soll es wieder solche Schilder geben, nur ein bisschen abgewandelt: "Chinesen und Hunde wollen draußen bleiben." Also benimm dich anständig im Reich der Mitte, Astronaut; und gesell dich nicht zu den Barbaren, die gibt es nämlich dort auch schon wieder."

Die Fahrt zurück zum Hotel ist kurz. Der Abschied von Lin-Lin ebenfalls: „Wenn du in China bist, immer daran denken zu lächeln. Versprichst du mir das?"

„Natürlich", bejahe ich und schließe die Autotür. Lin-Lins kleiner Japaner verschwindet schnell in der Nacht. Was bin ich den jetzt? Ein Tourist? Ein Panda? Oder ein Astronaut? Gar nicht erst überlegen! Einfach lächeln und fleißig Astronauten suchen …

Kapitel V.

Voodoozauber im Morgengrauen

黎 明 的 巫 術

Mit den ersten Sonnenstrahlen verlasse ich die Wohnung. Ich schaue auf den Flecken Asphalt unter meinen Schuhen. Gestern Abend hatte ich mich genau hier von Lin-Lin verabschiedet.

Was hatte sie mir mit auf die Reise gegeben? „Wenn du nach China gehst, dann vergiss das Lächeln nicht."

Mir will leider an diesem frühen Morgen das Lächeln nicht so recht gelingen.

Wer nach China will, der muss zeitig aufstehen. Das ist keine Weisheit des Herren Konfuzius. Das ist meine erste Reiseerfahrung. Sie stimmt mich nicht gerade glücklich.

Warten ist das Los des Reisenden. Auch das ist keine Weisheit des Herren Konfuzius. Ich stehe vor meiner Wohnung und warte auf das bestellte Taxi. Ich warte auf das Taxi, das mich zum Flughafen fahren soll. Genauer gesagt: Das Ziel ist der Taoyan National Airport im Südosten Taipeis. Wenn ich Glück habe und keine Staus alle Pläne durchkreuzen, dann wird die Fahrt knapp eine Stunde dauern.

Das Taxi kommt aber leider nicht. Ich bin frustriert, so habe ich mir den Start meiner Reise nicht vorgestellt.

Reisen sind aufgebaut wie Ketten. Jeder Reiseabschnitt entspricht einem Kettenglied. Es muss nur eines dieser Glieder fehlen und die Reise bekommt einen unerwarteten Verlauf. In meinem jetzigen Fall wäre die Reise sogar zu Ende, bevor sie begonnen hätte. Mit oder ohne Konfuzius, meine Reise scheitert momentan beim ersten Kettenglied. Das Taxi will und will nicht auftauchen. Wo bleibt es nur? Mit oder ohne Lin-Lins Rat, ich stehe nicht lächelnd, sondern mit düsterer Mine am Straßenrand.

Was kann ich nur tun? Ich schultere meinen kleinen Reiserucksack und trete auf die Straße. Wo kann ich auf die Schnelle noch ein Taxi auftreiben? Erst jetzt wird mir gewahr, dass ich gar nicht in der Lage bin, selber ein Taxi telefonisch zu ordern. Ich kann nicht anrufen und nachfragen. Niemand wird mich und ich werde niemanden verstehen können. Das alles nur, weil ich die chinesische Sprache nicht beherrsche.

Ich hatte, aus reiner Gewohnheit und natürlich auch aus reiner Bequemlichkeit, die Taxibestellung von den unzähligen und immerzu emsigen taiwanesischen Sekretärinnen des Büros erledigen lassen. Darf ich jetzt für meine Faulheit die Zeche zahlen?

Jackys Orakel drängt sich böse in mein Bewusstsein. Aber bis zur Bushaltestelle von Guang-Zhou ist es noch ein weiter Weg. Ich strauchele schon vor der eigenen Haustüre. Ach was, Humor ist, wenn man trotzdem lacht.

Ich schaue, stetig nervöser werdend, immer wieder in beide Richtungen der Straße. Aber so oft ich mich auch umsehe, ich kann keines dieser kleinen, gelben Fahrzeuge erspähen.

Dafür rückt ein weiteres, berufsbedingt gelb gestrichenes Beförderungsmittel an. Die taiwanesische Müllabfuhr ist etwas früher auf den Beinen, als ihre Kollegen von der Taxigilde. Das schwere Gefährt nähert sich im Schleichgang. Eine Gruppe Müllmänner umringt das Fahrzeug und entfernt den in Tüten gestapelten Unrat von den Gehsteigen.

Die taiwanesische Müllabfuhr kommt nicht alleine, sie kündigt ihre Anwesenheit lautstark mit Musik an. Mittels Lautsprecher wird unablässig eine Melodie in die Straßen getragen. Es ist immer das gleiche Stück. Die Erkennungshymne der Müllmänner ist Ludwig v. Beethovens "Für Elise".

Ohne Zweifel dürfte "Für Elise" das bekannteste Stück klassischer Musik auf dieser Insel sein. Wer das nicht glauben mag, der soll herkommen und es sich selber anhören! Ich muss schmunzeln, wenn das der alte Ludwig von B. wüsste?

Hin und wieder laufen kleine verschlafene Taiwanesen zu dem Fahrzeug. Sie tragen noch ihren Pyjama und reiben sich die Nacht aus den Gesichtern. Wer gestern Abend vergessen hatte, seinen Abfall rechtzeitig an den Straßenrand zu stellen, der muss sich nun sputen.

Ich spüre merklich, wie der erste Anflug von Verzweiflung Besitz von mir ergreift. Wenn bald kein Taxi erscheint, dann kann ich es den Pyjamagestallten nur gleich tun: Ich werfe meinen kleinen Reiserucksack in das Müllfahrzeug und lege mich wieder schlafen.

Ich hätte in diesem Fall nicht viel zu verlieren. Ich gehe davon aus, zivilisierte Gegenden aufzusuchen. Ich will nicht, wie bereits erwähnt, auf eisgefrorenen Gletschern oder auf glutheißen Sanddünen ums Überleben kämpfen. Das Inventar des kleinen Reiserucksacks zielt eher darauf ab, dass ich mich in China weiter ausstatten muss, als dass ich auf alle Eventualitäten vorbereitet bin. Der Kauf ist zudem eine Gelegenheit, mit der einheimischen Bevölkerung Kontakt aufzunehmen. Ach was, wer gibt denn gerne zu, bei jeder Reise notorisch etwas zu vergessen?

Endlich, da ist ja ein Taxi! Ich winke dem Fahrer erst gar nicht zu. Ich schreite ihm quer über die Straße entgegen und rudere dabei wie wild mit den Armen. Das Taxi stoppt wie erwartet. Jeder taiwanesische Taxifahrer wittert beim Anblick einer Langnase ein gutes Geschäft, mag diese noch so verrückt daherkommen. Der Fahrer springt auch sogleich heraus und öffnet mir hilfsbereit die Beifahrertür.

Das darf nicht wahr sein. Womit habe ich den denn verdient? Die Kreatur soll noch ein Mensch sein?

Bier und Betelnüsse formten diesen Körper. Das entstandene Produkt verschlägt mir nicht nur durch seinen Anblick den Atem. Eines seiner Augen strahlt mich lachend an, das andere starrt tot in den Himmel. Aus mehreren braunen und schwarzen Warzen, die an Backen und Kinn ihr Dasein fristen, sprießen fingerlange, ergraute Haare. Sein Hemd, das sich eng um seinen Rumpf spannt, ist in einer langen Spur mit Speichel und Blut bekleckert. Ein roter Blutfaden spaltet seinen grinsenden Mund in zwei Hälften. Seine Zähne sind gänzlich schwarz und verfault. Schmierige, ölige Haarsträhnen und lange, dreckige Fingernägel vollenden das Bild.

Ist dieser menschliche Alptraum ein netter Gruß meines Tempelwächters?

Wer keine Wahl hat, der hat die Qual. Er ist hoffentlich nur mein Fahrer zum Flughafen und nicht mein Fährmann ins Jenseits. Ich kann nicht auf ein weiteres Taxi warten und steige auf der Beifahrerseite ein. Die Autotüren werden geschlossen. Das lebende Auge des Zombies fixiert mich fragend. Muss er noch überlegen, wo er zuerst zubeißen wird? Vielleicht in den Hals oder in die Schulter! Ach ja, ich muss ihm das Ziel unserer gemeinsamen Fahrt mitteilen.

Das wäre der erste Belastungstest für den Reiseführer! Ich ziehe ihn aus der Jackentasche und schlage die Seite mit den ausgesuchten deutsch chinesischen Übersetzungen auf. So etwas aber auch, darf ich an diesem Morgen auch einmal positiv überrascht sein? Eines der ersten Übersetzungen ist das Wort für Flughafen. Ich halte dem Geschöpf und Fahrzeuglenker das chinesische Symbol für Flughafen entgegen. Er fängt an zu kichern und streckt den Daumen himmelwärts. Na bitte, die Fahrt geht los.

Ich schaue angestrengt aus dem Seitenfenster. Ich will nicht wissen, wie des Fuhrmanns Droschke von innen aussieht. Der Geruch reicht mir. Aus dem Radio quakt eine taiwanesische

Diskussionsrunde. Wahrscheinlich unterhalten sich die Sprecher über das schwere Los der taiwanesischen Taxifahrer. An die Fahrgäste denkt wohl niemand.

Es geht vorbei an nicht enden wollenden, schmalen Häuserfronten. Sie sind nicht breiter als eine Garage und werden ab und zu auch als solche verwendet. Der Gehsteig vor den Häusern wird von der nächsten, höheren Etage überdacht. In diesen Straßen ist es ein Leichtes, trockenen Fußes weite Strecken durch die Stadt zurück zu legen.

Fast ausnahmslos ist in jedem Haus ein kleines Geschäft untergebracht. Es wird mit allem gehandelt, was dem taiwanesischen Kleinhändler Geld einbringt. In schneller Folge registriere ich Garküchen, Bäckereien, Fastfood, Bekleidung, Schuhe, Schmuck, Zeitschriften, Computer, Kaffee, Betelnuss, Motorräder, Eisenstangen, Geschirr, Tempel, CDs, Pizza, Tuschezeichnungen, Garagen, Friseure, KTV, Tee, Handys und wieder und immer wieder Garküchen.

Das Bild der Straße ändert sich. Es geht auf die Autobahn. Es ist der Highway Nr. 1, der die gesamte Insel von Norden nach Süden durchgehend miteinander verbindet. Augenblicklich stößt mich das betelnusskauende Untier an und deutet mit einer Armbewegung nach vorne. Ich nicke, wir fahren nach Norden. Woher ich das weiß? Kleine, in Englisch geschriebene Schilder zeigen die Himmelsrichtung an. Ein anderes Indiz für die Fahrt nach Norden sind Taiwans bis zu 4000m hohen Berge. Fahre ich nach Norden, müssen die Berge rechts liegen. Fahre ich nach Süden, müssen die Berge links liegen. Fahre ich nach Norden muss das Meer links liegen, das kann ich aber vom Auto aus nicht sehen. Fahre ich nach Süden, muss das Meer rechts liegen, auch das kann ich vom Auto nicht sehen. Wichtig ist für mich nur, dass im Norden der Flughafen liegt. Später muss ich noch darauf achten, dass wir auf den kurzen Flughafenzubringer Highway Nr. 2 abbiegen. Der

Flughafen liegt jetzt zum Greifen nahe, das erste Kettenglied der Reise wäre somit unter Dach und Fach.

Ich habe mich zu früh gefreut. Was will der Warzenhaarige jetzt schon wieder? Mit vorsichtiger Stimme richtet er einige chinesische Sätze an mich. Ich schüttele verneinend den Kopf und antworte jedes Mal auf Deutsch, dass ich ihn nicht verstehe. Leider ist er hartnäckig und so hält das babylonische Sprachgewirr eine ganze Weile an.

Erst eine singende taiwanesische Frauenstimme im Radio gebietet dem Einauge Einhalt. Er schweigt und lauscht. Er lutscht genüsslich auf einer dieser Betelnüsse herum. Lediglich sein lebendes Auge pendelt zwischen mir und der Straße hin und her.

Das kann mir nur recht sein. So gibt er wenigstens Ruhe. Ich wende mich wieder der Außenwelt zu. Wir überqueren ein Flussbett. Ich folge dem Verlauf der einzelnen, kleinen Wasserarme, bis sie im Dunst und Nebel verschwinden. Wie kleine Blutadern schlängeln sie sich durch ein breites Geröllfeld weißer Steine.

Nur zwei Mal wird dieser ewige Kampf zwischen Wasser und Fels optisch unterbrochen. Zwei Reihen alter steinerner Brückenpfeiler durchschneiden das Flussbett in horizontaler Linie. Die Brücken, die sie trugen, gibt es schon lange nicht mehr. Die Pfeiler sind die vergessenen Überbleibsel vergangener Ingenieurskunst. Die Taiwanesen müssen ihr Straßennetz immer wieder den neuesten Bedürfnissen angepasst haben. Es ist gut vorstellbar, dass jede Generation ihre eigenen Brücken schuf. Zurück bleiben diese Zeugnisse früherer Bautechniken.

Wie die Zeit vergeht! Mit welcher Geschwindigkeit sich die Insel verändert haben muss? Die Großeltern hatten noch ihr Leben stehend im Reisfeld verbracht. Für die wäre ein Handy ein singender Knochen gewesen. Heute basteln ihre Enkel Kunstwerke aus Silizium. Computerchips "Made in Taiwan" steuern diesen Sternentrabanten.

Mein Glück ist nur von kurzer Dauer. Der Grauselige hat neuen Mut geschöpft. Er zeigt zuversichtlich auf den Reiseführer in meinen Händen. Was willst du mit meinem Reiseführer? Ich schüttele verneinend den Kopf. Nein, den bekommst du nicht. Er wiederholt seine Frage noch ein paar Mal. Ich verneine jedes Mal kopfschüttelnd. Enttäuscht lässt er seine Hände auf das Lenkrad fallen. Ich spüre jedoch, dass er nicht so schnell aufgeben wird. Irgendetwas will er von mir. Ich kann die Computerchips in seinem Hirn schalten hören.

Wir passieren eine Mautstelle. Der Spaß kostet 40 New Taiwan Dollar. Das ist, je nach Wechselkurs, ungefähr ein Euro. Das Taxi hat schnell wieder die vorgegebene Geschwindigkeit von 110 Km/h erreicht. Jeder Fahrer wird sich hüten, sie zu überschreiten. Allen Taiwanesen auf der Insel ist bekannt, dass die hiesige Polizei äußerst effektiv arbeitet. Die sollen sogar auf Provision arbeiten! Wer zu schnell fährt, der darf erst einmal das Standartbußgeld von 3000 bis 6000 New Taiwan Dollar entlöhnen.

Schon wieder, das muss ein neuer Anlauf sein! Ich vernehme ein kräftiges Gurgeln neben meinem Ohr. Die schmuddelige Gestalt entleert eine Portion Betelnüsse lautstark in einen kleinen, weißen Plastikbecher. Der wehrlose Becher ist mit einem Schlag randvoll mit dem blutroten Auswurf. Das ist kein Problem für den eingefleischten Betelnuss Kauer. Es kurbelt die Seitenscheibe hinunter und wirft das Spukergebnis kurzer Hand hinaus. Wir wechseln, mit wahrscheinlich höchst unterschiedlichen Gedanken, zum Highway Nr. 2.

Nur noch wenige Kilometer trennen uns jetzt noch vom Flughafen. Das weiß der Sklave der Betelnuss genauso gut wie ich. Viel Zeit bleibt ihm nicht mehr.

Ja, was will er denn? Mein Reiseführer ist erneut das Ziel seiner Anstrengungen. Er zeigt auf das unschuldige Buch und gibt mir wieder Zeichen, dass er es einmal sehen möchte. Dem Kerl ist wirklich nicht zu helfen! Soll er doch! Ich händige ihm genervt die Lektüre aus. Womit habe ich dieses Wesen bloß verdient?

Was! Er ist gar nicht an den Reiseführer interessiert! Mit spitzen Fingern zieht er das Flugticket aus den Seiten.

Im ersten Moment bin ich irritiert. Ich hatte das Ticket ganz vergessen. Was will er denn damit? Wird er seinen Betelnussschleim auf das Ticket sabbern und es anschließend aus dem Fenster werfen? Nein, das tut er nicht.

Was will er denn nur wissen? Natürlich, darauf hätte ich auch früher kommen können! Er will in Erfahrung bringen, an welchem Terminal er mich absetzen muss.

Zumindest wäre das eine gute Erklärung. Lange starrt sein Auge auf das Papier. Ich erhalte erst kurz vor dem Ende der Fahrt das Ticket und den Reiseführer unbefleckt zurück.

Wir erreichen den Flughafen. Ich bin froh, dass ich dem Taxi entfliehen kann und der Spuk ein Ende hat. Die Fahrt war nicht billig. Ich drücke dem unheimlichen Fuhrmann 1500 New Taiwan Dollar in die Hand und eile den Eingangstüren des Fliegerhorstes entgegen. Das lachende Auge der hässlichen Kreatur verfolgt mich bis weit hinein in die modernen Hallen.

Oh, mein Buddha, ich bin aus dem Taxi geflüchtet wie aus einem bösen Voodoozauber. Ich wechsele vom grausamen Tempelwächter in die Welt der Internationale.

Leider werde ich in dieser neuen Umgebung mit alten Problemen konfrontiert: Warten ist das Los des Reisenden. Oder ist das Warten der Fluch des Reisenden? Ich wandere eine Ewigkeit durch den zollfreien Bereich des Taoyan Flughafens. Irgendwann darf ich endlich in den Flieger.

Die Maschine hebt ab und ich sehe die kleine taiwanesische Insel aus der Vogelperspektive. Die Gebirgsrücken erheben sich dunkelgrün und schwarz aus dem Inneren des Eilandes. Ich betrachte lange die Erhebungen unter mir. Ja, wonach sehen denn diese

Berge aus? Sie haben auf alle Fälle keine Ähnlichkeit mit Drachenzähnen, Delphinrücken, Schildkröten oder diversem anderen Getier. Da mögen sie sich noch so malerisch aus den Wolken erheben. Das ist es, vielleicht sollte ich die Nachfahren und Jünger eines Herrn Bob Ross fragen? Schließlich sind seine Sendungen und Malkünste auch im taiwanesischen Fernsehen zu bestaunen.

Bei dem Anblick aus der Luft fällt mir noch eine andere Beschreibung ein. Was hatte Lin-Lin einmal erzählt: Die Umrisse der Insel gleichen dem einer Bananenstaude. Deshalb wird Taiwan bei vielen gerne als Bananenrepublik bezeichnet. Ob der kleinen Insel Taiwan die Umrisse eines Computerchips besser stehen würden? Die Landmasse entschwindet im Wolkendunst. Ich wende mich vom Fenster ab und lehne mich im Sitz zurück. Der Flug von Taipei nach Hong Kong dauert etwas länger als der von München nach Amsterdam. Ich darf also wieder warten.

Ich sehe mich in der Kabine um. Die Flugbahn des Vogels flimmert auf den Monitoren. Es ist jedoch nicht die Geographie auf den Bildschirmen, die mir fremd und exotisch vorkommt. Es ist deren Beschriftung auf Chinesisch. Wie sollte sie auch anders sein? Mir ist nicht entgangen, dass wir Langnasen eindeutig die Minderheit im Flieger bilden. Ungefähr ein Dutzend anderer Nicht-Chinesen begleiten mich. Ich frage mich, was mehr exotisch ist, unsere Anwesenheit oder die chinesischen Schriftzeichen?

Der Getränkewagen passiert und ich nehme eine Cola. Ich betrachte gedankenversunken, wie kleine Gasbläschen an der Oberfläche des Getränkes zerplatzen.

Wann startet eine Reise wirklich?

Beginnt sie, wenn das Gehirn auf die traumhaften, malerischen Strände in den Werbeprospekten reagiert?

Beginnt sie, wenn unter dem ersten Urlaubsstress der Flug, das Visum, eine bis dato unbekannte Geldwährung oder das Taxi zum Flughafen organisiert wird?

Oder beginnt sie, wenn hinter einem die Haustür ins Schloss fällt und ein jeder noch einmal erschrocken nach dem Schlüssel in der Hose greift?

Alle drei Fälle treffen auf meine jetzige Chinareise nicht zu. Die Reise fing am gestrigen Abend an. Sie bekam Gestalt, als ich mit Jacky, Lin-Lin und Gerd jeweils eine Wette abschloss.

Ich zucke im Sitz zusammen. Was habe ich mit den Dreien eigentlich gewettet? Ich hoffe, ich bekomme noch alles auf die Reihe!

Also, da ist zuerst einmal Jacky. Wir haben gewettet, dass ich alleine in China nicht weit kommen werde. Seiner Ansicht nach benötige ich jemanden, der mich an die Hand nimmt. Unter dieser Begleitung versteht er offensichtlich eine niedliche, hübsche Chinesin. Egal, wenn er gewinnt, dann muss ich tief ins Portemonnaie greifen. Eine Karaokenacht ist nicht billig. Falls ich gewinne, wird er mir Unterricht in Chinesisch erteilen.

Die zweite Wette habe ich mit Lin-Lin abgeschlossen. Sie ist davon überzeugt, dass ich in China keine Probleme haben werde. Das ist ja kaum zu glauben, ich muss gegen meine eigene Person wetten. Ich werde nie verstehen, wie diese Wette zu Stande kommen konnte.

Ach ja, was war eigentlich der Wetteinsatz? Wenn sie gewinnt, muss ich ihr ein Wochenende in den Bergen spendieren. Sie möchte in irgendeiner dieser heißen Quellen baden? Von mir aus. Wenn ich gewinne, was jedoch eine üble Zeit in China bedeuten würde, dann zeigt Lin-Lin mir die höchsten Berge der Insel. Berge, auf denen Schnee liegt. Das gibt es doch gar nicht! Egal ob ich gewinne oder verliere, ich werde zur Kasse gebeten.

Als letztes ist da noch die Wette mit Gerd. Mein schönstes Urlaubserlebnis oder wie locke ich Gerd aus der Kneipe. Diese

Wette ist von allen dreien das geringste Problem. Irgendwelche Geschichten werde ich in China schon finden. Ich müsste sie dann nur noch etwas ausschmücken und den großen Schiedsrichter Lin-Lin urteilen lassen. Anschließend gibt es eine nette Garnelen Party an der Ostküste. So einfach ist das.

Nein, so einfach ist das gar nicht. Die Wetten bilden ein verwirrendes Knäul aus Variationen. Ein wahres Labyrinth von Möglichkeiten, in der alle Türen und Tore offen stehen. Ich kann nicht gewinnen, ohne zu verlieren und ich kann nicht verlieren, ohne zu gewinnen. Der Startschuss ist gegeben, ich kann die Reise nicht einmal mehr abbrechen.

Das ist, als wenn ich an einem Roulettetisch stehen würde. Nichts geht mehr, die Kugel dreht bereits ihre Bahnen. Ich kalkuliere die Gewinnchancen noch einmal durch. Bin ich ein Spieler?

Moment mal, Schuster, bleib bei deinen Leisten. Bin ich wirklich ein Spieler? Nein, ich bin ein Reisender! Die Wetten kann ich erst einmal getrost in die Schublade legen. Wenn ich in vier Tagen zurück in Taiwan bin, wenn ich zurück in Hsin-Chu bin, dann habe ich immer noch Zeit, mich darum zu kümmern.

Als Reisender sollte ich zuerst darauf achten, dass die einzelnen Abschnitte meiner Reise, die einzelnen Kettenglieder meiner Reise, ihren Zusammenhalt behalten.

Wie wird es also weitergehen? Ich werde in wenigen Minuten in Hong Kong landen. Von dort fahre ich mit dem Bus weiter über die Grenze nach Guang-Zhou. Die Taxifahrt war ein Kettenglied, der jetzige Flug ist ein Kettenglied, der Flughafen in Hong Kong wird ein Kettenglied sein und die Fahrt mit dem Bus nach Guang-Zhou wird ebenfalls ein Kettenglied sein. Wenn alles nach Plan verläuft, ließe sich diese Liste bis zum Ende der Reise fortsetzen.

Ich schaue wieder aus dem Fenster. Das ostchinesische Meer erstreckt sich unter mir bis zum Horizont. Lin-Lin und Gerd hatten mir nicht nur die Wetten, sondern auch kleine Empfehlungen mit auf die Reise gegeben:

Die einfachsten Regeln sind meist die besten. Lin-Lin hat mir geraten, bei jeder sich bietenden Gelegenheit zu lächeln. Nur mit einem Lächeln im Gesicht werde ich unbeschwert durch China wandeln.

Gerds Meinung nach sollte ich mich anderen Rucksacktouristen anschließen. Nur in der Obhut einer Herde werde ich sicher durch China gelangen.

Lin-Lin hat Recht, ein bisschen Freundlichkeit hat noch niemanden geschadet. Ich hoffe nur, dass meine Gesichtsmuskeln die nächsten Tage durchhalten.

Gerds Tipp gestaltet sich schon etwas schwieriger. Ich muss das kleine Grüppchen, die Gemeinde der Rucksacktouristen, in China erst einmal aufstöbern. Damit die Suche nicht "zur Suche nach der Stecknadel im Heuhaufen" wird, ziehe ich meinen Reiseführer zur Rate. Die Hotels für Rucksacktouristen sind darin aufgelistet. Wo die Hotels sind, da sollten diese Globetrotter auch nicht weit sein.

Der Flieger sackt in die Tiefe, die Piloten leiten das Landemanöver auf das chinesische Festland ein. Ich lande in einem mir gänzlich fremden und unbekannten Land.

Es gibt etwas, das mein Vorgehen in dieser neuen Welt mehr beeinflussen wird, als die drei Wetten und die beiden Reisetipps von meinen Freunden. Es ist der Status meiner Person.

Gestern Abend hatte ich diese unterschiedlichen Vorstellungen von Jacky, Lin-Lin und Gerd als eine nette Idee abgetan. Jetzt aber sehe ich ihre Vorstellungen aus einem ganz anderen Licht.

Jacky meinte, dass ich ein Tourist bin. Lin-Lin äußerte, dass ich in China Pandastatus besäße. Gerd kommentierte, das ich mich fühlen würde, wie ein Astronaut. Ich selber betrachte mich als Reisender.

Werde ich in den nächsten vier Tagen erfahren können, was die Chinesen in mir sehen? Werde ich in der Lage sein, meine Person in dieser neuen Umgebung einzuschätzen? Was für den Spieler der Reiz der Wette ist, sind diese Fragen der Reiz des Reisenden? In vier Tagen werde ich die Antwort wissen.

Halt, ich hätte fast meinen neuen Traum vergessen! Meinen kleinen, neuen Traum, der aufgebaut wurde auf einen großen Traum. Ich möchte ein kleines Stück der chinesischen Vergangenheit entdecken.

Ich stelle mir vor, etwas finden zu können, das ich einmal auf einer alten, vergilbten Photographie gesehen hatte. Wieso nicht, die Idee lässt mich nicht los.

Es ist so weit! Das Flugzeug landet pünktlich. Der Flug ist zu Ende. Ich bin ebenso mit meinen Überlegungen über den gestrigen Abend am Ende.

Ich verlasse mit all den anderen Passagieren den Flieger. Es geht entlang nicht enden wollender Rollbänder durch die riesigen Hallen des Hong Konger Flughafens.

Der gesamte internationale Lufthafen besitzt seine eigene Atmosphäre. Für meinen bösen Tempelwächter und seinen Diener, den Taxifahrer, dürften diese Hallen tabu sein. Ich werde aber den Tempelwächter bestimmt bald wieder sehen. Es gibt genug Tempel, die er noch sein Eigen nennen darf. Den Taxifahrer hingegen, der für mich nicht minder irreal erschien als der Tempelwächter, ihn verwünsche ich. Von mir aus kann der Betelnussfresser beim nächsten Voodooritual geopfert werden.

So schnell ich den Hong Konger Flughafen betreten habe, so schnell verlasse ich ihn auch wieder. Eine Flughafenangestellte, gekleidet in eine helle orangefarbene Uniform, drückt mir das Busticket nach Guang-Zhou in die Hand und einen runden Aufkleber auf die Brust. Im Nu sitze ich in einem modernen Überlandbus. Die Sitze sind bequem, die Klimaanlage arbeitet tadellos. Ich ziehe, wie alle anderen Mitreisenden, erst einmal den Vorhang an meiner Fensterseite zu. Die heiße chinesische Sonne soll draußen bleiben. Der Busfahrer schließt die Türen und rollt rückwärts aus der Parkbucht. Diesmal muss ich nicht warten. Die Fahrt ins Reich der Mitte nimmt ihren Lauf.

Ich habe die Kabinenröhre eines Flugzeuges gegen die Insassenröhre eines Busses eingetauscht. Die haben hier im Bus sogar eine kleine Stewardess. Sie trägt eine hellblaue Uniform.

Ich mache es mir gemütlich und gehe noch einmal meine Reiseausstattung durch: Der Reiseführer, der Reisepass, das chinesische Geld in RMB Noten, die Kreditkarte, etwas Wäsche, das Handy, der Rucksack, das Busticket, die alte Spiegelreflexkamera und der schicke, runde Aufkleber.

Was, wir müssen schon wieder aussteigen? Ich hatte noch nicht einmal Zeit, meine Mitreisenden unter die Lupe zu nehmen. Wieso geht jetzt alles so schnell?

Wir sind an dem ersten, den Hong Konger Grenzposten, angekommen.

Nach dem Aussteigen hält mich die Stewardess kurz zurück und zeigt mit ernstem Gesicht auf meinen Aufkleber und anschließend auf den Bus. Ich habe verstanden. Nach der ersten Zollabfertigung geht es mit dem gleichen Bus weiter. Ein junges chinesisches Pärchen und zwei chinesische Omis haben höfflich auf mich gewartet. Die Stewardess gibt mir per Handzeichen zu verstehen, dass ich mich den Vieren anschließen soll. Getreu Jackys und Lin-Lins Weisungen, dass ich den dummen Touristen spielen soll, fang ich fröhlich an zu lächeln und trotte den Vieren hinterher.

Diese Menschenmassen, trotzdem geht alles sehr schnell. Wir passieren das SARS Fieberthermometer und die Hong Konger Passabfertigung ohne Zwischenfälle.

Wieder geht es hinein in den Bus. Kaum, dass ich anständig sitze, geht es auch schon wieder hinaus aus dem Bus. Diesmal ist der chinesische Zoll an der Reihe. Automatisch gehe ich wieder mit dem jungen Pärchen und den beiden Omis. Ich befolge wieder eifrig Jackys und Lin-Lins Weisungen und spiele den Touristen, während ich wie blöde grinse. Gerd hat Recht, ich komme mir jetzt schon vor wie ein Astronaut. Die chinesischen Zöllner mustern meine Papiere und hauen ihren Stempel in das rote Büchlein, dessen eigentlicher Besitzer die Bundesrepublik Deutschland ist. Jetzt ist es soweit, ich stehe auf chinesischem Boden. Mein Kindertraum ist damit in Erfüllung gegangen. Lin-Lin hatte ganz Recht: Wer will nicht einmal in seinem Leben in China sein! Viel Zeit ist mir nicht vergönnt, diesen Moment auszukosten. Es geht hurtig weiter. Die haben aber auch ein Tempo drauf.

Ich hetze den anderen mittlerweile routiniert hinterher und schlage meinen Reisepass auf. Wie sieht eigentlich ein chinesischer Visumstempel aus? Natürlich, schön rot ist er. Verdammt, der ist ja total verwischt. Kann ich noch einmal zurückgehen und mich beschweren? Das ist ja eine schöne Bescherung. Mein erster bleibender Eindruck von China ist ein verwischter Visumstempel!

Wir wechseln den Bus. In Hong Kong ist Linksverkehr, im Reich der Mitte ist Rechtsverkehr.

Ich werde im Bus schon lächelnd und kopfnickend von dem Pärchen und den beiden Omis empfangen. Ich setze mich brav zu ihnen. Die Fahrt in Richtung Guang-Zhou geht weiter.

„Entschuldigen Sie, dürfen wir Sie etwas fragen?" werde ich in Englisch von dem weiblichen Teil des Pärchens angesprochen.

„Natürlich, warum nicht", entgegne ich höfflich.

„Fahren Sie alleine?" fragt die Dame auch sofort weiter.

„Ja, ich reise als Einzelperson", antworte ich und warte, bis sie mit der Übersetzung für alle anderen Zuhörer fertig ist.

„Reisen Sie das erste Mal nach China?" lautet die nächste Frage der jungen Frau.

„Ja, das ist meine erste Reise nach China", antworte ich artig.

Ein nicht gerade gutes Gefühl bemächtigt sich meiner. Jackys böser Orakelspruch hat seine Gültigkeit verloren. Ich habe Hong Kong verlassen und führe trotzdem noch Gespräche mit den Einheimischen.

„Wie lange werden Sie in China bleiben", setzt die kleine Chinesin ihr Fragespiel fort.

„Ich werde genau vier Tage in China sein", antworte ich hübsch lächelnd. Die Kleine wird mir nun auf dem gesamten Weg nach Guang-Zhou Löcher in den Bauch fragen. Sie hat bestimmt irgendwo Englischunterricht genommen und möchte ihr neues Wissen an mir ausprobieren.

„Wieso reisen Sie alleine nach China?" stellt sie auch sogleich die nächste Frage.

„Meine Freunde und Arbeitskollegen müssen alle arbeiten. Da habe ich mich entschlossen, alleine zu fahren", antworte ich wieder freundlich. Ich werde Lin-Lins Rat befolgen und mich lächelnd dem Schicksal ergeben. Hätte doch Jacky mit seinem Orakelspruch Recht behalten!

„Woher kommen Sie?" wird das Verhör fortgesetzt.

Wir passieren die Hochhaus Skyline der neuen chinesischen Stadt Shen-Zhen. Shen-Zhen liegt auf der chinesischen Seite, im Schatten von Hong Kong. Dabei soll sie die Größe Hong Kongs bereits überschritten haben. Auf jeden Fall wandern immer mehr Firmen aus Kostengründen zu ihr ab. Hong Kong ist und bleibt ein teures Pflaster.

„Wie alt sind Sie?"

„Sind Sie verheiratet?"

„Haben Sie Geschwister?"

„Wie viele?"

Wann werden wir endlich in Guang-Zhou ankommen? Aber was beschwere ich mich? Fahre ich nicht nach China, um die dortige Bevölkerung kennen zu lernen? Irgendetwas stört mich an diesem Gespräch. Richtig, es ist einseitig. Es ist ein Monolog mit gut funktionierendem Fragenbeantworter. Leider bin ich die Antwortmaschine. Die junge Dame erprobt fleißig ihr Neuerlerntes und ich fungiere als verlängerter Arm ihres Englischlehrers. Hier wird nichts für mich herausspringen.

„Was machen Sie beruflich?"

„Wie groß sind Sie?"

„Können Sie Chinesisch sprechen?"

„Welches Hotel nehmen Sie in Guang-Zhou?"

Stopp, das ist die entscheidende Frage. Ich ändere meine Meinung über diesen einseitigen Dialog augenblicklich. Ich ziehe schnell meinen Reiseführer aus der Tasche und zeige der jungen Chinesin den Stadtplan von Guang-Zhou. Ich habe die Insel Sha-Mian-Dao als mein direktes Ziel in Guang-Zhou ausgesucht. Ich habe nicht diese Insel gewählt, weil sie in der Geschichte Chinas der Stützpunkt einiger europäischer Kolonialmächte war, sondern weil sich auf ihr besonders viele Hotels befinden.

„Eines von den Hotels auf der Insel", antworte ich.

Sofort entsteht eine leise, aber impulsive Diskussion in meinem Umkreis. Das Buch wird herumgereicht, ein jeder blättert neugierig darin. Erst jetzt wird mir bewusst, wie wichtig es ist, dass die Hotelnamen auch auf Chinesisch aufgelistet sind. Die Stewardess des Busses wird in die Gesprächsrunde mit einbezogen. Ich kann dem Hin und Her auf Chinesisch nicht folgen, ich bin mir aber sicher, am richtigen Ziel abgesetzt zu werden.

Ich beglückwünsche schon einmal im Voraus Jacky und Lin-Lin zu ihrem weisen Rat. Zumindest in diesem, ersten Fall haben sie Recht behalten. Hätte ich nicht den freundlichen, lächelnden Touristen gespielt, wäre wahrscheinlich nichts heraus gesprungen.

Der Bus stoppt. Das Pärchen, die beiden Omis, die Stewardess und etliche im Bus geben mir zu verstehen, dass ich hier auszusteigen habe. Wenn die mich mal nur nicht veralbern wollen. Alles lächelt und winkt mir nach. Ich komme nicht mehr dazu, mich von dem Pärchen und den Omis zu verabschieden. Ich weiß nicht einmal ihre Namen.

Ich steige aus dem Bus und betrete chinesischen Boden. Die Kettenglieder haben ineinander gegriffen. Es gibt auch keine Wartezeiten mehr. Beginnt meine Reise vielleicht wirklich erst hier?

Kapitel VI.

Wer suchet, der findet

誰在尋找，誰就找到

Endlich bin ich in China. Wie geht es jetzt weiter? Ich drehe mich zur Ortsbestimmung einmal im Kreis. Ist das wirklich die Sha-Mian-Dao Insel? Die Orientierung fällt nicht schwer. Jackys Chaosszenario wird hier nicht stattfinden.

Ein breiter Fluss dominiert zur einen Seite das Bild. Auf der anderen Seite reihen sich Hotels und Geschäfte aneinander. Dem Reiseführer folgend, müsste da vorne eine Jugendherberge sein.

Ich hoffe, in dieser Jugendherberge auf Gerds Gleichgesinnte zu stoßen. Meine ersten Gehversuche in China sollen nicht die eines Einzelkämpfers werden.

Moment mal, wieso stehe ich eigentlich alleine auf der Straße?

Ich sehe nirgends andere Touristen, das verwundert mich nicht wirklich. Wo aber sind all die chinesischen Menschenmassen? Ist von dem über 1600 Millionen zählenden Volk der Chinesen niemand anwesend?

„Hallo?"

Ich drehe mich ein zweites Mal um die eigene Achse. Da ist ja einer! Er lehnt an einer Häuserwand und liest rauchend eine Zeitung. Zwei weitere schlendern aus einem Seven-Eleven Laden mit Plastiktüten in den Händen. Eine junge Verkäuferin langweilt sich vor einem Nippesladen für Touristen. Ein Chinese schläft im Taxi am Straßenrand.

Nein stopp, so habe ich mir das bevölkerungsreichste Land der Erde nicht vorgestellt.

Ach was, erst einmal alles Schritt für Schritt. Oder wie Lin-Lin sagen würde: Alles >i pu i pu lei<. Ich werde zuerst eine Bleibe für die Nacht suchen.

Danach ist immer noch genügend Zeit vorhanden, andere Rucksacktouristen und die chinesischen Menschenmassen zu orten.

Na bitte, da ist ja die Jugendherberge. Eins zu Null für mich, Jacky, deine Karaoke Nacht wirst du dir von deinem eigenen Gehalt abstottern dürfen.

Ich öffne die Tür und trete ein.

Drei Vertreter meines Kulturkreises, zwei Männer und eine Frau, stehen an der Rezeption.

„Da ist ja noch einer. Komm rüber, Junge. Ja genau, hier her. Wir checken gerade ein", begrüßt mich einer der beiden Männer. Er ist ein wahrer Riese und Rübezahl in einer Person. Oder ist das Nikolaus, auf Chinatournee?

„Stimmt doch, Frederic, dann können wir ein Viererzimmer nehmen. Das ist billiger. Der Laden hier ist einfach zu teuer", wendet sich der zwei Meter Hüne an seinen Kollegen, einen jungen Mann.

„Jetzt warte doch einmal, wir entscheiden hier noch gar nichts", wehrt dieser ab.

„Bork hat Recht, die blocken und gehen mit ihren Preisen nicht runter", schaltet sich nun auch die junge Frau in das Gespräch mit ein. Sie hat, als einzige von den dreien, ihren schweren Rucksack noch umgeschnallt.

Hoppla, so einfach habe ich mir das gar nicht vorgestellt. Könnte ich in dem Dreiergespann bereits Gerds Truppe gefunden haben?

„Versuch es noch einmal, Marlene", stöhnt Frederic resignierend.

„Lasst es sein Kinder", widerspricht Bork Frederic und nickt zu den beiden chinesischen Damen hinter der Rezeption: „Die haben uns abgeschrieben. Schau nur, wie sie voll auf beschäftigt in ihren Unterlagen blättern. Schau nur, wie sie angestrengt so tun, als wenn es uns gar nicht geben würde. Die haben auf stur geschaltet. Entweder wir akzeptieren ihre Wucherpreise oder wir können eine Schwalbe machen."

Ohne Zweifel habe ich es bei dem Trio mit Rucksacktouristen zu tun. Woran ich das erkenne? Natürlich an den Rucksäcken!

Womit ich noch etwas im Unklaren bin, das ist Bork. Ich hatte immer gedacht, dass Rucksacktouristen junge Leute sind. Bork dürfte das Durchschnittsalter gehörig durcheinander würfeln. Mit seiner Körpergröße, den weißen Haaren und dem weißen Bart gibt er einen anständigen Lin-Linschen Panda ab.

Marlene und Frederic entsprechen in ihrem neuen Outdoor Look schon eher meiner Vorstellung von modernen Globetrottern. Sie geben in ihrer sportlichen Kluft für Abenteurer ein nettes Paar ab.

„Was stehst du denn da noch rum? Na bitte, geht doch! Das sind Marlene und Frederic, ich bin Bork", lädt mich der Santa Clause noch einmal ein, näher zu treten.

„Peter", antworte ich pflichtbewusst und gebe jedem freundlich lächelnd die Hand.

„Genau, in der Diaspora müssen wir zusammen halten", legt Bork wieder los: „Ich bin jetzt seit zweieinhalb Monaten in China unterwegs. Ich bin von einer Millionenstadt zur nächsten gezogen. Ich habe noch niemals so viele Menschen gesehen. Das hat gar kein Ende mehr genommen. Zweieinhalb Monate müssen reichen für China. Morgen geht es ab nach Hong Kong.

Musst du morgen nicht auch zufällig nach Hong Kong? Wir könnten zusammen nach Hong Kong fahren. Wir können zu zweit Geld sparen!"

„Nein danke, ich komme gerade aus Hong Kong. Morgen geht die Reise für mich in die genau entgegen gesetzter Richtung", lehne ich kopfschüttelnd Borks Mitfahrangebot ab.

„Auch egal, ich werde schon irgendjemanden finden", grübelt Bork laut und greift in seine Jacke. Er holt aus den Tiefen der linken Seitentasche eine speckige Faltkarte hervor.

„Schau, diese Route habe ich durch China genommen. Ich habe angefangen in Shanghai. Da schau, genau hier auf der Karte." Bork klopft gegen einen farbig umkreisten Punkt auf der ausgebreiteten Karte.

„Pass auf, von Shanghai geht es los: Suzhou, Wuxi, Nanjing, Zhengzhou, das Stück sieht so kurz aus, du bist den ganzen Tag im Zug unterwegs, Shijiazhuang, ich habe vergessen, wie das ausgesprochen wird, Beijing, diese Häusermassen, wer es nicht gesehen hat, der glaubt es nicht, Datong, Hohhot, niemand kennt diese Städte, Baotou, Yulin, einen ganzen Tag im Mittelgang eines dieser Gammelbusse verbracht, Yan´an, weiter geht es. Moment, wo bin ich, ja hier, Xi´an, Guilin, die Strecke bin ich geflogen, von dort nach Yangshuo, Liuzhou, Nanning und ab, an den Strand von Beihai, die letzten Meter gingen über Zhanjiang nach Guang-Zhou." Bork schüttelt verwundert sein Haupt und fährt fort: „Jetzt reicht es, ich muss ja wohl verrückt geworden sein.
Ich nehme ihm die Karte ab. Lin-Lin und Gerd hatten Recht. Ich kann meine Reiseroute mit dem Daumen auf dieser Karte abdecken. Ist meine Reise tatsächlich nur ein Besuch der Vororte Chinas?

„Da staunst du was mein Junge! Lass dir von einem alten Mann einen weisen Rat geben: China ist immer größer, als du denkst." Bork überstreicht mit einer seiner riesigen Pranken die auseinander gefaltete Karte.

„Was du nicht sagst", erwidere ich: „Sei ehrlich, du hast die vielen Städtenamen auswendig gelernt."

„Falsch, mein Junge! Die Namen habe ich natürlich ablesen müssen. Ich würde für chinesische Geographie keinen Gramm Gehirnschmalz investieren. Stadt-Land-Fluss kannst du zu Hause mit deinen Freunden spielen. Du bist jetzt in China, hier musst du anders denken", dröhnt es mir lachend aus seinem weißen Bart entgegen.

„Dann mach es nicht so spannend. Was muss ich in diesem Land anders denken?" frage ich zurück.

„Mein Junge, das ist doch ganz einfach", lässt sich Bork nicht lange bitten: „Schau einmal: Es gibt nur eine Handvoll chinesischer Städte, die jeder kennt!"

Bork beginnt, an seinen dicken Fingern abzuzählen: „Beijing, Shanghai, Xi´an und Hong Kong. Das waren sie schon."

Bork schließt die Hand und steckt sie in eine seiner Jackentaschen, als ob er mit ihr einen kleinen Zaubertrick vollführen wollte: „Alle anderen Städte sind im Westen unbekannt. Niemand weiß ihre Namen. Niemand weiß, wo sie in China zu finden sind. Niemand weiß, wie sie ausgesprochen werden. Niemand weiß, wie groß sie sind. Niemand weiß, wer in ihnen lebt. Niemand wird sie jemals besuchen. Wenn du so willst, sie könnten auf einen anderen Planeten stehen."

Bork atmet tief durch: „Also, wem willst du von diesen Städten berichten?"

Ich zucke mit den Schultern. Ich weiß nicht, worauf Bork hinaus will.

„Genau das ist es, mein Junge! Du kannst dir die einzelnen Daten sparen, niemand wird dein nettes chinesisches Stadt-Land-Fluss-Urlaubsspiel verstehen können und wollen", lehrt Bork allwissend.

„Deinen Worten folgend, wird dem Westen das Reich der Mitte auf immer und ewig verschlossen bleiben", wage ich eine erste, negative Prognose aus Borks Vortrag zu ziehen.

„Eben nicht, du Jungspund", fällt mir Bork sofort ins Wort: „Es gibt nichts Langweiligeres als Fakten, Zahlen, Daten und wie das ganze Zeug noch heißt. Dafür wird sich niemand erwärmen."

Bork holt auf ein weiteres Mal tief Luft und fährt fort: „Mein Junge, wenn du aus China berichten willst, dann musst du einen anderen Weg einschlagen. Ich will dir einen kleinen Tipp geben: Wie war das doch gleich mit den Erzählungen von deiner Großmutter? Versuche dich zu erinnern! Richtig, die Geschichten waren Märchen. Na und! Das ist der Stoff, den sich jeder auf Anhieb merken kann. Verstehst du, was ich dir sagen will? Die Geschichten, die du erzählen sollst, das sind Märchen, Märchen aus tausend und einer Nacht. Lass es sein, wie zu Großmutters Zeiten. Du musst erzählen, als wenn du Kinderträume wecken wolltest! Das ist es, was die Leute hinter dem Ofen hervor lockt."

Bork schüttelt irritiert den Kopf: „Wieso erzähl ich dir das alles?"

Ich muss schmunzeln. An den Weisheiten von Bork und seiner Großmutter ist nichts zu rütteln. Folge ich vielleicht einem Kindheitstraum, den mir meine Großmutter eingeimpft hat?

Ist Bork die Antwort auf Jackys, Lin-Lins und Gerds Frage gewesen? Warum will ich nach China?

Wenn das die Drei mitbekommen hätten! Besonders für Gerd sind Borks Bemerkungen von Bedeutung!

Mir ist klar, ich kann Gerd, nur mit dem Stoff aus tausend und einer Nacht, von seinem Bier trennen.

Ich hätte mit Borks Rezept auch Lin-Lin klar auf meiner Seite: Sie dürfte begeistert sein, über Märchen aus fremden Landen richten zu dürfen!

„Ja, lach du nur", reißt mich Bork aus meinen Überlegungen: „Du wirst schon sehen."

„Was treiben eigentlich unsere beiden Basarhändler?" wechsele ich das Thema.

Wir drehen uns zu der Rezeption um. Marlene und Frederic ziehen lange Gesichter. Die beiden Damen hinter der Rezeption sortieren fleißig Quittungen und andere Dokumente. Ihre Gesichter sind versteinert und ausdruckslos. Ihre Augen vermeiden jeden Blickkontakt zu uns.

Bork hat mit seiner Beschreibung ganz recht. Die beiden Damen tun so, als wenn es uns gar nicht geben würde. Der Reiseführer spricht von einer "passiven Verweigerungshaltung". Marlene benutzte den Ausdruck "Blocken" für diese Situation. Zusammengefasst kann gesagt werden: Nichts geht mehr. Die Verhandlungen sind eindeutig gescheitert. Wir werden in dieser Jugendherberge nicht übernachten.

Ich folge den drei Rucksacktouristen nach draußen und überlege währenddessen, wie es zu dieser Patt-Situation gekommen sein könnte:

Wie lautete die Botschaft des Geschäftsmannes? Wir können nicht in die Köpfe der Chinesen sehen. Deshalb können die Chinesen, zum gerechten Ausgleich, auch nicht in unsere Köpfe sehen.

Marlene und Frederic haben nicht gerade glücklich dreingeschaut. Es ist leicht vorstellbar, dass die beiden Rezeptionsdamen die Mimik des Pärchens falsch interpretiert haben. Vielleicht sahen die Langnasen für sie grimmig, wütend oder sogar zornig aus. Dieses würde einem Gesichtsverlust entsprechen und mit einer totalen chinesischen Verweigerung beantwortet werden.

Aber wieso immer wieder umständlich auf fremdes, kulturbedingtes Denken verweisen? Wenn sie mit den Zimmerpreisen nicht runter gehen, dann gibt es dafür auch natürliche Erklärungen:

Eine einfachste Variante wäre, dass jeden Tag sparsame Rucksacktouristen vorbeikommen, die mit aller Energie um die Zimmerpreise feilschen. Da kann selbst dem geduldigsten Chinesen auf die Dauer der Hals platzen.

Des Weiteren ist bekannt, dass Chinesen extrem geschäftstüchtig sind. Entweder dürfen sie die Preise nicht senken oder es besteht die Hoffnung, immer noch mit zahlungskräftigeren Gästen rechnen zu können.

Ob Marlene und Frederic mit Lin-Lins Rat, immer zu lächeln, mehr Erfolg gehabt hätten? Wie dem auch sei, wir haben die Jugendherberge verlassen und stehen jetzt zu viert draußen auf der Straße.

Bork schimpft auf die Sturheit der Chinesen. Frederic schaut mit hängendem Kopf die Straße hinunter. Marlene kramt verbissen in ihrem Rucksack und ich suche vergebens die chinesischen Menschenmassen auf der Sha-Mian-Dao Insel. Wohin wird mich der erste Tag in China führen?

„Da ist er endlich!" frohlockt Marlene und zieht einen alten, zerknitterten Notizzettel aus ihrem Rucksack.

Marlene sieht unsere fragenden Blicke und fängt an zu erklären: „Das ist die Adresse eines Hotels. Das Hotel soll ganz in der Nähe des Hauptbusbahnhofes von Guang-Zhou liegen. Ich habe die Adresse von einer guten Freundin. Sie war letztes Jahr in Guang-Zhou gewesen."

„Zeig mal her", sagt Bork und nimmt neugierig den Zettel an sich.

„Was soll das sein? Das sind ja nur chinesische Schriftzeichen", brummt es missmutig aus seinem weißen Bart.

„Natürlich, Bork, zu deiner Erinnerung, wir sind hier in China. Du wirst in China mit lateinischen Wegweisern nur superteure Ausländerhotels vorgesetzt bekommen. Du weißt doch, all die noblen Unterkünfte, die weit über deinem Budget liegen", entgegnet Marlene bissig.

„Wenn du das so siehst, bitte." Bork reicht das Papier an Frederic weiter.

Dieser dreht und wendet den Zettel unschlüssig in seiner Hand: „Sag mal Marlene, was war das für eine Freundin, die schon einmal hier war?"

„Was soll das? Ich bin mit ihr neun Tage lang zusammen unterwegs in Kambodscha gewesen. Wie Bork schon meinte: In der Fremde müssen wir Backpackers zusammen halten. Was hätte sie davon, mir einen Streich zu spielen?" verteidigt Marlene sich und ihre kurze Reisebegleitung.

„Das hört sich ja richtig vertrauenswürdig an. Dann können wir nur hoffen, dass die Hotels in Guang-Zhou eine längere Halbwertzeit besitzen, als deine Reisebekanntschaften", zweifelt Frederic und gibt den Zettel an mich weiter.

Der Zettel ist eine einseitig beschriebene Visitenkarte. Ich drehe die Karte hilflos mehrere Male. Ich kann Chinesisch weder sprechen, schreiben oder lesen. Die Informationen aus Punkten, Strichen, Linien und Bögen bleiben mir verborgen. Ich weiß nicht einmal, wo bei dieser Karte oben und unten ist. Sind die Zeichen vor mir auf der Karte in Zeilen oder Spalten angeordnet? Sind das überhaupt chinesische Zeichen? Ich kann die chinesischen nicht von den japanischen oder koreanischen Zeichen unterscheiden! Verstehen Marlene und ihre Freundin aus Kambodscha genauso viel chinesischen Zeichensatz wie ich? Wenn dem so ist, dann muss es nicht einmal ein böser Streich sein, wenn uns diese Karte nicht zum gewünschten Ziel bringen wird.

„Die Chinesen lesen ihre Zeichen Spaltenweise von links nach rechts. Selbstverständlich immer von oben nach unten, Peter", lehrt mich Marlene.

„Jedes einzelne Zeichen wird von außen nach innen gezeichnet. Dabei fängt der Schreiber bei jedem Zeichen immer von links oben an", ergänzt sie, was ich mir eh nicht merken kann. Ich glaube, Bork hat Recht. Daten, Fakten und neunmalkluge Erklärungen sind bestimmt nichts für Gerd.

„Die Chinesen lesen ihre Bücher in unserem Sinne von hinten nach vorne. Bei denen ist die erste Seite das, was bei uns die letzte

Seite ist. Das musst du mal beobachten, wenn die ein Buch aufschlagen", verteilt Marlene weiter fleißig ihr Wissen an uns.

„Ich denke, wir sollten das Hotel mal ausprobieren", stoppe ich Marlene und gebe ihr die Visitenkarte zurück.

Ich habe nicht vor, Partei für Marlene und ihre Freundin aus Kambodscha zu ergreifen. Frederic hat recht, so vertrauenswürdig ist die Visitenkarte wahrhaftig nicht.

Es gibt aber zwei Argumente, die für ein Hotel in unmittelbarer Nähe des Hauptbusbahnhofes von Guang-Zhou sprechen:

Erstes hat die Insel Sha-Mian-Dao ihren Zweck erfüllt. Ich habe Gerds Tipp befolgt und meine Gruppe von Touristen gefunden. Es gibt somit für mich keinen Grund mehr, länger auf dieser Touristeninsel zu verbleiben. Wer rastet, der rostet, das gilt auch in China.

Als zweites hat die Lage eines Hotels in der Nähe des Hauptbusbahnhofes einen nicht zu verachtenden Vorteil. Mein morgiges Reiseziel ist die Stadt Wuzhou. Es sollte doch möglich sein, in dem Hauptbusbahnhof von Guang-Zhou einen Bus nach Wuzhou zu nehmen?

„Habe ich das richtig verstanden, zwei von uns sind für das neue Hotel und zwei enthalten sich? Hat vielleicht jemand noch einen anderen Vorschlag?" verkündet Marlene zufrieden ihr Abstimmungsergebnis.

„Nein? Gut, dann lasst uns das Taxi da vorne nehmen!" bestimmt Marlene weiter für uns alle.

Da wir Männer uns nicht gewehrt haben, dürfen wir auch hinten sitzen. Wieso sitze ich eigentlich in der Mitte? Ich bin eingequetscht zwischen Bork und Frederic. Als wenn das nicht genug wäre, habe ich auch noch einen ganzen und zwei halbe Rucksäcke auf dem Schoß liegen.

Die Fahrt geht los. Mein Sichthorizont beschränkt sich auf unser Gepäck. Ich habe leider nicht mitbekommen, wie der Taxifahrer

Marlenes Visitenkarte gelesen hat. Das hätte mich wirklich interessiert.

„Sag mal, Peter", höre ich Bork fragen, „die ganzen Autos hier, das sind doch alles deutsche Wagen, das sind doch alles VWs, nicht?"

„Tut mir leid, aber ich sehe nichts", antworte ich wahrheitsgemäß.

„Ja, ich meine die ganzen Autos hier. Die haben ja nur eine Sorte. Sind das alles Raubkopien oder stellen die Chinesen bereits unter Lizenz her?"

„Tut mir leid, aber das kann ich nicht sagen", antworte ich wieder wahrheitsgemäß.

„Ich glaube, das Guang-Zhou eine VW Stadt ist. Die Fahrzeuge unterscheiden sich nur noch in ihren Farben. Sag mal, wenn die Chinesen wirklich alles kopieren, wie lange wird es dauern, bis sie für die gesamte Welt produzieren und uns unsere Jobs nehmen?"

„Tut mir leid, ich bin im Urlaub. Solche Fragen will ich jetzt nicht hören", antworte ich zum dritten Mal wahrheitsgemäß.

Da sitze ich nun eingezwängt und spiele die drei Affen. Als wenn das nicht genug wäre, stinkt irgendjemand fürchterlich nach Schweiß, der Taxifahrer raucht und Bork quatscht mich voll.

Die Fahrt kostet uns 26 RMB, umgerechnet 2 Euro 60 Cent. Marlene zahlt und ich habe das Gefühl, freigekauft worden zu sein.

„Das soll also unser Hotel sein?" fragt Frederic spöttisch in die Runde, während wir unsere Rucksäcke schultern.

„Wer nichts wagt, der nicht gewinnt", antwortet Bork. Zügig geht er als erster vorne weg. Wir drei anderen folgen ihm etwas langsamer.

Frederics Frage ist durchaus gerechtfertigt. Das zigstöckige Betonmachwerk ist nicht durch eine "Hotelaufschrift" in lateinischer Schrift gekennzeichnet. Die chinesischen Symbole über der Eingangstür können alles Mögliche bedeuten. Falls es dennoch ein Hotel sein sollte, dann bestimmt keines, das sich auf westliche Gäste spezialisiert hat.

Oh Gott, das hatte ich fast vergessen, in China gibt es jede Menge Hotels, denen es nicht gestattet ist, westliche Gäste aufzunehmen. Dieses Privileg soll den Ausländerhotels vorbehalten sein. Sollten wir auch hier Pech haben? Ich habe schon wieder Jackys Orakel vor Augen: Wenn ich nicht an der Bushaltestelle liegen bleibe, so scheitere ich auf der Suche nach einem Hotel. Jacky würde die Wette für sich verbuchen.

Wir haben erst einmal Glück, es ist ein Hotel. Woran ich das erkenne? Natürlich an den Weltzeituhren hinter der Rezeption. Nirgendwo sonst werden diese Uhren zu viert oder fünft in Asien angebracht. Es scheint dabei zweitrangig zu sein, dass die Uhren falsch oder gar nicht gehen. In der richtigen Reihenfolge werden sie auch nicht immer aufgehängt.

Ich geselle mich zu Bork. Marlene und Frederic übernehmen wieder die Verhandlung mit der Rezeption. Ihre Verhandlungspartner sind zwei alte, hutzelige Frauen und ein dürrer, klappriger Mann.

„Peter, sieh dir mal die Kollegen da vorne in der Ecke an. Ich sage dir was. Wir sind in eine Triadenabsteige geraten", lenkt Bork meine Aufmerksamkeit auf eine andere Personengruppe in der kleinen Hotellobby.

„Was! Der Laden wird von der chinesischen Mafia gesponsert" lache ich: „Wie kommst du denn darauf?"

Ich folge seinem Blick. Eine Gruppe Chinesen spielt nicht weit von uns an einem Tisch Karten.

Verflixt, Bork hat Recht. Das heißt, ich sollte mir nicht immer, wie Jacky, diese Filme über asiatische Verbrechersyndikate ansehen. Das Fernsehen hat wirklich einen schlechten Einfluss.

Borks "Kollegen in der Ecke" sehen ihren kriminellen Kollegen aus der Filmindustrie verblüffend ähnlich. Es sind grobschlächtige Gesichter, die dort in schwarzen Anzügen und Lederjacken sitzen. Die schweren Jungs schauen immer wieder mit kalten Augen zu uns herüber. Sie trinken Bier aus Dosen und rauchen alle Aschenbecher in der Hotellobby voll. Der frühe Nachmittag lädt sie zu einem Kartenspiel ein, bevor es wieder an die Arbeit geht...

„Bork, wie lange bist du schon in China? Zweieinhalb Monate? Und schon siehst du in jedem zweiten Chinesen einen Paten? Jetzt reiß dich mal zusammen", versuche ich meine Stimme im Flüsterton zu halten.

„Glaub mir, die sind echt. Die verzocken gerade die Einnahmen aus den Schutzgeldern", bleibt Bork ängstlich bei seiner Meinung: „Die warten, bis es dunkel wird, dann kommen die aus diesem Loch gekrochen."

„Das Loch ist ein Hotel und kein Gangstercasino", entgegne ich und denke, dass Bork Recht hat.

„Was ist denn mit euch los", werden wir von Marlene in die chinesische Wirklichkeit zurückgeholt: „Wir haben Glück, sie haben Zimmer für uns. Die wollen wir uns jetzt ansehen. Kommt ihr mit?"

„Natürlich kommen wir mit", antworten Bork und ich gleichzeitig. Lasst uns ja nicht alleine!

„Die sind aber freundlich." Eine der dunklen Gestalten rückt seine schwarze Krawatte auf dem weißen Hemd zurecht und öffnet uns die Fahrstuhltür. Ein weiterer Kumpan streicht sich über seinen kahlen Schädel und drückt für uns den Knopf der fünften Etage. Ein Firmenschild besagt, dass dieser Aufzug ein Produkt der Firma Schindler ist. Borks Frage über die Kopierfreudigkeit der Chinesen kommt mir wieder in den Sinn.

Die Fahrstuhltüren schließen. Wir verfolgen die rote LED Anzeige des Etagenzählers.

„Sieh einer an", bemerkt Marlene, „die Chinesen sind genauso abergläubisch wie wir."

„Das hätte ich dir auch sagen können", stimmt ihr Frederic zu.

„Sie haben die vierte Etage ausgelassen. Ihr wisst ja, dass das Wort für die Zahl vier und das Wort für Tot im chinesischen fast gleich klingen? Ich bin mir sicher, die haben hier kein Zimmer mit der Nr. 4", setzt Marlene unbeirrt ihren Vortrag über den chinesischen Aberglauben fort.

„Wenn das so ist", murmele ich.

„Dafür haben wir die böse 13", scherzt Frederic.

„Das auch noch", röchelt Bork mit zitternder Stimme: „Waren das da unten in der Lobby nicht auch dreizehn Triaden?"

„Die Chinesen verfahren bei ihren Autonummern genauso. Ich weiß gar nicht, wer mir das einmal erzählt hat? Aber Autonummern mit einer Vier darin will hier keiner haben. Es sei denn, es ist eine Langnase", schließt Marlene ihren Vortrag.

„Der arme Bub, der am 4. April 2004 geboren wurde, der kann sich gleich eine Kugel geben", witzelt Frederic.

Die Fahrstuhltüren öffnen. Das Empfangskomitee in der fünften Etage ist keine grimmige Triade, sondern eine winzige Chinesin. Bork und ich atmen gleichzeitig erleichtert aus. Hatten wir allen Ernstes erwartet, böse Triaden würden uns im Karatestil entgegenfliegen? Ich glaube ja.

Die Kleine trippelt flink einen sehr engen Gang entlang und öffnet Türen zur rechten und linken Seite. In der Hand hält sie einen riesigen Schlüsselbund. „Aufgepasst die Damen und Herren! Der Kerkermeister präsentiert die Zellen!" poltert Bork von hinten. Er hat wieder zu seiner alten Redseligkeit zurück gefunden.

„Du hast recht, Marlene, die Zimmernummer vier haben sie ausgelassen", beobachtet Frederic.

Die Entscheidungen werden recht schnell gefällt. Bork begnügt sich mit einem kleinen Einzelzimmer. Marlene und Frederic nehmen zusammen ein großes Doppelzimmer. Ich wähle ebenso ein großes Doppelzimmer.

Es geht zurück an die Rezeption und zu den Triaden. Was beim chinesischen Zoll noch sehr einfach war und mit einem roten Stempel abgesegnet wurde, das wird jetzt umso sensibler behandelt. Alle Daten unserer vier Reiseausweise werden sorgfältig notiert. Da die drei älteren Chinesen der westlichen Zeichen nicht mächtig sind, malen sie die Daten fleißig ab. Die Prozedur wird zur echten chinesischen Geduldsfolter.

„So sieht es also aus, wenn niedrige Lohnkosten den Kopierautomaten ersparen", scherzt Bork.

„Dafür hat jede Kopie Gemäldestatus", lacht Frederic.

„Macht euch nur lustig über die Drei", bemerkt Marlene, „das dauert zwar, aber sie bekommen, was sie haben wollen.

Was ist das für eine Welt, geht es mir durch den Kopf. Bei uns werden Arbeitsplätze von Maschinen ersetzt. Hier werden Maschinen von Menschen verdrängt ...

„Wie viel kostet eine Übernachtung?" frage ich Marlene.

„Das Doppelzimmer kostet 100 RMB und das Einzelzimmer kostet 70 RMB. Dazu kommen noch für jeden 100 RMB Kaution."

„Die Kaution ist genauso teuer wie der Übernachtungspreis! Wie haben die sich denn das zusammen gerechnet?" frage ich etwas erstaunt weiter.

„Ganz einfach. Du bist in China. Du kannst hier für 10 Euro ein Hotelzimmer wieder in Stand setzen.

„Wenn das so ist!"

Wir zahlen und erhalten jeweils zwei Quittungen. Marlene erklärt, dass eine der Quittungen für die Schlüsselmeisterin in der fünften Etage ist. Die andere müssen wir aufbewahren, um morgen unsere Kaution wieder zu erhalten.

„Wenn das so ist!"

Wieder geht es an den Triaden vorbei und mit dem Fahrstuhl in die fünfte Etage. Die Schlüsselmeisterin tauscht die Zimmerschlüssel gegen unsere Quittungen ein. Wir verabreden uns für später in der Hotellobby.

Ich schließe die Zimmertüre und stelle den kleinen Rucksack ab. Hierhin hat mich also der erste Tag in China geführt. Ich sehe mir das Zimmer etwas genauer an. Neben der Türe stehen zwei Betten mit braunem Überwurf. Die rechte Zimmerecke zum Fenster hin wird von einem runden, schwarzen Tisch und zwei dunkelblauen Sesseln eingenommen. Auf dem Tisch sehe ich ein kleines, schmuckloses Tablett mit zwei einfachen weißen Plastikbechern, dazu verpackte Teebeutel und einen Aschenbecher. In der linken Zimmerecke steht ein alter Fernseher auf einer wahrscheinlich noch älteren Kommode. Ich schalte den Fernseher ein. Die Fernbedienung findet ein Dutzend Programme. Zu meinem Erstaunen ist der einzige englischsprachige Kanal CNN. Ich lasse den Fernseher laufen und gehe ins Badezimmer. Es gibt zum Glück eine normale Sitztoilette und nicht die in Asien so häufig gebrauchten Stehtoiletten. Ein Spülbecken mit Spiegel ist auch vorhanden. Das heißt, der Spiegel ist eine spiegelnde Metallplatte. Zum Rasieren und Haare kämmen wird es reichen. Ein Schlauch mit Duschbrause ragt aus der Wand. Das gesamte Badezimmer ist eine Duschkabine. Neben dem möglichen Fußpilz drohen zudem schlecht isolierte Elektroleitungen. Ob ich mich wohl morgen Früh über warmes Wassers freuen kann?

Es klopft an der Tür. Meine Zimmerinspektion wird kurz unterbrochen. Die kleine Schlüsselmeisterin bringt eine große Thermoskanne mit heißem Wasser für den Tee. Die winzige Chinesin verschwindet lächelnd und ich setze mich auf das Bett. Auch das noch, die Matratze ist ja nur einen Zentimeter dick. Das wird eine harte Nacht. An den weißen Wänden gibt es keine Bilder, dafür aber jede Menge erschlagene Moskitokadaver. Zudem sind die

Sessel, der Tisch und der Fernseher mit Brandspuren von ausgedrückten Zigaretten übersät. Wer tut denn so etwas? Wo bin ich hier bloß gelandet? Irgendwie passt dieses Zimmer zu Borks Triaden.

In dem gesamten Raum gibt es keine Heizkörper. Dafür sind einige Decken in der Kommode verstaut. Der Gast wird sich also während der kalten Winterabende mit Decken wärmen dürfen. Das stelle ich mir so richtig kuschelig und gemütlich vor. Den Komfort der Ausländerhotels werde ich hier nicht finden. Aber diese Ausländerhotels, Touristen –und Nippesläden sind nicht das Ziel meiner Reise. Ob jedoch das Hotel hier ein normales chinesischem Hotel ist, das will und kann ich mir nicht so recht vorstellen.

Egal, hier werde ich also meine erste Nacht in China verbringen! In einem billigen Hotel, am Hauptbusbahnhof von Guang-Zhou! Ich finde, ich sollte das Hotel für meine Freunde ein wenig aufpolieren! Ein bisschen Schummeln, das kommt bei jeder guten Wette vor!

Es muss ja nicht gleich ein Borksches Märchenhotel werden. Aber mit kalten Hotelzimmern und Triaden in der Empfangshalle werde ich Gerd nicht begeistern können.

Jacky dürfte diese Absteige ebenfalls nicht akzeptieren. Ob ich auf der Parkbank neben der Bushaltestelle oder in diesem Hotel übernachte! „Wo ist da der Unterschied?" würde er lachend fragen.

Lin-Lin kann getrost einem Wochenende in den Bergen entgegensehen. Dank Gerds Rat, dass ich mich anderen Touristen anzuschließen soll, geht die Reise problemlos weiter. Die gescheiterte Verhandlung in der Jugendherberge wäre für sie ein phantastisches Beispiel, was grimmige Gesichter in China anrichten können. Auf dass ich wie ein Teufel lächle! Die Reise fängt ja gut an!

Der CNN Bericht wird unsanft von einem chinesischen Werbe-block unterbrochen. Es wird Zeit für mich, die anderen in der Ho-tellobby zu treffen. Der erste Tag ist noch nicht zu Ende.

Kapitel VII.

Am runden Tisch

在 圓 桌 旁

Mit einem scharfen, metallischen Klicken rastet das Türschloss hinter mir ein. Ich stehe alleine in dem düsteren Etagenflur. Sind die anderen bereits unten in der Lobby?

Da vorne ist der Aufzug! Meine Schritte werden von mehreren Lagen schmuddeligen Teppichs gedämpft. Das dunkle Grün der Zimmertüren zu beiden Seiten erinnert an ölige Holzschutzfarbe. Die Wände sind in Braun gehalten. Erste Tapetenbahnen schälen sich in den Gang hinein. Irgendwo flackert eine Deckenbeleuchtung.

Alles was ich sehe, wirklich alles, ist vermodert, gammelig und heruntergekommen. In was für einen Schuppen bin ich hier bloß gelandet! Bork hat Recht. Dieses Loch ist ein Rattennest der Triaden.

Halt, was ist das? Ich halte in der Bewegung inne. Rauchfäden schweben vor mir in der Luft.

Gerd, bist du das? Nein, du bist in Hsin-Chu geblieben. Aber wieso muss ich gerade an dich denken? Natürlich, das ist Zigarettenqualm! Dazu eine leichte Spur chinesischer Nudelsuppe.

Ich drehe mich um und schaue zurück in den dunklen, endlosen Gang. Was treibt mich an? Ich kehre um. Ich schreite entlang ungezählter, schlafloser Nächte, verbracht auf einen Zentimeter dicken Matratzen.

Die letzte, grüne Türe ist leicht angelehnt. Licht dringt durch einen Spalt in den trüben Dämmer des Flures.

Ist das nicht Borks Zimmer? Ich kann fremde chinesische Sprach-
fetzen vernehmen. Abgehackte, erstickende Schreie lassen mich
erstarren.

Was geht in diesem Zimmer vor sich? Ich sehe die 13 Triaden vor
mir. Bork liegt am Boden. Sie haben ihn gefesselt. Sie schlagen auf
ihn ein. Geldscheine wechseln den Besitzer. Dunkle Geschäfte
werden per Handschlag besiegelt.

Ich halte die Luft an und erweitere den Türspalt ein wenig. Mein
Gott, mein gottgütiger Buddha, ist das ein weiterer Spuk meines
Tempelwächters? Wie einem die Phantasie doch einen Streich
spielen kann!

Hinter der Tür verbirgt sich keine Folterzelle, mit Bork als Mittelpunkt der allgemeinen Beliebtheit. Ich habe auch nicht das Ver-
einsheim der 13 Triaden ausfindig gemacht. Das Hotelzimmer
am Ende des Flures ist der inoffizielle Pausenraum unserer kleinen Schlüsselmeisterin.

Sie sitzt gemütlich und entspannt auf einem Bett und schiebt sich
genüsslich heiße Instantnudeln in das kleine Schnütchen. Neben
ihr auf dem Tisch qualmt eine Zigarette in einem Aschenbecher.
Vor ihr herrscht eine wilde Schlägerei im Fernsehen. Hong Kongs
Karatefilme erfreuen sich auch in Guang-Zhou großem Publi-
kums. Ich schließe vorsichtig die Tür und lasse mich vom Fahrstuhl abwärts bringen.

Ja, bin ich denn von Sinnen! Anstatt ständig über böse Tempelwächter, gruselige Taxifahrer und brutale Triaden zu phantasie-
ren, sollte ich lieber Chinas Wirklichkeit akzeptieren.

Anderenfalls hat Gerd mit seiner Astronautengeschichte Recht.
Er wird Recht bekommen in einer Weise, wie ich es mir nicht vorzustellen wagte: Der Astronaut ist in China gelandet! Er schwebt,
völlig losgelöst, seiner Umgebung entfremdet, durch sein er-
träumtes Reich der Mitte.

„Da bist du ja endlich! Wir dachten schon, die Triaden hätten dich vernascht", werde ich von Bork in der Hotellobby begrüßt.

„Dann lasst uns mal aufbrechen. Marlene möchte Shoppen gehen", werde ich von Frederic ins Vorabendprogramm eingewiesen.

„Hier ist eine neue Visitenkarte des Hotels. Nimm sie ruhig!" Marlene reicht mir ein kleines weißes Kärtchen. Ich drehe und wende den Streifen Papier in meinen Händen. Auf der Rückseite sind viele Symbole in dunkelblauer chinesischer Schrift abgedruckt. Die Symbole sind ordentlich in Spalten und Reihen angeordnet.

„Selbst wenn dir die Zeichen nichts sagen, bewahre die Visitenkarte sorgsam auf", erklärt Marlene: „Ohne das kleine, unscheinbare Kärtchen wirst du dieses Hotel niemals mehr wieder finden. Wenn du so willst, stellt das Kärtchen deine Rückfahrversicherung dar."

Ich habe verstanden! Egal, ob ich mich verlaufen habe, egal wie weit der Weg zurück ist, egal wie erschöpft und ausgepumpt ich bin, ich drücke das kleine Wunderkärtchen einem Taxifahrer in die Hand und bin gerettet.

Besitzt dieser wenige Quadratzentimeter große Zettel die Kraft, Jackys Orakelsprüche zu vertreiben?

Sollte ich das Schicksal herausfordern? Bin ich wieder ein Spieler?

Bewegt sich der Reisende wirklich auf derart dünnen Kettengliedern, so hauchdünn wie dieses kleine Visitenkärtchen?

Ich eile den Dreien durch die Lobby hinter her. Die bösen 13 Triaden sind nirgends zu sehen. Wo sind sie hin? Betreiben sie wieder ihr düsteres Handwerk?

Mir bleibt keine Zeit, dieser Frage weiter nachzugehen. Marlene hat erneut die Initiative übernommen und ein Taxi gestoppt. Die Herren der Schöpfung nehmen gut dressiert auf den Rücksitzen Platz. Bork hat das Pech, diesmal in die Mitte rutschen zu dürfen.

Marlene zeigt dem Fahrer eine auf Chinesisch geschriebene Adresse in ihrem Reiseführer. Der Fahrer nickt kurz und fährt los. Ich muss schmunzeln. Ohne den Reiseführer hätte ich es heute Morgen nicht einmal bis zum Flughafen geschafft. Ist der Reiseführer eine andere Version der Visitenkarte?

Ist das die Methode, wie wir an unser Ziel kommen? Wir sammeln kleine Kärtchen, um den Rückweg zu sichern. Wir öffnen ein schlaues Büchlein und reiben den Einheimischen die mageren Übersetzungen unter die Nase. Wir Reisende müssen doch ein wirklich gutgläubiges Volk sein!

Unsere Verständigung mit der chinesischen Bevölkerung ist auf wenige geschriebene Begriffe angewiesen. Jackys Büchse der Pandora öffnet sich vor meinen Augen. Was bliebe mir, würden diese Zeilen verloren gehen?

Wie weit werde ich mit meinem bescheidenen chinesischen Wortschatz kommen? Reicht die Körpersprache aus, um das letzte Busticket nach Hong Kong zu erwerben...

Stopp, so wird das nichts. Ich klammere mich an Lin-Lins Weisung: Peter, egal, wo du in China bist, wenn du lächelst, werden dir die Chinesen helfen.

Wie wird es also weitergehen? Wie wird es weitergehen, wenn Marlene, Frederic und Bork nicht mehr meine Gesellschaft teilen? Dann bin ich wieder auf den Reiseführer, auf Visitenkarten der Hotels und jede Menge Lächeln angewiesen...

Stopp, so wird das ebenfalls nichts. Was will ich wirklich hier? Ich bin nach China aufgebrochen, um Land und Leute kennen zu lernen! Ich bin zuversichtlich, irgendwie das Land lächelnd durchschreiten zu können. Aber wie kann es mir gelingen, ohne chinesische Sprachkenntnisse mit den Chinesen in Kontakt zu treten?

Die Antwort ist klar: Ich bin auf die Chinesen angewiesen, die Englisch sprechen können! Bekanntlich wachsen die leider nicht in jedem Reisfeld. Wo kann ich bloß englisch kundige Chinesen auftreiben?

„Die haben hier sogar McDonald", reißt mich Frederic aus den Gedanken.

„Die Globalisierung lässt sich auch in China nicht aufhalten", lacht Bork: „Und da ist auch der Busbahnhof. Der ist ja tatsächlich direkt bei unserem Hotel."

Ich folge Borks Finger durch die Automassen. Er hat Recht. Das ist der Hauptbusbahnhof von Guang-Zhou, nur ein paar Ampeln entfernt vom Hotel.

Ich überlege: Die wenigen Meter zum Bahnhof sollten gehtechnisch kein Problem darstellen. Zumal die morgendliche Stunde mit einem Kaffee bei McDonalds eingeleitet werden kann. Na bitte, mit einem Lächeln bewältigen sich so manche Kettenglieder von selber!

Zufrieden lehne ich mich zurück und staune über die Automassen. Es dauert eine Weile bis ich weiß, was ich auf diesen Straßen vermisse! Wo sind all die Fahrräder geblieben? Haben die Söhne des ersten Kaisers heimlich und unbemerkt ihre Drahtesel gegen Benzinkutschen eingetauscht? Oh Reisender, der du nach China gehst, du darfst dich wundern. Auf diesen Straßen ist nur noch Platz für Autos. Fahrräder werde ich hier vergebens suchen.

Ich versinke in der Betrachtung dieser neuen Welt. Bork hat Recht, die meisten Wagen sind tatsächlich dem eines deutschen Fabrikats sehr ähnlich... Willkommen in China, ich meine im Volkswagenland!

„Alles aussteigen, der Zug endet hier!" verkündet Bork fröhlich, als das Taxi stoppt.

„Dann nehmen wir mal ein Bad in der Menge", seufzt Frederic und stößt die Autotür auf.

Ich traue meinen Augen kaum. Wie groß ist die Bevölkerung Chinas? Wie viele Einwohner hat die Stadt Guang-Zhou? Im

Reiseführer steht 5 Millionen Komma noch etwas. Vorhin auf der Insel Sha-Mian-Dao habe ich mich gefragt, wo die alle sind, jetzt weiß ich es.

Marlene, Frederic, Bork und ich stehen dicht zusammengedrängt auf dem Bordstein und schauen uns ratlos und irritiert um.

„Ist das der Kulturschock, von dem immer so viel gesprochen wird?" bricht Frederic unser kollektives Schweigen.

„Es wuselt und wimmelt, es eilt und hetzt und das immer durcheinander und in alle Richtungen. Glaubt mir, Kinder, auf die Dauer macht das bekloppt im Kopf." Bork stiert mit glasigem Blick über die Chinesen hinweg.

Ich stelle wieder einmal aufs Neue fest, dass ich die meisten Chinesen um Haupteslänge überrage. Die Sicht ist wirklich atemberaubend. Wir sind umgeben von einem Meer schwarzhaariger Köpfe. Wer es nicht gesehen hat, der wird es nicht glauben. Ein dichter, nicht nachlassender Strom kleiner Chinesen flutet um uns herum. Wie Zeugen eines Naturschauspiels stehen wir staunend inmitten dieses chinesischen Menschenmeeres. Unablässig wogen die Massen an uns vorbei.

Wer hatte es gesagt? Wo hatte ich es gehört? China ist wie ein Drache. Ein Drache ist wie eine Menschenmenge. Eine Menschenmenge, die einmal in Bewegung geraten ist. Die Menschen um uns herum sind in Bewegung. Die Menge um uns sind Chinesen. All diese Chinesen sind ein Teil Chinas, sie sind ein Teil des großen chinesischen Drachens: Die Menschen umschließen uns. Wir sind umschlossen vom chinesischen Drachen.

„Immer hinein ins Getümmel. Nur Touristen schwimmen mit dem Strom", lacht Bork.

„Nur keine falsche Bescheidenheit", muntert ihn Marlene auf, „wir folgen dir schon."

„Ja, ja, der Leuchtturm darf mal wieder vorne weg gehen", brummt der Panda unseres Quartetts. Bork dreht sich um und schiebt seine riesige Gestalt langsam in den chinesischen Drachen von Guang-Zhou. Marlene ist sofort hinter ihm. Frederic folgt als Dritter. Ich bilde das Schlusslicht.

Zu unserer Situation fällt mir nur der Vergleich mit vier Kanufahrern ein. Von einer reißenden Stromschnelle erfasst, hilflos den Elementen ausgesetzt, versuchen wir den Konvoi zu halten und zusammen zu bleiben.

Wie viele Gesichter ziehen an mir vorüber? Die meisten schauen neugierig herauf. Die überwiegende Mehrzahl dieser in der Anonymität der chinesischen Masse geschützten Gesichter wirken auf mich nicht nervös oder gestresst. Die einzigen, die mit ihrem Leben ringen, das sind wir vier. Woran liegt das? Ist das der von Frederic erwähnte, unter Backpackern so berühmte und gefürchtete Kulturschock?

Ich weiß, ich kann nicht in den Kopf eines Chinesen schauen. Ich weiß, diese unzähligen chinesischen Gesichter können mir alles vorlächeln. Ich kann nur hoffen, dass der Kulturschock von kurzer Dauer ist. Ich kann nur hoffen, dass ich mich schnellstmöglich an diese Menschenmassen gewöhnen werde. Ich sollte ein Teil dieser chinesischen Masse werden. Ich sollte ein Teil des chinesischen Drachen werden.

Wir folgen dem Strom, wir treiben mit der Masse, eingefasst zu beiden Seiten von Geschäften und Restaurants. Marlenes Reiseführer hat nicht zu viel versprochen. Wer in Guang-Zhou Shoppen gehen will, der sollte unbedingt in diese, dem modernen, westlichen Stil nachempfundene Fußgängerzone gehen. Wie wahr, wieviel China kann ich in diesem Einkaufsparadies noch finden? Die Geschäfte sehen so aus wie bei uns! Die Artikel sehen so aus wie bei uns! Die Fassaden sehen so aus wie bei uns!

Natürlich, die vielen Verkäuferinnen und Verkäufer sind Chinesen. Natürlich, beinahe 100% der Kundschaft (von uns vier und vielleicht einer Handvoll anderer Touristen abgesehen) sind

Chinesen. Natürlich, die Neonleuchtschriftreklamen, die an keinem Geschäft oder Restaurant fehlen, sind in chinesischer Schrift geschrieben.

Was bleibt, wenn ich von diesen Ähnlichkeiten absehe? Nein, das ist nicht das China, das ich sehen will! Das kann ich auch in jeder Einkaufsmeile einer deutschen Kleinstadt wieder finden. Was hatte Bork doch gleich über die Globalisierung Chinas gesagt? Herr je, ich glaube er hat Recht!

In meinen Kinderträumen hat China ganz anders ausgesehen! Habe ich irgendetwas verpasst? Bin ich der Yesterday Man? Ist das immer noch der Kulturschock? Bin ich immer noch auf der Touristeninsel Sha-Mian-Dao oder bin ich mit völlig falschen Vorstellungen nach China gereist?

Meine Kindheitsträume sind wohl in ihrer Qualität stehen geblieben, China nicht.

„Komm, steige ein. Mit dem Fahrrad geht es schneller!" ruft Bork von vorne.

„Das ist eine Rikscha und kein Fahrrad", korrigiert ihn Marlene.

„Mir doch egal. Hauptsache, es hat einen Sattel, Pedalen und Räder", wehrt Bork genervt ab.

„In die Rikscha passen immer nur zwei Fahrgäste. Wir sollten auf eine weitere Rikscha warten." Frederic ist es gelungen, zu Marlene und Bork aufzuschließen.

„Das ist Prämiere! Das erste Fahrrad, das ich in China sehe." Nicht interessiert, sondern amüsiert bleibe ich bei den Dreien stehen.

„Du hast recht, zumindest hier in Guang-Zhou habe ich noch keinen Chinesen auf einem Fahrrad gesehen", bestätigt Frederic meine Beobachtung.

„Macht euch mal keine Sorgen, Kinder. Je weiter ihr ins Hinterland reist, umso mehr Fahrräder werdet ihr vorgesetzt bekommen", verspricht Bork.

„Diese schicke Rikscha mit ihrem armseligen Fahrer ist also nicht nur chinesische Vergangenheit? Die fahren tief im Herzen Chinas immer noch so herum?" Ohne Zweifel hat Bork meine Neugierde geweckt. Sollte es so einfach sein, doch ein kleines Stück der chinesischen Vergangenheit aufzustöbern?

„Also, Fahrradfahrer kannst du dir noch genug ansehen. Aber bei den Rikschas wäre ich mir nicht so sicher. Vielleicht haben sie die Rikschas für die Touristen wieder reaktiviert", antwortet Bork, während er der armen, in Lumpen gehüllten Kreatur des Fahrers sanft über den Rücken streicht.

„Genauso wie diesen armen Teufel hier", bemerkt Marlene und begutachtet den Fahrer wie ein ausgestopftes Tier im Museum.

„Eins müssen wir aber den Stadtvätern von Guang-Zhou lassen. Sie haben sich richtig Mühe gegeben, ihn so dazustellen, wie wir ihn aus alten Photographien und Filmen kennen." Bei diesen Worten betastet Frederic die Nase des Rikschafahrers.

„Was staunen wir so blöde. Bei uns zu Hause haben sie doch auch in jedem Dorf diese lebensechten Bronzestatuen. Lasst uns weitergehen", brummt Bork.

„Willkommen im China von heute. Du hast es doch selber gesagt: Die Globalisierung lässt sich auch im Reich der Mitte nicht aufhalten. Voilà, wie du selber sehen kannst", witzelt Marlene und vollführt eine leicht Verbeugung vor der Gestalt in Bronze.

„Ja, ja, lasst uns weitergehen, ich habe Hunger", wechselt Bork das Thema und fängt an, über den Chinesenköpfen die Umgebung abzusuchen.

„Gute Idee, ich habe auch Hunger", schließt sich Frederic Bork an.

„Ich habe den ganzen Tag noch nichts Vernünftiges gegessen, ich bin dabei", nehme ich ebenfalls Partei für Bork und Frederic.

„Das wäre es also gewesen, mit unserer Shoppingtour! Wo denken denn die Herren zu speisen?" Marlene schaut uns mit bösen Augen fordernd an.

„Erst einmal hinaus aus diesen Massen."

„Also, mein Kulturschock hält noch an. Könnten wir irgendwohin, wo es ein bisschen ruhiger ist?"

„Da hinten gibt es eine ganze Reihe Restaurants. Irgendeines wird schon passen."

„Nimm gleich das Erste da vorne."

„Woher willst du wissen, ob es etwas taugt?" „Keine Ahnung. Ich bin auch das erste Mal hier." „Für uns Langnasen sind doch alle chinesischen Restaurants gleich." „Probieren geht über Studieren!" „Genau." „Immer nur hinein in die gute Stube." „Schau, wie sie uns alle anlächeln." „Bei dem vielen Personal wird jeder seine eigene Kellnerin haben." „In China wird der Service noch groß geschrieben." „Die Personalkosten dafür umso kleiner." „Man kann nicht alles haben."

„Was sagt die Kleine? An diesen runden Tisch sollen wir uns setzen?" „Der Tisch ist doch viel zu groß für uns!" „Die haben nur diese runden Tische. Uns wird nichts anderes übrig bleiben." „Diese runden Tische sind normal für 10 Personen. Für uns vier soll er gut genug sein." „Na, dann setzen wir uns mal."

„So müssen sich die Ritter der Tafelrunde gefühlt haben." „Die runde Drehscheibe in der Mitte finde ich Klasse! Jetzt kann sich niemand beschweren, dass die Butter immer auf der anderen Seite des Tisches steht." „Und wenn du zu schnell drehst, dann hat jeder etwas von der Butter!"

„Die Speisekarten, das geht aber flott hier." „Prima, alles auf Chinesisch geschrieben. Was machen wir jetzt?" „Vielleicht haben sie englische Übersetzungen oder Bilder?" „Nein, sieht leider nicht danach aus." „Das ist ein gutes Zeichen, dass in diesem Lokal nur die Locals verkehren. Vielleicht sind wir sogar die ersten westlichen Touristen!" „Schön, aber bei der Bestellung wird uns diese Erkenntnis nicht weiterhelfen."

„Lasst uns doch einfach mal sehen, was an den Nachbartischen gegessen wird. Wenn uns etwas gefällt, dann zeigen wir darauf." „Und du meinst, die werden uns verstehen?" „Nur gut, dass die Nachbartische nicht so weit weg sind." „Hoppla, ich glaube, ich habe gerade eben eine Runde Bier bestellt." „Ja, ich denke, ich habe wohl auch irgendetwas bestellt." „Was?" „Keine Ahnung, aber die kleine Kellnerin ist schon weg." „Keine Panik, auf mich geht jetzt auch ein Gericht." „Vorsicht, das wir nicht zu viel ordern!"

„Ihr wisst, wie in China bestellt und gegessen wird?" „Ich denke, das läuft genauso ab, wie bei uns. Ein jeder bestellt sein Gericht, das er auch essen wird?" „Irrtum, in China wird ein wenig anders zu Abend gespeist." „Hört, hört, wir haben jemanden, der sich auskennt."

„Aufgepasst, jetzt kommt unser Bier." „Zumindest eine Flasche und für jeden gibt es einen kleinen Plastikbecher." „Oh je, hier können wir nur mit diesen Essstäbchen essen, unser Besteck haben sie nicht."

„Also, der Herr Verhaltensforscher, welche Unterschiede gibt es nun zwischen dem chinesischen und dem westlichen Essverhalten?" „Genau, heraus mit der Sprache. Wenn ich mir das chinesische Gelage an den Nachbartischen so ansehe, dann vermag ich nichts Besonderes zu erkennen." „Ihr müsst nur ein wenig genauer hinschauen."

„Mach es nicht so geheimnisvoll! Wo müssen wir genauer hinschauen?" „Ist doch ganz einfach. Bei uns bekommt ein jeder seinen Teller direkt vor die Nase gesetzt. Bei den Chinesen werden die Teller mit den ausgewählten Gerichten auf die runde Drehscheibe gestellt."

„Wofür soll das gut sein?" „Jetzt ist jeder in der Lage, je nach Stand der Drehscheibe, sich von jedem Gericht zu bedienen. In China wird das Essen mit allen anderen am Tisch geteilt!" „Während wir eifersüchtig unsere Suppe bewachen. Was sind wir doch für ein kleines, egoistisches Völklein." „Hört sich an, als wenn die alle aus derselben Suppenschüssel löffeln müssten." „Jetzt hör auf zu weinen. So schlimm ist es doch nicht. Schau, jeder kann aus seinem eigenen Bierbecherchen trinken, Prost." „Prost." „Prost." „Prost."

„Noch einmal für mich. Bei uns zu Hause bestellt jeder nur das Gericht, das auch nur er selber isst!" „Und die asiatische Variante?" „Ganz einfach, es werden jede Menge Gerichte für die Gruppe geordert." „Du sitzt nicht nur zusammen am Tisch, du isst auch von denselben Gerichten, wie alle anderen am Tisch." „Und bei der Methode kommt kein Futterneid auf?" „Nein, die Gruppe kann je nach Wunsch einzelne Gerichte immer wieder nachbestellen." „Deren Stil ist bestimmt gut für den Gemeinschaftsgeist!"

„Unser Essen kommt!" „Da schau her, lecker Hühnerfleisch mit Erbsen und Möhren. Bon-Bon Gemüse essen die Chinesen also auch." „Einen ganzen Topf voller Reis, wer kann das bloß essen." „Das ist doch Seegras oder? Wer hat das bestellt?" „Immer lächeln, egal was sie uns bringen." „Noch einmal Gemüse und Salat. Das sieht so aus wie bei uns." „Stopp, wir essen den Salat kalt, dieser ist heiß." „Der Reis kommt in dieses Extraschüsselchen?" „Eine Nudelsuppe, eine ganz normale Nudelsuppe." „Ich glaube, meine Oma steht in der Küche." „Stimmt, so exotisch sieht das gar nicht aus."

„Aufgepasst, jetzt kommt der Höhepunkt." „Was ist das denn?" „Ich würde sagen, das sind große, schwarzrote Riesenameisen." „Schön kross gebraten versteht sich."

„Dreh doch mal einer an der Scheibe, ich möchte nicht mit den Ameisen anfangen." „Diese Drehscheibe erinnert mich an Russisch Roulette." „Wieso habe ich wieder die Ameisen?" „Irgendjemand hat mir erzählt, dass die Chinesen ein Spielervolk sind. Das fängt wohl schon beim Essen an." „Du hast Recht, wenn ich die Ameisen und das Seegras weg lasse, ist das Essen wie bei Muttern." „Sag mal, wenn wir immer wieder von denselben Tellern auf der Drehscheibe greifen, können wir dabei nicht Hepatitis bekommen?" „Hepatitis hin oder her, hat schon jemand von den Ameisen gekostet?"

„Alles sollte einmal ausprobiert werden. Dreht doch mal die Ameisen zu mir." „Mutig, mutig, nur zu." „Anymore tigers on board? >Noch weitere Tiger anwesend?<" „Na komm, wenn wir schon einmal hier sind." „Und? Wie schmecken sie?" „So habe ich mir China vorgestellt, Essstäbchen, Riesenameisen und Hepatitis." „Alle guten Dinge sind drei, wer will noch mal, wer hat noch nicht?" „Die Ameisen schmecken nicht schlecht, so etwa wie Kräckers, nur mit einem starken Fischgeschmack." „Möchte noch jemand etwas vom heißen Gemüse?"

„Wenn es keine Ameisen sind, was ist es dann?" „Für mich sehen sie trotzdem nicht sympathischer aus." „Können wir nicht die Bedienung fragen? Vielleicht können die uns per Zeichensprache erklären, was wir gerade essen." „Das möchte ich lieber nicht wissen." „Vielleicht kann einer der vielen anderen chinesischen Gäste Englisch?" „Musst du sie unbedingt gleich herwinken?" „Du hast zuerst mit ihnen Blickkontakt aufgenommen." „Aber erst, nachdem du mit den Essstäbchen gewunken hast."

„Auf jeden Fall haben wir sie jetzt aufgescheucht. Hilfsbereit sind sie wirklich." „Interessant, ein chinesischer Schneeballeffekt. Die ersten Gäste an den Nachbartischen fragen schon nach, was wir wollen." „Die Fragerei wird sich bestimmt noch bis auf die Straße fortsetzen." „Jetzt geschieht etwas. Da vorne, die beiden

Chinesinnen kommen auf uns zu." „Was machen wir jetzt?" „Immer nur lächeln, egal was passiert!"

„Ich werde verrückt, die haben einen Sprachcomputer." „Wieso haben wir eigentlich keinen Sprachcomputer?" „Reise global, spreche lokal!" „Immer auf die Riesenameisen zeigen, vielleicht verstehen sie." „Ja, genau, was ist das?" „Ja, diese Riesenameisen." „Immer nur lächeln, ich denke, sie haben verstanden."

„Was sagt denn unsere kleine Sprachmaschine?" „Hier steht Flusskrebs und Flusskrabbe." „Dann ist ja alles in Ordnung." „Jetzt will ich auch einmal unser Flussgetier kosten. Dreht doch mal einer am Zauberrad." „Das Auge isst mit. Ich muss passen." „Seht, das ganze Restaurant ist glücklich. Wie die sich alle freuen!"

„Ich komme mir vor wie ein Astronaut, der gerade mit Außerirdischen Kontakt aufgenommen hat." „Der Kontakt war nur von kurzer Dauer; und auf mehr wird es nicht hinauslaufen." „Wie meinst du das?" „Nun, Wir haben unser Ziel erreicht und die Chinesen haben ihr Ziel erreicht." „Du machst wohl Witze, wir haben gerade mal ein Wort übersetzt." „Wir haben Riesenameisen gegen Flusskrebse eingetauscht." „Immerhin wissen wir jetzt, was uns dort vom Teller aus traurig anklagt." „Also gut, wir haben unser Ziel erreicht; und die Chinesen?" „Die Chinesen sind glücklich, weil sie helfen konnten." „Jeden Tag eine gute Tat!" „Wir wissen jetzt, dass es Flusskrebse sind und die Chinesen sind glücklich, weil sie uns helfen konnten?" „Richtig und danach ist jeder wieder artig zu seinem Stamm zurückgekehrt." „Das stimmt, jeder sitzt wieder an seinem Tisch."

„Und wieso beschränken wir uns mit dieser kurzen Kontaktaufnahme? Die Flusskrebse sind doch ein guter Start gewesen. Da hätten wir doch mehr daraus machen können. Sind wir nicht hier um Land und Leute kennen zu lernen?" „Bitte, bitte, nur zu, die beiden Chinesinnen mit ihrem Sprachcomputer sitzen noch da vorne." „Wir lernen doch uns kennen!" „Ja genau, wieso sollen wir umständlich mit den Chinesen in allen möglichen Sprachen sprechen, wenn wir untereinander locker in Englisch plaudern können!" „Das hört sich an, als ob die Bequemlichkeit siegt." „Warum nicht." „Aber dafür müssen wir doch nicht nach China fahren." „Jetzt hör aber auf, wir treffen uns in der Fremde, um mit Gleichgesinnten exotische Ambiente zu genießen. Ist das nichts?" „Ja, ja, so sind wir Rucksacktouristen eben." „Wenn das so ist!"

„Das war's, die Flusskrebse sind gegessen, das letzte Bier ist getrunken und morgen wird es gutes Wetter in China geben." „Dann zahlen wir mal." „Was ist euer nächstes Ziel?"

„Für mich geht es morgen Früh direkt nach Hong-Kong", antwortet Bork.

„Wir müssen noch einmal planen, auf alle Fälle wollen wir die Küste entlang nach Shanghai", überlegt Marlene laut.

„Ich werde morgen nach Wuzhou gehen", gebe ich als letzter meine morgige Reiseroute bekannt.

„Ein jeder in seine Richtung, lasst uns mal zahlen", beendet Bork unser Abendessen und winkt den Kellnerinnen zu: „Mai dann >Zahlen<."

>Mai dann<, >mai dann<, wie das Schlusswort zum heutigen ersten Tag in China klingen mir Borks Worte in den Ohren. Oder ist es eine plötzliche Müdigkeit?

Das Geldgeschäft funktioniert reibungslos. Der Betrag wird uns in arabischen Zahlen präsentiert. Ein jeder greift zu seinem Geld und wir teilen durch vier. Wir verlassen das Restaurant und die Fußgängerzone, wie wir gekommen sind. Marlene hat Recht: Die Visitenkarte mit ihren blauen Schriftzeichen auf weißem Hintergrund leistet gute Dienste. Mit einem Taxi geht es zurück zum Hotel.

Die Triaden sind von ihrer Spätschicht noch nicht zurückgekehrt. Ich verabschiede mich in dem engen Hotelflur von Marlene, Frederic und Bork. Die Zimmertür schließt. Mein erster Tag in China ist zu Ende.

Kapitel VIII.

Frei wie der Wind

像風一樣的自由

Mein Handy läutet den zweiten Tag der Chinareise ein. Die Weckprozedur läuft nicht minder schonungslos ab wie bei einem alten, herkömmlichen Reisewecker.

Die Matratze, mit dem Liegekomfort eines Türvorlegers, erleichtert das Aufstehen ungemein. Meine Füße berühren erkaltete, von ausgedrückten Zigaretten stammende Brandflecken auf dem Teppichboden.

Die Dusche verfügt über warmes, bisweilen heißes Wasser. Ein aufgeschreckter, farbloser Gecko sucht Unterschlupf hinter dem Metallspiegel. Elektrische Leitungen drohen im Wasserdampf.

Es dauert nicht lange und ich stehe reisefertig in der Mitte des Hotelzimmers. Den Rucksack um die Schulter gehängt, gehe ich noch einmal die Ausstattung des Raumes durch:

Die hintere rechte Ecke des Raumes gehört dem antiken Fernseher, mit viel Schnee und CNN zum Zappen. Die Flimmerkiste ruht auf einer alten Kommode. Der Gast kann aus ihr warme Decken entnehmen. Wie kalt werden eigentlich die Winternächte in Guang-Zhou?

Die hintere linke Ecke des Raumes wird von den beiden Sesseln und dem runden Tisch in Beschlag genommen. Eine Thermoskanne, zwei weiße Tassen, einige Teebeutel und ein Aschenbecher zieren den Tisch. Das Wasser in der Thermoskanne genießt gestrige Frische. Vorausgesetzt, die kleine Schlüsselmeisterin wechselt den Inhalt jeden Tag. Wie alt mögen wohl die Teebeutel sein?

Was bleibt, ist das Bett mit seinem bereits beschriebenen Weichheitsgrad. Die Moskitos und die Brandflecken runden das Bild ab. Wo bin ich hier bloß gelandet? Alles was ich sehe, versprüht nicht gerade den Charme einer Nobelabsteige. Guang-Zhous "all inklusive" Hotels sollten woanders gesucht werden.

Ich verlasse das Zimmer noch nicht. Ich drehe mich im Raum. Da war doch noch etwas?

Richtig, das Hotel und dessen Umgebung sind eindeutig nur für Chinesen gedacht. Ausländer haben hier nichts verloren. Dass Marlene, Frederic, Bork und ich hier übernachteten, das war reiner Zufall.

Aber wenn dieses Hotel nur für Chinesen gedacht ist, wieso lässt sich hier außer dem Personal nichts Chinesisches finden? Ich sehe nirgends chinesische Schriftzeichen, Wandgemälde, Mingvasen, Buddhas oder sonstiges, das mich an China erinnern würde. Das Hotel könnte in jeder Stadt, in jedem Land dieses Planeten stehen! Ich bräuchte nur das Personal an der Rezeption und die Schlüsselmeisterin auszutauschen. Vielleicht nicht einmal das.

Das Hotel ist nicht lokal, es ist international. Ist das die von Bork so groß beschworene Globalisierung?

Ein wenig später stehe ich an der Rezeption. Zwei junge, hübsche Chinesinnen sind für die Frühschicht eingeteilt worden. Die Beiden und ich wissen, dass eine Unterhaltung nicht möglich ist. Die Beiden sprechen kein Englisch, ich spreche kein Chinesisch.

Wir können kein Wort miteinander wechseln. Aber wie können wir uns verständigen? Natürlich, wie wäre es mit der ältesten Sprache der Welt! Wie wäre es mit einem freundlichen Lächeln? Ich muss für ihre Benutzung nicht kunstvoll mit Fingern und Armen rudern. Ich muss für ihre Benutzung nicht die chinesische Sprache beherrschen. Ich muss nur wollen. Ich muss nur lächeln wollen. Also, Peter, entspann deine Gesichtsmuskeln und verbreite positive Wellen!

Ja, ja, wenn das so einfach wäre, dann könnte ja jeder durch China reisen! Mein Gott, das ist der zweite Tag in China und das Gegrinse geht mir jetzt schon auf die Nerven. Lin-Lin, was hast du mir angetan? Ich soll schon am frühen Morgen in Freundlichkeit erblühen! Nicht einmal einen Kaffee habe ich trinken dürfen!

Können wir nicht wenigstens zu dieser frühen Stunde auf diese netten Umgangsformen verzichten?

Nein, das können wir nicht: Ich will das Hotel verlassen und meine Zimmerkaution zurück erstattet bekommen. Die beiden Damen wollen bei ihrem Job an der Rezeption keinen Ärger haben.

Wir alle greifen, unabhängig voneinander, zu einem der ältesten Gesetze der Menschheit. Schon kleine Kinder wissen: Wer zu anderen nett ist, der hat die besten Aussichten, ebenfalls gut behandelt zu werden.

Das Gesetz funktioniert weltweit, auch ohne Globalisierung und erstaunlicherweise auch ohne morgendlichen Kaffee!

Und dennoch! Wird in China anders gelächelt als bei uns?

Nein, bestimmt nicht. Einzig die Häufigkeit scheint eine andere zu sein. Ich habe den Eindruck, hier in China mehr denn je lächeln zu müssen. Das fängt ja schon am frühen Morgen an!

Oder ist es nur ein Vorurteil, dem ich aufsitze? Die Asiaten lächeln, lächeln, lächeln...

Eine der Damen nimmt den Zimmerschlüssel entgegen. Die andere fängt an zu telefonieren. Wahrscheinlich spricht sie mit der kleinen Schlüsselmeisterin. Sie kontrollieren vorsichtshalber noch einmal das Zimmer.

Da keine weiteren Brandflecke gefunden werden können und der Gecko ebenfalls noch am Leben ist, erhalte ich meine 100 RMB zurück.

Ich lächele den beiden hübschen Damen zum Abschied noch einmal zu. Sie antworten ihrerseits prompt mit einem entzückenden

Lächeln. Wir wissen, dass es zu einer weiterführenden Konversation nicht langt.

Ein Gedanke von Gestern drängt sich mir wieder auf. Wie kann es mir gelingen, mit den Chinesen Kontakt aufzunehmen? Da ich des Chinesischen nicht mächtig bin, bleibt mir nur eine Möglichkeit: Ich muss Chinesen finden, die meine Sprache sprechen.

Ich verlasse nachdenklich das Hotel ohne Namen. Auf den Straßen Guang-Zhous hat das Leben bereits begonnen. Im dichten Berufsverkehr reiht sich Auto an Auto, VW Santana an VW Santana oder VW wie auch immer Bork an VW wie auch immer Bork. Einige Stockwerke über mir, von schweren Betonpfeilern gestützt, überschattet eine Stadtautobahn den Weg zum Busbahnhof. Dieser Viadukt der Neuzeit ist ein nicht zu übersehender Wegweiser.

Endlich, da ist Frederics McDonald Restaurant. Nicht dass ich amerikanisches Fastfood der lokalen chinesischen Kost vorziehe, aber bevor ich die Reise fortsetze, sollte ein Kaffee erlaubt sein. Vielleicht hilft der Kaffee ja beim Hochquälen meiner Mundwinkel …

Ich öffne die Tür und trete ein. Das Restaurant ist im Gegensatz zum Hotel beheizt, das könnte für kalte Wintertage wichtig sein. Ich bleibe kurz stehen und schaue mich um. Alles, was ich sehe, sagt mir, dass ein McDonald in Guang-Zhou und ein McDonald in München identisch sind. Zugegeben, sie haben in Guang-Zhou gerade keine chinesische Woche, aber die einzelnen Gerichte sind die gleichen wie in München.

Ich bestelle ein Frühstück mit Kaffee. Es herrscht bereits hektischer Betrieb und das Personal ist nicht zum Scherzen aufgelegt. Ich treffe meine Wahl, indem ich auf die vorgefertigten Bilder der jeweiligen Menüs zeige. Den Preis lese ich an einer LED Anzeige ab. Der Ablauf ist wirklich genauso wie bei uns. Selbst die chinesischen Schriftzeichen wirken hier nicht mehr befremdlich.

Ich nehme Platz und frühstücke. Die amerikanischen Fastfood Ketten haben China als Markt erkannt und erobert. Dieses Restaurant ist nicht der letzte Außenposten für "Hamburger" und "Cheeseburger" im großen chinesischen Reich. Aus dem Fernsehen, ebenso von Lin-Lin und Jacky wusste ich bereits, dass das amerikanische Fastfood in jeder chinesischen Stadt zu haben ist. Lässt noch einmal Borks chinesische Globalisierung grüßen? Nein, diese Form der Globalisierung war schon seit langem vorherbestimmt und abgeschlossen. Ich lehne mich zurück und trinke in aller Ruhe meinen Kaffee aus.

Da war doch noch etwas? Wieso bin ich eigentlich nach China gereist? Ich kam hierher, um Land und Leute kennen zu lernen. Wieso trinke ich dann in einem amerikanischen Fastfood Restaurant Kaffee? Müsste ich nicht in einer der vielen chinesischen Garküchen draußen an der Straße sitzen und einen Tee schlürfen?

Ich schiebe meinen leeren Kaffeebecher zur Seite. Ich bin in China und gleichzeitig bin ich nicht in China. Ich bin unter Chinesen und spreche mit westlichen Touristen. Ich bin in China und esse westliche Nahrung. So geht das nicht, so komme ich dem chinesischen Drachen kein Stück näher.

Vielleicht hat Jacky doch Recht und ich benötige eine chinesische Begleitperson, einen chinesischen Reiseführer, um das Reich der Mitte zu erkunden!

Ist das die eigentliche Wette mit Jacky? Hat der listige Fuchs schon im Voraus gewusst, dass ich ohne sprachkundige Einheimische nur schwer zurechtkomme und mir ein großer Teil Chinas verschlossen bleibt?

Jacky spekuliert allerdings darauf, dass meine Begleitperson eine niedliche, hübsche Chinesin ist. Könnte das die Achillesferse seiner hinterhältigen Wette werden? Mir bleiben noch drei weitere Tage und zwei andere chinesische Städte, um das heraus zu bekommen.

Ich beende mein Frühstück und verlasse das Restaurant. Ich strebe zum Busbahnhof und von dort nach Wuzhou.

Ebenso wie Guang-Zhou liegt die Stadt Wuzhou am Perlenfluss. Der Fluss hat entschieden meine Reiseroute mit beeinflusst. Bork hat den Kern meiner Chinareise richtig eingeschätzt: Da alle chinesischen Städte unbekannt sind, sind sie im Grunde genommen alle gleich. Wenn aber alle Städte gleich sind, nach welchem Kriterium kann dann eine Reiseroute erstellen werden?

Ich wählte die Vorgehensweise berühmter Entdecker. Ich werde über die Flussläufe ins Landesinnere vorstoßen. Folge ich dieser Logik und dem Lauf des Perlenflusses, so treffe ich automatisch auf die Stadt Wuzhou.

Aber bevor ich von Wuzhou träumen darf, muss ich erst einmal den Busbahnhof von Guang-Zhou bewältigen.

Wo liegt denn das Problem? Ich kaufe mir eine Fahrkarte, steige in den Bus und los geht die Fahrt, hinein in die chinesischen Weiten!

Das ist auch in China leichter gesagt als getan. Den Busbahnhof habe ich gefunden. Sein Eingang ist keine 50m entfernt, leider auf der anderen Straßenseite. Er ist so nah und doch so fern. Eine Mauer aus Taxis und Bussen verhindert jeden Versuch einer Straßenüberquerung. Diese Verkehrsader in der Mitte der Stadt ist weder für Rikschafahrer noch für Rucksacktouristen gedacht. So weit haben es die Söhne des ersten Kaisers bereits gebracht.

Wie kommen denn die Locals auf die andere Straßenseite? Da hinten ist eine Fußgängerbrücke. Wieso habe ich die Brücke nicht sofort gesehen? Natürlich, weil sie von unendlich vielen Chinesen geradezu überquillt.

Ich tauche wieder ein in das Meer schwarzhaariger Köpfe. Die Menschenmenge ist noch dichter als die Gestrige in der Fußgängerzone. Zu spät, um nach zu denken, zu spät, um Entscheidungen zu treffen. Die Masse, der chinesische Drache ergreift jeden.

Er reißt mich mit. Ich schwimme mit dem Strom in Richtung Fußgängerbrücke.

Ganz dicht vor mir müssen die Stufen der Brücke sein. Ich werfe das Kanu herum. Gelingt mir die Kurskorrektur? Ja, ich werde die Stufen nach oben gespült. Ich versuche mein Glück, dicht gedrängt nehme ich Stufe für Stufe. Ich muss über die Straße, ich muss mich links halten. Ich glaube, ja, die Stufen führen wieder hinunter. Da vorne muss der Eingang zum Busbahnhof sein. Ich lasse mich hineintreiben. Ich bin im Busbahnhof! Wie ist mir den dieses Kunststück gelungen?

Ja, Moment mal, nimmt das denn kein Ende? Wo bitte sind die Busfahrpläne? Wo können die Busfahrkarten gekauft werden? Wo sind die Busse? Wieso gibt es hier nur chinesische Schriftzeichen?

Das müssen die Fahrkartenschalter sein! Die sehen genauso aus wie bei uns. Ich reihe mich brav in die Schlange der Wartenden ein. Der Ticketerwerb geht zügig voran, die Schlange schrumpft und schon stehe ich vorne am Schalter.

Hinter einer Glaswand sitzt eine dicke, pausbäckige Chinesin. Ihre kalten, abweisenden Augen sehen an mir vorbei. Ihr Mund ist spitz und zugepresst. Diese Chinesin ist eindeutig kein Kind von Fröhlichkeit.

Ich muss unwillkürlich an Jackys Prophezeiung denken: Der Zeitpunkt ist gekommen! Die Verständigung mit den Chinesen wird fehlschlagen. Ich werde frustriert das Handtuch werfen und die Flucht in ein Ausländerhotel antreten. Ich werde mich in dieser Schutzburg verbarrikadieren. Ich werde mir in guter, erprobter Manier, Gebrüder Grimm Geschichten über China zusammenreimen. Denn wer will sich schon bei seiner Heimkehr blamieren?

Wer viel reist, der hat auch viel zu erzählen. Wer viel reist, der kann auch viel lügen! So war es und so wird es immer sein.

Stopp, so tief bin ich doch nicht gesunken! Wieso bin ich so nervös? Gestern, am ersten Tag in China, bin ich doch gut zurechtgekommen. Was ist heute anders? Natürlich, gestern war ich in Begleitung von Gerds Gleichgesinnten. Marlene und Frederic hatten alles Organisatorische erledigt. Ich bin heute das erste Mal auf mich allein gestellt.

Es wird schon klappen! Ich lasse getreu Lin-Lins Weisung mein schönstes Wonneproppengesicht erstrahlen. Das picklige Gesicht der dicken Chinesin zeigt keine Regung.

Jetzt ist zusätzlich Marlenes Methode am Zug. Ich hole den Reiseführer hervor und zeige auf die großen fetten chinesischen Zeichen für Wuzhou. Die Sehschlitze der Chinesin öffnen sich leicht. Leider nur, um polare Kälte zu verbreiten. Mit einem Fingerzeig gibt sie mir zu verstehen, dass ich den Reisführer unter der Glaswand hindurch schieben soll. Ich befolge gehorsam ihrem Befehl. Sie nimmt das Buch und fängt an, neugierig darin herum zu blättern. Mit halb geöffneten Mund und nur wenige Zentimeter von ihrer Nasenspitze entfernt, widmet sie sich der fremden Lektüre. Eine Kollegin kommt hinzu und die beiden sprechen einige Sätze miteinander.

Nun schauen die Beiden mir in die Augen, während die Kollegin mit dem Finger auf die zwei chinesischen Zeichen für Wuzhou klopft.

Ich nicke und erkläre: „Wuzhou, ja ich will nach Wuzhou, Wuzhou, Wuzhou."

Die beiden nicken gleichzeitig und antworten: „>zin-tien, zin-tien, zin-tien<."

Na prima.

Nein, das ist eine Frage. Woher in aller Herrgottsnamen soll ich wissen, was "zin-tien" heißt?

„Ja, das ist schon so in Ordnung", gebe ich in Deutsch zurück und kontrolliere, ob ich noch fröhlich dreinschaue. Was hätte ich sonst antworten können? Guter Rat ist auch in China teuer.

Auf einmal hebt die Dicke ihre Hand. Sie hat die Seiten mit den deutsch-chinesischen Übersetzungen entdeckt. Die beiden Chinesinnen fangen an, Zeile für Zeile auf den wenigen Seiten durchzugehen.

Ich werde verrückt, jetzt sind sie auch noch fündig geworden. Wie sie sich freuen können. Die Kollegin zeigt auf eine der Übersetzungen und schiebt den Reiseführer zu mir zurück.

Ja, was steht denn da: "Heute!" >zin-tien< heißt "heute", wer wäre darauf gekommen?

Natürlich will ich noch heute nach Wuzhou fahren! Ich nicke zufrieden und die beiden Damen klatschen begeistert in die Hände. Im Nu habe ich ein weiß rot gestreiftes Ticket in der Hand. Der Preis für das Ticket kann wieder an einer LED Anzeige ablesen werden. Ich zahle und nicke den Beiden noch einmal freundlich zu. Die nächsten Busreisenden, die noch ein Ticket kaufen wollen, warten schon.

Der Reiseführer verschwindet zurück in die Jackentasche. Die dicke Chinesin hat mir vorgeführt, dass mit dem Reiseführer nicht nur von deutsch nach chinesisch übersetzt werden kann, sondern auch von chinesisch nach deutsch. Ohne Zweifel eine Binsenweisheit, auf die ich aber anscheinend nicht verzichten kann.

Weiter geht es. Was verrät denn das hübsche Busticket in rot und weiß? Alle Schriftzeichen sind chinesisch, bis auf die Zahlen, die sind arabisch. Ich kann, ohne viel nachzudenken oder ein Quäntchen Phantasie zu investieren, das Datum, die Uhrzeit und die Busnummer erahnen. Es bleibt nicht mehr viel Zeit, da vorne sind die Busse.

Stopp ... eine kleine Chinesin in hellblauer Uniform nimmt mir ohne zu fragen die Fahrkarte aus der Hand. Bin ich jetzt verhaftet oder hat sie Angst, dass ich mich verlaufe könnte. Das Zweite ist der Fall.

Bevor ich zu den Bussen gelassen werde, muss mein kleiner Rucksack noch ein Röntgengerät passieren. Die Prozedur ist bekannt von Flughäfen. Ich stelle mir deutsche Zugbahnhöfe im morgendlichen Berufsverkehr vor. Jeder Zugreisende muss seine Arbeitstasche durch ein Metalldetektor schieben, bevor er weiter darf.

Die kleine Uniformierte führt mich anschließend eine Etage höher. Eine zweite nummerierte Reihe Busse stehen dort bereit.

Ich werde an die nächste Uniformierte durchgereicht. Dieses kleine, nette Individuum in Uniform scheint so etwas, wie eine Bussstewardess zu sein. Sie begleitet mich bis hin zum Sitzplatz des Gefährts.

Freundlich sind sie ja, das muss ich ihnen lassen. Aber so viel Hilfe habe ich gar nicht benötigt. Ich fühle mich bevormundet wie ein kleines Kind. Ich hätte den Bus auch alleine gefunden. Sehe ich so unselbstständig aus?

Wieso rege ich mich eigentlich auf? Natürlich, das muss es sein! Ich bin so viel Hilfe nicht gewöhnt.

Was hatte Lin-Lin gesagt? Sie wollen nur, dass wir uns wohl fühlen! Was hatte Bork gesagt? Mit der Zeit können die einen bekloppt machen!

Die vielen Chinesen, denen ich begegne, sie kommen mir vor wie ein Heer lächelnder Mona Lisas. Es ist nicht möglich, in ihren Gesichtern abzulesen, was sie denken oder fühlen. Ist es wenigstens möglich, sich an das nicht Einsichtige zu gewöhnen?

Sie sind ein Teil des chinesischen Drachen. Ich sollte mich daran gewöhnen, um nicht wie Bork zu enden. Ich sollte mich daran gewöhnen, um mehr von China zu erfahren.

Der Bus ruckelt, die Fahrt geht los.

Wir nehmen den Weg über den Viadukt. Die Stadtautobahn überbrückt die Stadt Guang-Zhou und führt aus ihr hinaus. Der Lautsprecher knackt. Die kleine Busstewardess hat jetzt ihren Auftritt. Mit ganzer Kraft und ohne Rücksicht auf die Ohren aller Insassen verkündet sie die Abfahrt -und Ankunftszeit, sowie Wuzhou als Ziel der Busfahrt.

Woher ich das so genau weiß? Weil sie die Daten einmal in Chinesisch und einmal in Englisch aufsagt.

Versteht die Stewardess etwas von dem, was sie gerade ins Mikrophon gesprochen hat? Nicht selten wird auswendig Gelerntes daher gesagt, ohne dessen Bedeutung wirklich zu kennen.

Wieso denn auch nicht. Für die einfache Weitergabe von Informationen ist diese Methode ausreichend.

Ob sie des Englischen mächtig ist? Ich werde dieses Rätsel nur lösen können, indem ich sie frage. Vielleicht nicht einmal dann: Den Asiaten gelingt in Gesprächen einfach immer wieder, im richtigen Moment "ja" zu sagen, zu nicken, passend zu lächeln oder den Kopf zu schütteln. Diese Fähigkeit schützt sie wie eine Tarnkappe.

Ich merke im Gespräch nicht, dass sie mir nicht folgen können. Das Naheliegendste bleibt mir verborgen. Mein Gesprächspartner beherrscht nicht die englische Sprache.

Sie hüllen sich in ihre Höflichkeit und nicken und lächeln, wie es ihnen gerade richtig erscheint. Sie verstehen nichts und ich registriere dieses Verständigungsproblem nicht.

Ich werde mehr und mehr der Wortführer, mein asiatischer Kollege wird mehr und mehr wortkarger. Ein Teufelskreis zieht seine Bahn um uns. Je mehr ich rede, desto höflicher wird mein Gegenüber. Durch diese "positive Anteilnahme" fühle ich mich ermuntert, meinen Redefluss zu steigern.

Irgendwann wird dieser Monolog beendet. Ein jeder geht seinen Weg. Ich gehe mit dem Gefühl, ein gutes Gespräch und einen netten Zuhörer gehabt zu haben. Der Asiat geht ebenfalls, gelangweilt und froh, dass wir Langnasen nun wirklich gar nichts raffen.

Erzähl mir niemand, das ich der Einzige bin, dem das passiert! Woran liegt das? Ist es ihre Erziehung? Ist es ihre Höflichkeit? Ist es ihr Bestreben, Wohlempfinden zu verbreiten? Oder ist es ihre andere "Kultur"?

Wieso, weshalb, warum, bleibt die Mona Lisa stumm?

Oder fehlt uns "Westlern" einfach nur das passende Gen? Ein weiterer sechster Sinn? Das nötige Feingespür? Die erforderliche Aufmerksamkeit?

Ab und zu Fragen stellen, die nicht mit einem "Ja" oder "Nein" beantwortet werden können, das ist die einzige Lösung. Nur so ließe sich in Erfahrung bringen, ob die Stewardess Englisch spricht.

Freue dich nicht zu früh, Jacky! Die kleine, hübsche Stewardess wird nicht meine Begleitung für die nächsten drei Tage sein. Ich weiß, ich weiß, Lin-Lin, diese Entscheidung wird nicht nur von mir allein beeinflusst.

Der buseigene Fernseher über dem Fahrer fängt an zu flackern und springt an. Die Stewardess klettert auf einen der Sitze und legt eine DVD, ich meine eine CVD in den Recorder. Die Kinonacht auf dem Weg nach Wuzhou hat begonnen.

Der Streifen ist natürlich ein Produkt der Hong Konger Filmindustrie. Ich kann der Handlung mühelos auch ohne chinesische Sprachfähigkeiten folgen. Ein Hong Konger Polizist rächt den Mord an seinem besten Freund. In diesem Non-Stop-Action-Movie räumt der Beamte unter seinen bestechlichen Kollegen und den ewig bösen Triaden gnadenlos auf.

Ich wende mich ab und dem Bus zu. Es ist ein großer Reisebus, wie sie auch auf unseren Autobahnen verkehren. Die Sitze sind bequem und sauber. Eine Klimaanlage sorgt für eine angenehme

Temperatur. Ich schaue die Reihen entlang. Die Völkerscharen sind in Guang-Zhou zurück geblieben. Der Bus ist nur zu einem Drittel besetzt.

Mir fällt ein alter Mann an der anderen Fensterseite auf. Er gewinnt meine Aufmerksamkeit, weil er als einziger nicht dem Unterhaltungsprogramm aus Hong Kong folgt. Er liest Zeitung. Er hat mit seinen knochigen Fingern geschickt das Blatt um seinen Gehstock gewickelt. Nun hält er das aufgerollte Paket dicht vor seine rahmenlose Brille. Da die chinesischen Schriftzeichen von oben nach unten geschrieben werden, kann er dem Text der gesamten Spaltenlänge von oben nach unten folgen. Für die nächste Spalte dreht er den Stock um einige Grad weiter gegen den Uhrzeigersinn und fängt wieder oben an zu lesen.

Hat er den Artikel durch oder hat er eine komplette Spazierstock Umrundung hinter sich? Der alte Chinese rollt die Zeitung auf ein Neues um seinen Spazierstock. Natürlich, er kann die Zeitung nur von oben nach unten komplett durchlesen. Er kann sie nicht in einem Zug von links nach rechts lesen. Vollendet er eine ganze Umdrehung seines Spazierstockes, muss er die Zeitung erst einmal abrollen und neu aufrollen, um der nächsten Spalten einsichtig zu werden. Er muss sie so aufrollen, dass die neuen Spalten nicht wieder verdeckt werden.

Ich überlege: Zum Überfliegen der einzelnen Überschriften muss er die Zeitung aufgeschlagen haben. Ist er zudem mit der Seite fertig, dann muss er sie vollständig abrollen, um zur nächsten Seite umzuschlagen.

Das Aufrollen scheint nur sinnvoll zu sein, wenn er genau weiß, was für einen Artikel er lesen will. In dem Moment ist der Vorteil klar erkennbar: Er benötigt sehr wenig Platz mit seiner aufgerollten Zeitung und zum Halten reicht eine Hand aus.

Ich frage mich, ob ein derart aufgerollter Reiseführer nicht auch Vorteile bieten würde?

Meine Aufmerksamkeit wendet sich von dem alten Herren ab und der Welt außerhalb des Busses zu. Wir sind schon seit geraumer Zeit von Guang-Zhou in Richtung Wuzhou unterwegs. Das Häusermeer Guang-Zhous liegt hinter uns und wir fahren an Feldern, Hügeln und Wiesen vorbei. Wenn ich geglaubt hatte, wir würden stundenlang blühende Reisfelder passieren, so habe ich mich getäuscht. Die immer grünen Reisfelder sind nirgends zu finden. Bin ich vielleicht zur falschen Jahreszeit angereist? Die meisten der Felder sind bebaut, nur nicht mit Reis.

Mir kommt eine andere Art von Bildern in den Sinn: Chinesische Landschaftsmalereien. Mittelpunkt dieser Gemälde ist nicht der Mensch, sondern die Natur. Berge mit steilen Felsen, Wolkenmeere kriechen Schluchten entlang, Nebel, der aus Flüssen emporsteigt, Wälder, die ganze Bergrücken bedecken, einzelne Bäume, die sich vor Flüssen und Felsen abzeichnen, Wasserfälle, die aus den Felsen sprudeln.

Irgendwo am Rande ist ein Häuschen, eine Brücke, ein Boot zu sehen. Schon fast wie verloren ist ein Fischer, ein Feldarbeiter oder ein Reisender auf dem Bild zu finden. Der Mensch fügt sich unauffällig ins Bild.

Lassen sich diese alten Malereien mit der Landschaft jenseits des Busfensters vergleichen?

Die Felder, Hügel und Wiesen, an denen der Bus vorbei fährt, sind nicht mehr unberührte Natur. Egal, welchen Flecken Erde, welchen Quadratmeter Boden ich sehe, er scheint von Menschenhand geformt worden zu sein.

Die Natur ist nicht der Mittelpunkt, sie hat ihre Unschuld eingebüßt. Chinesische Bauern haben Dynastie auf Dynastie das Land in ihrem Sinne umgestaltet.

Auf neueren Bildern müsste der Mensch im Mittelpunkt stehen.

Irgendjemand erzählte mir einmal, dass all die alten Malereien nicht die Wirklichkeit darzustellen versuchen. Sie sind das

Spiegelbild einer Geisterwelt. Ob Geister hin oder her, die alten Landschaftsmalereien sind von der jetzigen Wirklichkeit weit entfernt.

Der nächste Film aus Hong Kong ist ebenfalls weit entfernt von jeglicher Realität. Ein chinesischer Kung Fu Meister und sein Lehrling jagen Gespenster im modernen Hong Kong. Mir drängen sich Parallelen zu einem gewissen Professor van Helsink und seinem Adjutanten auf. In dieser asiatischen Geisterhatz versuchen sich der Professor, sein Adjutant und irgendwelche Spukgestalten gegenseitig in Blödeleien zu überbieten. Der Streifen ist wirklich grausam.

Ich habe Glück im Unglück. Mir gelingt es trotz der Lautstärke des Filmes einzuschlafen. Genauso wie der Film und mein Schlaf, so geht auch die Fahrt nach Wuzhou zu Ende. Die Weckprozedur ist eine gänzlich andere als heute Morgen. Lin-Lin, es ist die kleine Stewardess, die mich sanft an der Schulter wachrüttelt.

Kapitel IX.

Die Schöne und das Biest

美女與野獸

Wir haben die Stadt Wuzhou erreicht. Endstation, die ersten Fahrgäste fangen an auszusteigen. Ich schnalle in aller Hast den Rucksack um und reihe mich hinter dem älteren Herrn in die Schlange ein.

Ein Jeder strebt zügig und diszipliniert dem Ausgang des Busses entgegen. Die Stewardess und der Busfahrer warten dort. Sie verabschieden sich artig von jedem ihrer Schutzbefohlenen.

Ich bin mit schnellen Schritten bei ihnen. Schade, es war nur ein Gedanke gewesen! Jetzt wird es das Geheimnis der kleinen Stewardess bleiben: Spricht sie Englisch oder nicht?

Ich werde es wohl nie erfahren. Was bleibt mir übrig, als ihr und dem Fahrer beim Hinausgehen ein freundliches "Auf Wiedersehen" zu wünschen.

„Danke für die gute Fahrt und tschüss", entfährt es mir auch prompt, allerdings in deutscher Sprache.

Ein bisschen Spaß muss sein, spricht der Schalk in meinem Nacken. Dazu ein herzliches Lächeln und ein freundschaftliches, bestätigendes Nicken.

Ohne Zweifel, die Beiden verstehen diese für sie fremd und exotisch klingenden Worte nicht. Die Wirkung meiner Gesichtsmimik ist dafür aber umso erfolgreicher.

Was habe ich nur angerichtet? Die Beiden überschlagen sich geradezu vor Freude. Die kleine Stewardess hüpft fröhlich in die Luft und klatscht begeistert in die Hände. Der Fahrer grinst, als hätte er den Hauptgewinn gezogen.

Was hatte ich eigentlich von den Beiden beim Verlassen des Busses erwartet?

Doch wohl kein: „Gern geschehen, würden uns freuen, Sie bald wieder zu sehen", ausgesprochen in fehlerfreiem Hochdeutsch, ohne die geringste Spur eines Dialektes.

Was sehen die Beiden bloß in mir, dem fremden Reisenden?

Was hatte Gerd gemeint? Ich, der Reisende, bin für die Chinesen ein Astronaut. Ein Astronaut aus einer anderen Welt. Ein Astronaut, unterwegs auf mutiger Mission im großen chinesischen Reich.

Was hatte Lin-Lin gesagt? Ich, der Reisende, bin für die Chinesen ein Panda. Ein Panda, der bestaunt und angehimmelt wird. Ein Panda, der bei Laune gehalten werden will. Ein Panda, der gehegt, gepflegt und ständig gefüttert werden will.

Was hatte Jacky geäußert? Ich, der Reisende, bin ein Tourist. Ein Wesen, das jede Menge Geld hat. Geld, das ich unters Volk bringen will. Ein willkommener Trottel, der ohne schlechtes Gewissen ausgenommen werden darf.

Was wäre, wenn ich den Astronauten, den Panda und den Touristen nicht hätte? Könnte ich andere Blickwinkel wählen?

Probieren wir das mal aus:

Was hatte der Geschäftsmann gesagt? Die Einheimischen, die Chinesen können ebenso wenig in unseren Gesichtern lesen wie wir in den ihren.

Wie lautete die Logik des russischen Englischlehrers? Die Einheimischen, die Chinesen, sie benötigen ebenfalls ein zweites Ticket, um uns, die Langnasen zu verstehen?

Was hatte der alte Ingenieur gesagt? Du bist hier nicht auf der anderen Seite der Welt, du bist hier am Ende der Welt. Das Ende der Welt, als Maßeinheit für die weiteste mögliche Entfernung zur Heimat? Sie werden dich fragen: Was willst du in unserer Welt, Fremder?

Wuzhou ist nicht das Ende der Welt. Auch die drei neuen Blickwinkel erhellen die vielen, kleinen Mona Lisas nicht. Die drei neuen Varianten bringen mir den chinesischen Drachen nicht näher. Es wird ihr Geheimnis bleiben, was sie über mich denken. Vielleicht auch besser so.

Ich nicke der Stewardess und dem Fahrer noch einmal zu und verlasse den Bus. Nach ein paar Metern bleibe ich stehen und ziehe den Reiseführer aus der Tasche. Der Rest der Fahrgäste eilt an mir vorbei, während ich den Stadtplan von Wuzhou kurz überfliege.

Wie geht es jetzt weiter? Ich sollte erst einmal ein Hotel für die Übernachtung suchen. Also los, da vorne ist der Ausgang des Bushofes.

Mir sind nur wenige Schritte vergönnt, bevor ich gestoppt werde. Der Grund ist diesmal leider keine Schönheit in Uniform, die mir weiterhelfen möchte. Ein kleiner Chinese, mit unglaublich fettigen Haaren und perfekt geometrischer Türsteherfigur hat sich mir in den Weg gestellt.

Wie es wohl der Mode seiner Berufsgenossen entspricht, hat er sich die Augenbrauen auszupfen lassen. Die darunter befindlichen Sehschlitze sind gerade schmal genug für Cent Stücke.

Der Ölige offenbart mir augenblicklich seine Geschäftstätigkeit: „Hotel cheap, Hotel cheap. >Hotel billig, Hotel billig. <"

Der Typ sieht aus, als wenn er im selben Stil Drogen billig, Alkohol billig und Frauen billig anzubieten hätte.

Er lässt mir nicht viel Zeit zum Luftholen. Er zuckt mit den Schultern und wendet sich fragend nach rechts und links: „Where do you want to go? Where do you want to go? >Wohin willst du? Wohin willst du? <"

„Ich gehe mit dir nirgends wohin", ich schüttele verneinend den Kopf.

„I know hotel, I know hotel, >Ich weiß ein Hotel, Ich weiß ein Hotel<", verkündet er die Antwort auf seine eigene Frage. Mir schießt ein Gedanke böse durch die Hirnwindungen: Du schmieriger Welcher, ohne Zweifel, du bist ein richtiger Touri-Schlepper. Wer hat mich nicht alles vor dir und deinen Brüdern gewarnt?

Eigentlich nur der Reiseführer!

Du bist nicht das China, das ich sehen will!

Halt! Da war doch noch etwas! Wer hatte mir die kleine Belehrung zukommen lassen? „Peter, that is not personal, that is business! >Peter, das ist nicht persönlich, das ist rein geschäftlich!<" Dieser Spruch trifft zu wie die Faust auf das schlitzige Auge. Bursche, du erfreust dich deiner schleimigen Beschäftigung nicht, weil du schon als kleiner Junge davon geträumt hast!

„I will help you, I will help you. >Ich will dir helfen, ich will dir helfen<", legt jetzt das kleine Quadrat den nächst höheren Gang ein.

Nicht mit mir, mein Freund! Ich drehe dem Schmierigen den Rücken zu und fahre erschrocken zusammen.

Vor mir stürmt der Busfahrer auf mich zu. Dem ist sichtbar das Lachen aus dem Gesicht gefallen. Wieso ist der eigentlich größer als ich? Ich dachte, die Chinesen existieren nur im Kleinformat, von XXL war nicht die Rede. Wieso kommt der Hüne wie ein Rugbyspieler auf mich zu? Wieso folgt ihm die kleine Stewardess mit wildem, entschlossenen Blick in den Augen? Was habe ich getan? Habe ich gegen ein mir unbekanntes Gesetz Chinas verstoßen?

Die Antwort lässt nicht lange auf sich warten.

Das chinesische Buspersonal prescht mit wütendem Geschrei an mir vorbei. Das Ziel ihrer Attacke ist der ölige Touri-Schlepper. Er wird von den beiden lautstark zum Teufel gejagt. Hoch leben meine miserablen chinesischen Sprachkenntnisse. Der gewählte

Umgangston ist bestimmt keine Zitatensammlung aus dem Kaiserpalast.

Ich muss schmunzeln! Hat etwa der böse Tempelwächter wieder seine Finger mit im Spiel? Der unheimliche Taxifahrer war seine erste Trumpfkarte. Jetzt sollte wohl der widerliche Schlepper als Joker gegen mich antreten!

Hätte ich doch bloß ein paar Räucherstäbchen geopfert. Das dürfte nicht die letzte Runde gewesen sein! Wer weiß, was der böse Tempelwächter noch so alles im Schilde führt?

Meine Retter gesellen sich nach vollbrachter Tat sichtbar zufrieden zu mir. Diesmal bedanke ich mich anständig: „Schesche, schesche. >Danke, Danke<."

Als Antwort fragen die Beiden gleichzeitig: „Hotel?"

Richtig, Herr Reisender, bloß keine Atempause, weiter geht die Hatz. Denn wer rastet, der rostet! Das gilt auch in China.

Die Beiden sind im Bilde, ich brauche eine Unterkunft für die Nacht!

Apropos, vielleicht erhalte ich jetzt die Antwort auf eine alte Frage. Kann meine kleine Stewardess Englisch sprechen?

Ich nehme ihr freundliches Hilfsangebot an und schlage erneut den Reiseführer auf. Die Seite mit Wuzhous Hotels ist schnell wieder gefunden.

Zwei Hotels liegen direkt am Perlenfluss und sollten die Nacht in Wuzhou sichern. Die beiden Hotels müssten laut Plan nur eine Häuserbiegung vom Bushof entfernt stehen.

Die Ziele sind so nah und doch so fern. Die Stewardess, als auch der Busfahrer schütteln verneinend ihre Köpfe.

Wer ist jetzt Ortskundiger? Ihr oder der Reiseführer.

Mir schwant Böses, wenn der Reiseführer sein Geld nicht wert ist, dann würde meine Chinareise eine interessante Wendung bekommen.

Der tatenfreudige Busfahrer setzt meiner Ratlosigkeit ein Ende. Seine Anweisungen für die Stewardess sind militärisch kurz und knapp. Er verabschiedet sich lächelnd mit einem Kopfnicken und eilt zu seinem geliebten Bus zurück.

Die kleine Stewardess darf mir also ein weiteres Mal zeigen, wo ich hin muss. Sie verliert mit ihrem neuen Auftrag keine Zeit. Sie zeigt auf die zwei Hotels im Reiseführer und schon geht die Suche los. Verflixt, ihre Beine sind doch nur halb so lang wie die meinen. Wieso muss ich fast in den Laufschritt fallen, um ihr folgen zu können?

Ich spurte ihr aus dem Bushof hinterher. Die Kleine trippelt blitzschnell nach links über eine Straße hinweg. Dort flitzen wir rasant um die nächste Häuserecke und eine weitere Straße entlang. Wir bremsen nach gut 50m vor den beiden Hotels.

Wenn das so einfach gehen würde, dann könnte ja jeder durch China reisen. Dass dies China ist, das steht jedenfalls fest. Ob dies jedoch die Stadt Wuzhou ist, da bin ich mir gar nicht mehr so sicher.

Die Lücke in der Häuserzeile, in der eine Handvoll Bauarbeiter Schutt wegräumen, das müssten die Hotels sein. Auf der anderen Straßenseite zieht sich eine endlose Betonmauer. Dort sollte eigentlich der Perlenfluss liegen. Vielleicht finde ich das Gewässer hinter dieser neuen modernen Version der Chinesischen Mauer. Am Ende der Straße sehe ich die Stahlbögen einer Brücke. Die Brücke war gestern bestimmt noch nicht da.

Was nun, Reisender, ist das schon das Ende deiner Fahrt? Jacky dürfte sich freuen. Was sagt denn meine chinesische Begleitung, die hübsche Stewardess und Hotelpfadfinderin dazu? Ich deute mit dem Zeigefinger nach unten und frage sie: „Is this Wuzhou? Wuzhou? >Ist dies Wuzhou? Wuzhou?<"

Na bitte, bei dem Wort Wuzhou fängt sie an zu nicken. Zumindest die Städtefrage wäre damit geklärt.

Ich stecke den Reiseführer zurück in die Jackentasche. Reiseführer, die derart daneben liegen, die sollten verboten werden.

Mühsam ernährt sich das Eichhörnchen, das gilt auch in China. Wie geht es jetzt weiter, Herr Reisender?

Wer den Schaden hat, der braucht für den Spot nicht zu sorgen. Das gilt...

Jetzt fängt die kleine Stewardess auch noch an zu kichern. Ja, gibt es denn so etwas. Die Schadenfreude sprüht nur so aus ihren Augen.

Wenigstens verbirgt sie beim Lachen ihren Mund mit einer Hand. Drei der Bauarbeiter, die für den alten Hotelschutt zuständig sind, benehmen sich weniger sensibel. Die Drei vom Bau haben mein Erscheinen neugierig beobachtet. Was sollten sie auch anderes tun. Vereint sitzen sie in einem Holzkarren und pflegen ihre wohlverdiente Mittagspause. In der einen Hand ein Zigarettchen, in der anderen Hand ein Bierchen, so komme ich ihnen als Panda Lachnummer gerade recht.

Ich kann davon ausgehen, dass mein Antlitz beim Anblick der beiden abgerissenen Hotels nicht besonders intelligent ausgesehen hat. Die drei Pausengenießer haben sofort kapiert, dass die Langnase für eine Übernachtung zu spät nach Wuzhou gekommen ist. Da sitzen sie nun vor mir und halten sich ihre kleinen chinesischen Bäuche vor Lachen.

Jetzt nur die Nerven bewahren oder wie lautet die chinesische Variante: Wie kann ich einen Gesichtsverlust vermeiden!

Ich ringe mir ein Lächeln ab und frage die Stewardess, ob sie noch ein anderes Hotel zur Auswahl hätte: „Do you know an other hotel? >Kennen Sie noch ein anderes Hotel?<"

Kann sie Englisch oder reagiert sie lediglich auf das Wort "Hotel"? Sie gibt mir Zeichen, ihr zu folgen. Das kann mir nur Recht sein. Zu lange wollte ich bei meinen neuen Fans nicht verweilen.

Wer hat bloß die drei Chinesen mit dem Kontrabass durch diese drei Chinesen vom Bau ausgetauscht?

Wir gehen eiligen Schrittes zurück. Na, so was, direkt gegenüber vom Bushof steht noch ein Hotel. Wieso haben wir nicht gleich dieses Hotel gewählt?

An der Rezeption gibt es jede Menge Gekicher. Ich suche mir das Zimmer mit Hilfe eines Bilderkatalogs aus. Es ist ein Einzelzimmer für 70 RMB (7 Euro). Die kleine Stewardess schaut mir bei der Wahl schweigsam zu. Sie will mir irgendetwas sagen, rückt aber nicht mit der Sprache heraus.

Der Zeitpunkt ist gekommen. Jetzt will ich es wissen. Kann sie Englisch sprechen oder nicht? Was hatte ich gesagt: Die Fragen sollten nicht mit einem "Ja" oder "Nein" beantwortet werden können!

„Something wrong? Do you want to tell me something? >Stimmt etwas nicht? Willst du mir etwas sagen? <", frage ich sie freundlich.

Sie verneint verlegen. Sie hat mich nicht verstanden.

„How are the rooms in this hotel? >Wie sind die Zimmer in diesem Hotel?<", frage ich sie weiter auf Englisch.

Meine kleine Stewardess schüttelt noch einmal verneinend ihren Kopf. Ich registriere zu spät, dass meine Fragerei ihr unangenehm ist. Sie verabschiedet sich plötzlich und ist in Windeseile aus dem Hotel entschwunden.

Das wollte ich nicht. Nein, nicht Englisch zu verstehen, das musste dir nicht peinlich sein. Ich wünsche dir alles Gute auf deinen Busfahrten.

Mich führt der Weg in luftige Höhen. Das Zimmer liegt in der sechsten Etage. Ich werde oben wieder von einer Schlüsselmeisterin empfangen. Ich muss schmunzeln, eine ihrer Schwestern arbeitet in der Stadt Guang-Zhou, in einem Hotel ohne Namen. Die Zimmertür schwenkt auf und ich weiß sofort, was für ein

Problem die kleine Stewardess hatte. Das Zimmer ist ja kleiner als winzig. Auf dem Foto an der Rezeption sah alles ganz anders aus. Marlene und Frederic hatten mir gestern vorgeführt, wie ein Hotelzimmer ausgewählt wird. Was jeder Rucksacktourist weiß, das habe ich sträflich missachtet. Die Zimmerinspektion geht der Zusage unbedingt voraus. Wer kauft schon die Katze im Sack. Das gilt ...

Ach was, für eine Nacht soll das Kämmerlein genügen. Ich stelle den Rucksack neben das Bett. Das Zimmer wird nicht mehr umgetauscht.

Ich muss sparsam mit meiner Geduld und meiner Ruhe umgehen. Wer weiß, wie häufig meine Nerven heute noch strapaziert werden! Wer weiß, wie oft ich heute noch schweißtreibende Verständigungen mit den Chinesen zu bestehen habe!

Also, wie geht es weiter, Herr Reisender?

Gute Frage, ich muss der chinesischen Bank einen Besuch abstatten und Hunger habe ich auch. Wo ist eigentlich in Wuzhou eine Bank?

Ich stehe wenige Minuten später wieder an der Rezeption. Die Frage nach der Geldbeschaffung muss aber erst einmal warten.

Mit wie vielen unvorhersehbaren Ereignissen muss der Chinareisende pro Tag rechnen? Mein Bedarf an derlei ist jetzt schon gedeckt. Aber wie sollten die Geschehnisse anders ablaufen: Anstatt die Damen an der Rezeption nach dem nächsten Geldinstitut zu fragen, darf ich erst einmal ein Telefonat entgegen nehmen.

Ich bin erst eine halbe Stunde in Wuzhou. Wem mögen die Buschtrommeln meine Ankunft gemeldet haben? Ich habe keine Illusionen. Auch im Reich der Mitte dreht sich alles ums liebe Geld. Nur ein geschäftstüchtiger Chinese kann am anderen Ende der Leitung sein. Er lebt von dem Markt mit den Touristen.

Ich halte den Hörer ans Ohr und melde mich. Falls der ölige Schlepper wieder sein Glück versucht, lege ich sofort auf. Nein, am anderen Ende ist ein Englischlehrer, der sogar die selbige Sprache beherrscht.

Sein Name ist Chen. Ohne um den heißen Brei zu reden, bringt er sein Anliegen direkt auf den Punkt. Er hat einen kleinen Handel mit den Damen an der Rezeption abgeschlossen. Jedes Mal, wenn ein westlicher Tourist die Stadt besucht, wird er von den Damen informiert. Als hätten die vielen kleinen Chinesinnen auf der anderen Seite der Rezeption mitgelauscht, fangen sie auf Kommando zu winken und zu kichern an.

Nach Wuzhou verschlägt es nicht so viele Langnasen. Er muss deshalb erfinderisch sein und jede Gelegenheit nutzen, sein Englisch aufzufrischen. Er würde mir im Gegenzug als guter Touristenführer die Stadt und seine Englischschule zeigen.

Sein Vorschlag hört sich zu schön an, als dass er wahr sein könnte. Ich hätte mit Chen, dem Englischlehrer und Fremdenführer, einen lokalen Chinesen gefunden. Einen Chinesen, der meine Sprache spricht und der mir alles über China, deren Menschen und dessen Kultur mitteilen kann. Er könnte genau die Person sein, die ich gesucht habe.

So, Jacky, die Wette hast du verloren. Gerd, deine Gleichgesinnten sind Schnee von gestern, ich reise von jetzt an in China mit den Chinesen! Ist das ein Stück des chinesischen Drachens?

Auf was lasse ich mich da ein? Was ist, wenn Chen der Bruder vom dem Schlepper ist? Dann behandele ich Chen geschäftlich und nicht persönlich. Nein sagen kann ich immer noch.

Ich schiebe alle meine Bedenken zur Seite. Seit ich in Wuzhou bin, ist eigentlich alles schief gelaufen. Irgendwann muss ich auch mal Glück haben. Ich gehe auf sein Angebot ein. In dreißig Minuten will er am Hotel sein.

Ich lege nachdenklich den Hörer auf und ziehe den tausendmal verwunschenen Reiseführer aus der Tasche. Eine halbe Stunde ist eine lange Zeit. Es ist früher Nachmittag und ich weiß nicht, wann die Banken in China schließen. So lange wird mein Bankbesuch nicht dauern, ich werde zurück sein, bevor dieser Chen im Hotel auftaucht. Auch im Reich der gelben Kaiser hat die Cashflow-Situation Vorrang.

Das darf doch nicht wahr sein. Ja, verdammt, das ist das chinesische Zeichen für Bank. Fünf oder sechs Chinesinnen reißen sich gegenseitig meinen armen Reiseführer aus den Händen. Mal wird das Buch wie eine Trophäe in die Luft gehalten, mal wird es im Abstand einer Nasenspitze begutachtet oder mal mit offenem Mund bestaunt. Wieder wechselt die Besitzerin, wieder wird eine neue Seite aufgeschlagen.

Wieso muss ich gerade jetzt an den alten Ingenieur denken? Ich will weder ans Ende der Welt noch will ich heim: „Meine Damen, ich will doch nur zu einer Bank."

Für einen kurzen Moment verstummt der schnatternde Haufen hinter der Rezeption. Alle schauen mich fragend an, um im nächsten Augenblick in ein kollektives Gekicher zu fallen.

Der Geschäftsmann hatte recht: Mädels, gut dass ihr nicht sehen könnt, was ich gerade über euch denke! Ich lächele und nicke ihnen zu: „Ja, ich Panda, wo bitte geht es zum nächsten Futternapf?"

Vielleicht sollte ich doch auf diesen Chen warten. Wenn das so weiter geht, wird Jacky Recht behalten. Ohne eine Begleitperson bin ich in China aufgeschmissen.

Ach, was sag ich da. Wieso nicht gleich das magische Superticket von dem russischen Englischlehrer. Das Ticket, das mir das gesamte Wissen Chinas offenbart. Ich könnte mit einem Schlag Chinesisch sprechen, schreiben und lesen. Ich wüsste ihre vielen kleinen Mona Lisa Gesichtchen zu deuten. Ich hätte von jeder Stadt die GPS Karte im Kopf...

So wird das nichts, ich kehre wieder zurück zu meinem Astronauten, dem Panda und dem Touristen. Die Drei sind einfach optimistischer.

In die Gruppe vor mir ist Bewegung gekommen. Die Mädels haben aufgehört zu kichern. Sie haben ihren Spaß mit der exotischen Lektüre gehabt. Jetzt zeigt eine von ihnen, es ist wohl die auserwählte Wortführerin, mit fragendem Gesicht auf das chinesische Zeichen für Bank im Reiseführer.

Ich bejahe und ziehe zur Sicherheit den letzten RMB Schein und einige US Noten aus dem Portemonnaie. Ich lege die Geldscheine auf die Rezeption und deute mit den Fingern immer wieder zwischen den Währungen hin und her.

Sie haben verstanden. So kompliziert war das Rätsel ja auch nicht. Ich benutze nun Zeige –und Mittelfinger für eine symbolische Gehbewegung und schaue mich dabei fragend in alle Himmelsrichtungen um.

Das muss lustig aussehen, alle sechs Chinesinnen fangen schon wieder zu kichern an. Aber der Durchbruch ist gelungen. Es vergehen noch einige kribbelnde Sekunden, bis ich aufatmen kann.

Die ganze Schar benutzt nun ihrerseits die Körpersprache. Wie einfach ist es doch, mit einfachen Gesten den Weg zu beschreiben. Ich muss vom Hotel die Straße links hochgehen. Die Straße endet in einer T-Kreuzung. Dort auf der linken Seite soll es eine Bank geben, die mein Geld wechseln kann.

Ich mache mich sogleich auf den Weg und betrete schon nach wenigen Minuten das so beschriebene Geldhaus. Ein Wachmann am Eingang hält mir freundlich die Tür auf.

Habe ich wirklich geglaubt, den nervenaufreibenden Teil des zweiten Tages bestanden zu haben?

In der "Bank of China" geht es zu, wie auf dem Busbahnhof von Guang-Zhou. Die kleine Filiale ist quetschvoll. Müsst ihr Chinesen immer in solchen Massen auftreten?

Ich habe, dank meiner körperlichen Größe, schnell einen Überblick gewonnen. Die Kunden der Bank können mühelos in drei Kategorien eingeteilt werden:

Die erste Gruppe, ich nenne sie "die Hoffnungslosen", wartet stehend im hinteren Bereich der Bank an Fenstern und den Türen. Ich bin, zu meinem eigenen Bedauern, einer dieser "Hoffnungslosen". Ich kann mir beim besten Willen nicht vorstellen, heute noch meine US Dollar in chinesisches RMB gewechselt zu bekommen.

Die zweite Gruppe, ich nenne sie "die Kräfteschöpfenden", sind einen Schritt weiter. Sie sind, bis auf wenige Meter an die Bankschalter heran gerückt. Für diese Gruppe wurden extra vier Sitzreihen aufgestellt. Alle Plätze, auch die in den hinteren drei Reihen sind vollständig belegt. So sitzen sie alle gespannt da und sammeln frische Kräfte, um in die erste Gruppe aufzusteigen.

Diese erste Gruppe, ich nenne sie "die Kämpfer", scharen sich um die Bankschalter. Alle Schalter sind geöffnet und werden jeweils von zwei oder drei Kunden gleichzeitig belagert. Die Diskretion ist wohl für die Masse der Kunden zweitrangig.

Ist das immer so ein Gedrängel oder habe ich ein glückliches Händchen für die Rushhour?

Woher wissen all die Wartenden, wann sie an die Reihe kommen? Nach welchem System werden die Kunden zu den Bankschaltern vorgelassen?

Guter Rat ist teuer, das gilt ...

Ach was! Wieso, weshalb, warum, wer nicht fragt, bleibt dumm! Aber wie fragen, wenn einem das Chinesisch nicht gerade auf der Zunge liegt?

Was bleibt dem Reisenden, als aus dem reichhaltigen Erfahrungsschatz der zurückgelegten Meilen zu profitieren?

Ich gehe einige gezielte Schritte in Richtung der Schalter. Ich tue dies nicht etwa, um mich unverschämt an all den geduldig wartenden Chinesen vorbei zu mogeln. Nein, mein Plan ist der, besser von allen gesehen zu werden.

Ich lege mir geradezu routiniert ein freundliches Lächeln ins Gesicht und fange an, mich fragend umzuschauen. Wehe dem Wanderer, für den der Tag anbricht, an dem dieser Zaubertrick seine Wirkung verfehlt.

Der Trick funktioniert, der Augenblick verstreicht viel zu schnell, als dass echte Sorgen hätten aufkommen können.

Wer wird dem freundlichen Astronauten vom Planeten X die Hilfe verweigern? Lin-Lin hat Recht, wenn ich lächele, dann können die Chinesen gar nicht anders, sie müssen mir helfen. Dass ich in dieser Situation ihre Hilfsbereitschaft ausnutze, das ist mir bewusst. Ich schäme mich auch ein klein wenig dafür. Aber auch nur ein klein wenig, denn viel Zeit zum Schämen wird mir nicht gewährt.

Jemand tippt mir an den Ellenbogen. Es ist eine ältere chinesische Dame, die meine Notlage erkannt hat. Mein Blick folgt ihrem ausgestreckten Arm. Sie zeigt mit ernstem Gesicht auf einen schwarzen metallischen Kasten. Dieser ist an einem der Betonsäulen in der Halle befestigt.

Ich danke ihr und steuere den Kasten an. Was soll ich bei der schwarzen Kiste? Die Schalter sind mein Ziel.

Na, so was, da hätte ich auch selber drauf kommen können. Der schwarze Kasten ist ein Nummernautomat. Jetzt ist klar, wie all die Chinesen wissen, wann sie zu einem der Schalter gehen dürfen.

Ich ziehe, dem System brav gehorchend, ein Nümmerchen. Eine große, arabische Zahl verkündet mein Warteglück.

Ich vergleiche die Zahl auf dem Zettel mit den LED Anzeigen über jedem der Schalter. Wieso sind mir diese LED Anzeigen nicht schon vorher aufgefallen?

Hoppla, da kann ich ja gleich morgen früh wiederkommen. Wieder tippt mir jemand an den Ellenbogen. Ist es erneut die alte chinesische Dame? Nein, diesmal ist es eine kleine Bankangestellte in dunkelblauer Bankuniform. Sie nimmt mir freundlich den kleinen Nummernzettel aus der Hand.

Als ihre Schwester im Busbahnhof von Guang-Zhou mir das Zugticket aus der Hand nahm, da habe ich mich bevormundet gefühlt. Meine diesbezügliche Einstellung ist jetzt, nur wenige Stunden später in der Bank von Wuzhou, eine ganz andere. Der Egoismus hat gesiegt. Die kleine Bankangestellte ist meine große Hoffnung. Welche Alternativen hätte ich denn? Entweder, ich lasse mir helfen und habe die Chance, vorgelassen zu werden, oder ich darf bis in alle Ewigkeit auf die LED Anzeigen starren.

Welcher meiner drei unsichtbaren Weggefährten hat der Bankangestellten gut zugeredet? Ich tippe auf den Astronauten oder ist es doch der Panda? Der Tourist hätte ebenfalls gute Chancen!

Mein stiller Wunsch wird erhört, ich habe Glück. Die kleine Bankangestellte führt mich zu einem der Bankschalter. Sie haben mich tatsächlich vorgelassen! Ich spüre die über einhundert Augenpaare der andern Bankkunden in meinem Rücken. Egal, ich bedanke mich aus tiefer Seele bei der kleinen Bankangestellten.

Vor einer Minute wusste ich nicht, wie es weiter geht und jetzt bin ich der König im Saal. Von wegen, dies ist eine Bank. Hier herrscht nur ein König und der trägt den Namen des Geldes. Das gilt ...

Zum Beispiel für das Kundentrio vor mir. Der junge chinesische Mann und seine chinesische Frau, Schwester, Freundin oder Gespielin müssen sich wirklich mit Geldproblemen abgeben. Vielleicht anders herum, die junge chinesische Frau und ihr Göttergatte, Bruder, Loverboy oder Dandy müssen mit der Macht des Geldes ringen. Wie die ältere Chinesin, Mutter, Chefin oder Drache zu dem Pärchen steht, das bleibt mir verborgen.

Aus der Vogelperspektive verfolge ich die Ereignisse und kann nur staunen. China, das Land des unbegrenzten Reichtums.
Sie wählen den alten traditionellen Weg. Nur Bares ist Wahres, das gilt auch im Zeitalter der Kreditkarten. Auf dem Schalter werden gebündelte Scheine zu einem hohen, ansehnlichen Turm geschichtet.
Ich zähle erst gar nicht die Bündel, es ist eine kapitale Säule von gut und gerne dreißig Zentimetern. Die einzelnen Scheinchen sind die Rot-Weißen, mit Maos Konterfei, also die 100 RMB Noten. Beim momentanen Umtauschkurs von 100 RMB zu 10 Euro hätte der Geldpacken ein Volumen von dreißig Zentimetern multipliziert mit 10 Euronoten. Das sollte für ein Extraschüsselchen Reis am Sonntag reichen.
Wie kommt ihr drei zu so einem Paket? Habt ihr gerade eben einen alten Politkader beerbt? Der lange Marsch zur Bank hat sich gelohnt!
Wo wollt ihr drei denn euren Neuerwerb umsetzen? Richtig, das ist es. Von Wuzhou nach Macao ist es nur ein Katzensprung. Macao, das große Las Vegas in Fernost. Wenn nicht in Macao, wo denn sonst könnte der Chinese seinem Wett –und Spieltrieb nachgehen? Ihr drittelt euren Anteil und könnt nach Herzenslaune alles verzocken.
Es geht weiter im Takt! Ich traue meinen Augen kaum! Wer sagt es denn! Ihr Drei seid einfach spitze! Die Verteilung des Geldes findet direkt am Schalter statt. Der junge Mann des Trios versucht möglichst viele der Bündel in seinen Gesäßtaschen zu verstauen. Sein Portemonnaie ist im Weg, die Geldbörse bleibt, denn sie besitzt ältere Bleiberechte. Die junge Chinesin neben ihm weiß Rat. Sie öffnet ihr kleines Handtäschchen und sofort fliegen die Geldbündel hinein. Jawohl, was weg ist, das ist weg. Das kleine Täschchen ist schnell gefüllt. Die Dritte im Bunde, die ältere Chinesin hilft nur zu gerne mit ihrer etwas größeren Umhängetasche aus.

Der Rest verschwindet in den Jackentaschen des jungen Chinesen. Die Drei eilen zügig und mit ausdruckslosen Gesichtern dem Ausgang der Bank entgegen. Geld macht dekadent. Das gilt ...

Ich schaue den Dreien noch kurz nach. Mein Blick rutscht dabei direkt in die geöffnete Tasche eines älteren Ehepaares, das hinter mir steht. Was dort drinnen lacht, das sind keine rot, weißen RMB Scheine mit Mao. Die Noten sind grün und der Herr General Grand schaut mit ernstem Gesicht dem Bankschalter entgegen. Die staatliche Rente muss diesen Monat etwas großzügiger ausgefallen sein!

Meine Transaktion fällt ein wenig bescheidener aus. Eine Bankangestellte lässt die Dollarscheine ein kleines, weißes Kästchen mit einer grünen LED Lampe passieren. Mein Lächeln genügt ihr nicht als Echtheitszertifikat für die Scheine. Die Prozedur dauert, weil einige der Scheine mehrmals den Apparat durchwandern müssen. Die ersehnte Summe in der richtigen Währung wird vor mir auf dem Schalter ausgebreitet. Es sind alles Scheine. Münzgeld ist zur Zeit in China rar.

Ich blättere die Scheinchen noch einmal durch. Die Geldscheine sind, wie die unsrigen, zur Längsseite lesbar. Mao lächelt mir in den verschiedensten Farben entgegen.

Ein kleines Fenster der chinesischen Vergangenheit öffnet sich vor meinen Augen. Heutzutage werden die chinesischen Geldscheine, genauso wie die unsrigen, zur Längsseite hin gelesen. Früher war das mit dem chinesischen Geld anders, sie wurden hochkant gelesen. Die Zeiten ändern sich, das gilt auch für China. Während ich langsamen Schrittes die Bank verlasse, durchkämme ich meine Finanzen nach drei bestimmten Geldscheinen. Gerd hatte mich auf eine kleine Besonderheit dieser asiatischen Region aufmerksam werden lassen. Das sind sie! Ähnlich sind sie sich schon, die drei rot weißen Einhunderter Scheine aus China, Taiwan und Thailand. In ihrer Größe unterscheiden sie sich nur geringfügig. Ich drehe und wende alle drei Scheine noch einmal in meinen Händen. In der Lage der Wasserzeichen und der Köpfe gibt es aber keine Übereinstimmung. Zudem sind die Schriftzüge des chinesischen und die des thailändischen zu verschieden. Trickbetrüger würden einen Farbkopierer vorziehen.

Vorsicht, ich wäre draußen vor der Bank fast über chinesische Schriftzeichen gestolpert. Ich trete einen Schritt zur Seite. Ein junger Mann sitzt mit dem Rücken zur Häuserwand auf dem Boden. Er hat vor sich, schön sauber mit weißer Kreide, mehrere Reihen chinesischer Schriftzeichen auf den Bürgersteig gemalt. Nun sitzt er da, mit gesenktem Haupt. Seine Körpersprache ist international. Wo es Reiche gibt, da gibt es auch Arme. Das gilt ...

Kapitel X.

Lichter am großen Fluss

映在大江的光

Der Rückweg von Wuzhous "Bank of China" zum Hotel findet ein jähes Ende.

„Sie müssen Peter sein?" werde ich aus der Menge der Fußgänger heraus gefragt. Ich bleibe stehen und bejahe.

„Entschuldigen Sie, mein Name ist Chen. Ich hoffe, Sie erinnern sich noch? Wir hatten vor einer halben Stunde miteinander telefoniert", stellt sich der Fremde vor.

Das ist er also, der Englischlehrer Chen! Er trägt einen dunkelgrauen Anzug und dazu ein weißes Hemd. Seine Haare sind gekämmt, die schwarzen Schuhe sind geputzt.

Ich kann mir nicht helfen! Ist es sein Äußeres? Ist es sein Auftreten? Ist es sein Lächeln?

Dieser Chinese erinnert mich an irgendjemanden!

Die Weissagung des Geschäftsmannes drängelt sich wieder in mein Bewusstsein: Ich werde niemals das wirkliche Wesen eines Chinesen erkennen. Auch dieses Exemplar wird für mich ein Buch mit sieben Siegeln bleiben!

Wieso eigentlich?

Könnte ich doch seine Maske, die Tarnkappe der Mona Lisa, abreißen! Ach was, mir würde es schon genügen, nicht immer an den Spruch des Geschäftsmannes denken zu müssen.

Moment mal, das ist es. Das ist die Lösung!

Diesmal ist es nicht die Lehre des Geschäftsmannes, an die mich dieser Chinese erinnert. Diesmal ist es der Geschäftsmann selber!

Vor mir steht nicht der Englischlehrer Chen, vor mir steht der Geschäftsmann Chen!

Wir reichen uns kurz die Hände.

„Ich bin gerade im Hotel gewesen. Dort hat mir die Rezeption mitgeteilt, dass Sie in der Bank Geld wechseln wollten. Ich bin Ihnen sogleich hierher gefolgt", erklärt Chen, wieso er mich so schnell finden konnte.

Dass ich die einzige Langnase weit und breit bin, das dürfte ihm wohl zusätzlich geholfen haben!

„Ja, das hatte erst einmal Vorrang. Ich weiß nicht, wann in China die Banken schließen", entschuldige ich meine Abwesenheit vom Hotel.

„Kein Problem, die Banken schließen um 17.00 Uhr, etwas Zeit hätten wir noch gehabt", lächelt Chen.

„Diese Zeit ist nicht verloren gegangen", kontere ich.

Diesmal lächeln wir beide. Wir lächeln wie zwei alte Händler auf einem Basar, die sich gerade einig geworden sind.

Ich habe das Gefühl, dass Chen das nächste Kettenglied meiner Reise ist. Was bin ich für ihn? Wie immer diese Antwort ausfällt, Vorsicht ist die Mutter der Porzellankiste. Ich möchte nicht, wie gerade im Hotel, ein weiteres Mal die Katze im Sack kaufen: „Chen, Sie wollten mir die Stadt zeigen? Im Gegenzug besuche ich heute Abend ihre Englischschule?"

„Ganz genau, Peter, nicht mehr und nicht weniger", bestätigt Chen glücklich.

Wir lächeln wieder. Wir lächeln, was die Backen hergeben.

Nicht mehr und nicht weniger! Wie schön du das gesagt hast! Mit deiner Hilfe trenne ich mich von Gerds Gleichgesinnten. Mit deiner Hilfe gewinne ich die Wette gegen Jacky. Mit deiner Hilfe könnte ich vielleicht mein kleines Stück der chinesischen Vergangenheit finden. Mit deiner Hilfe komme ich vielleicht dem chinesischen Drachen näher, ...

Und Chen, was für Hintergedanken hegst du? Oder sollte ich lieber fragen, wie kannst du aus meiner Person Profit ziehen?

Ich habe auf die Schnelle leider nur eine Idee: Ich könnte einen prima Werbepanda für deine Englischschule abgeben.

Moment mal, kenne ich dieses Szenario nicht? Natürlich, eine alte wohlbekannte Frage kommt mir wieder in den Sinn. Haben mich die drei Wetten mit Jacky, Lin-Lin und Gerd zu einem Spieler werden lassen?

Was ich jetzt tue, das ist nichts anderes, als wieder einmal meine Chancen durchzukalkulieren. Die Aussicht, mit Chens Hilfe China ein Stück näher zu rücken, überwiegt das Risiko, von Chen übervorteilt zu werden.

Ich entdecke eine neue Stadt, ich begegne neuen Menschen und ich finde ein neues Element meiner Natur. Verwischen sich auf der Reise die Grenzen? Was ist das Mittel zwischen dem Reisenden und dem Spieler ...

„Darf ich Sie gleich zu Anfang etwas fragen?" unterbricht Chen mein Selbstfindungskarussell.

„Nur zu", muntere ich ihn auf. Mist! Mir fällt zu spät das gestrige Fragegewitter der jungen Chinesin im Bus nach Guang-Zhou ein. Ich kann nur hoffen, nicht auf ein Neues tot gequatscht zu werden!

„Welche Nationalität haben Sie?" legt Chen auch schon los.

„Ich komme aus Deutschland", antworte ich. Wie viele Menschen aus wie vielen Ländern hast du bereits getroffen? Aus welchem Erfahrungsschatz wirst du nun schöpfen?

„Was ist Ihr Beruf?"

„Ich bin Ingenieur." Chen, was bin ich für dich? Auf meiner Liste steht Tourist, Panda, Astronaut, Reisender und neuerdings wieder Spieler.

„Sind Sie geschäftlich nach Wuzhou gereist?"

„Nein, ich komme als Tourist in die Stadt." Die eigentliche Mission, die ich in deinem Land zu bestehen habe, das ist ein Quäntchen Vergangenheit und drei schwammige Wetten.

„Wie lange bleiben Sie?"

„Einen Tag, morgen Früh geht es weiter in die nächste Stadt."
Vorausgesetzt, der Reiseführer schickt mich nicht in die Wüste
Gobi.

„Wie lange werden Sie in China sein?"

„Genau drei Tage." In der Kürze liegt die Würze, ... ich könnte
langsam etwas Essen vertragen. Chen, ich esse alles außer: Als
Riesenameisen getarnte Flusskrebse!

„Nur drei Tage!" Chens Gesicht wirkt nachdenklich.

„Wieso sind Sie, wenn Sie nur drei Tage zur Verfügung haben,
gerade nach Wuzhou gekommen? Gibt es dafür einen besonde-
ren Grund?"

„Nein, wenn Sie so wollen, war es eine besondere Form des Zu-
falls, der mich in Ihre Stadt führte. Um die ganze Geschichte ab-
zukürzen, ich bin dem Lauf des Perlenflusses gefolgt."

„Ja, ja", Chen kratzt sich am Kinn. Was juckt einem Chinesen aus
dem Reich der Mitte die verrückten Pläne einer Langnase? „Was
haben Sie in Wuzhou vor? Haben Sie besondere Pläne? Gibt es
etwas, das Sie unbedingt sehen möchten?"

Das sind jetzt gleich mehrere Fragen auf einmal. Hat ihn meine
Reiseroute nicht überzeugt? Oder sieht er seinen Profit im Perlenfluss davonschwimmen?

Egal, starten wir mit einer kleinen chinesischen Besichtigungstour a la Chen: „Chen, ich habe seit heute Morgen nichts mehr
gegessen. Könnten Sie für uns ein kleines Restaurant auswählen?
Am besten eines, das traditionelle lokale Speisen anzubieten hat?
Vielleicht etwas aus den hiesigen Straßenküchen, euren Garküchen?"

„Das ist kein Problem. Wie wäre es mit der Garküche da vorne?
>wormen tzo<", sagt Chen und zeigt mit einer Handbewegung
die Richtung an.

„Was haben Sie gesagt?" frage ich neugierig.

„>Wormen tzo<", antwortet Chen, „das heißt so viel wie: Los geht's oder lasst uns gehen."

„Genau, >wormen tzo< zur nächsten Garküche", pflichte ich ihm bei und greife weiter tapfer nach der chinesischen Sprache: „Chen, was heißt >wormen tzo< im Einzelnen? Ich meine, was heißt >wormen< und was heißt >tzo<?"

„>Wormen<, das sind "wir" und >tzo< ist "gehen" ", antwortet Chen belehrend.

„Dann heißt >wormen tzo< aber auch "wir gehen" ", überlege ich laut.

„Nein, "wir gehen", das tun wir ja gerade! In diesem Fall schieben wir noch ein tzei ein. "Wir gehen" heißt >wormen tzei tzo<, oder auch abgekürzt >tzei tzo<", bricht der Sprachlehrer vollends aus Chen hervor.

„Dann ist ja alles klar", bestätige ich und hoffe auf die nächste Chinesisch Stunde im Irgendwann.

„Da wären wir schon", verkündet Chen und bleibt stehen.

Das ist sie also! Chens Garküche, untergebracht in einer kleinen Garage. Zwei Tischreihen führen aus einem betonierten Unterstellplatz hinaus ins Freie. Es sind wacklige weiße Plastiktische der Marke Baumarkt. Sie alle sind von hungrigen, kauenden Chinesen umgeben. Niedrige weiße Plastikschemel dienen als Sitzplätze. Ich bin erstaunt, wie viele Gäste in diesem doch räumlich arg begrenzten Raum beköstigt werden können. Das ist sie also, Chens Garküche. Nicht mehr und nicht weniger.

„Peter, weißt du, woran wir Chinesen erkennen, ob ein Restaurant etwas taugt?" werde ich von Chen gefragt.

Ich schüttele verneinend den Kopf und muss an Jacky denken. Mal sehen, was Chen so alles zu erzählen hat!

„Wir orientieren uns an der Anzahl der Gäste. In einem guten Restaurant halten sich viele Gäste auf. In einem schlechten

Restaurant findest du nur wenige Gäste, so einfach ist das", verrät Chen seinen Insidertipp.

„Gut zu wissen." Ich muss an Jackys Antwort denken und sehe die beiden Tischreihen des Miniaturspeisesaals entlang. Überall ragt die "schneidende Schere", das "V" der hölzernen Essstäbchen zwischen den Daumen und den Zeigefingern empor. Für mich sieht diese Gaststätte sehr gut besucht aus.

Aber was sage ich da! Dies ist das bevölkerungsreichste Land der Erde. Wie kann ich beurteilen, ob bei diesen Menschenmassen ein Restaurant gut, mäßig, kaum oder gar nicht besucht ist? Woher soll ich wissen, ob sich gerade die ersten Gäste eingefunden haben oder ob die Rush Hour im vollen Gange ist?

„Peter, hast du schon einmal unsere besonders flachen Teller versucht?" unterbricht Chen meine Grübeleien über die chinesische Bevölkerungsdichte.

Ich folge seinem Blick. So etwas aber auch, werde ich jetzt, dank Chen, Zeuge einer kleinen, kulinarischen Attraktion a la China? Flache Teller sind nirgends zu sehen, dafür aber massive, bauchige Tongefäße. Der Inhalt dürfte einer Jumbo Tasse unserer Cafe&Bars entsprechen. Jede Tontasse ist in orangebraun gefärbt. Alle Tontassen haben einen massiven, klobigen Tonstiel als Haltegriff.

„Entschuldigung, das war ein kleiner Scherz! Aber hast du schon einmal unsere Tontöpfe versucht?" Chen beobachtet meine Gesichtszüge, als ob er darin meine Gedanken lesen könnte.

Der Englischlehrer ist in den Hintergrund getreten, Chen ist jetzt wieder ganz der Geschäftsmann. Wie viele Touristen hat er wohl schon hierher geführt? Sieht er in diesen Tongefäßen eine neue Marktlücke?

„Nein, Chen, diese Tontöpfe sind mir neu", erwidere ich.

Chen strahlt: „Unsere Tontöpfe könnten deine kleine lokale Spezialität sein. Ich hoffe, es schmeckt dir."

„Das hoffe ich auch", flüstere ich und fasse mir an den Bauch. Ob diese Gefäße nun als Tontassen, Tontöpfe, Tonvasen oder Tonkrüge bezeichnet werden, das soll mir einerlei sein.

Ich muss an die Flusskrabenkrebsameisen von gestern denken. Noch mal schaffe ich das nicht.

„Du, Chen, was steht in dieser Garküche auf dem Speiseplan?"

„Reis!" antwortet Chen etwas erstaunt, „vor allem Reis!"

„Reis?" wiederhole ich.

„Ja, Reis, wir sind in China. Woran hast du denn gedacht?"

„Reis wird doch wohl nicht alles sein. Bitte bring etwas Licht in die Tiefen dieser Ton--Bottiche."

„Ich verstehe", Chen kratzt sich amüsiert am Kinn: „Peter, entspann dich. Die Garküche hat bisher nur positive Kritiken geerntet."

Das zu der Frage, ob ich der erste Tourist bin, den du hierher geführt hast! Ich spähe vorsichtig zu den einzelnen Tontöpfen auf den Baumarkttischen. Beunruhigendes kann ich nirgends ausmachen. Reisklumpen oder Gemüsebälle werden überall mit Essstäbchen geschickt zu Tage gefördert. Was da in den Münden verschwindet, das sieht im Gegensatz zu gestern Abend wirklich nicht gefährlich aus.

„Chen, ich denke, du hast Recht. Kannst du für mich auch einen dieser Tontöpfe mitbestellen?" entscheide ich.

„Natürlich, aber vorher müssen wir noch die Beilagen auswählen. Komm einfach mit zu dem Tisch da vorne."

Ich folge Chen brav zu einem länglichen Tisch, der neben der Garage aufgestellt ist. Richtig, Beilagen gehören auf den Beilagentisch, so einfach ist das.

Ich sehe mit einem Blick, das hier ebenfalls keine bösen Überraschungen versteckt gehalten werden: Pilze, Wurst –und Schinkenscheiben, Zwiebelringe, Salatblätter, das See oder Flussgras, Tofuwürfel, Erdnüsse, Chili, Miniatur-Vogeleier, ... all diese verschiedenen Zutaten sind auf kleine flache Untertassen gelegt worden.

„Chen, ich nehme die Pilze, die Wurstscheiben und den Salat. Dazu noch eine Cola oder Pepsi, je nachdem, was sie gerade haben."

Ich warte, bis Chen die Bestellungen an einen jungen dürren Chinesen, der modische zerrissene Jeans und ein sportliches nummeriertes T-Shirt trägt, weitergegeben hat. Der dürre Chinese könnte, ohne sich umkleiden zu müssen, direkt bei MTV anfangen. Ist dieser Musikkanal, ebenso wie CNN, bereits in China zu empfangen? Oder hat er das Design auf einer Internetseite gefunden?

Während ich einen Tisch mit zwei freien Plätzen suche, holt Chen die Getränke: Für mich eine kalte Cola, für ihn einen heißen Tee. Wir setzen uns neben einander und tauchen in der Masse der Garküchengäste unter. Untertauchen ist der richtige Ausdruck. Erst jetzt fällt mir auf, wie niedrig die weißen Schemel sind. Wir sitzen mehr in der Hocke, als aufrecht an einem Tisch.

Aus einem rechteckigen Holzkasten, der auf der anderen Seite des Tisches steht, ragen Essstäbchen heraus. Mein Gott, sind das Zahnstocher für Elefanten? Das angebotene Esswerkzeug besteht aus groben matten Holz. Diese Hölzer sind mal rund, mal viereckig, einige sind dünn, andere dick. Ihre Länge variiert um gut einige Zentimeter. Nein, ich werde mich nicht fragen, wie viele Chinesen bereits auf ihnen herumgelutscht haben.

Ich nehme wahllos zwei von ihnen, wenigstens haben sie die gleiche Länge. Da ist auch schon das Essen. Der dürre Chinese stellt zwei Tontöpfe vor uns auf den Tisch.

„Peter, ich hoffe, es ist so, wie du es dir vorgestellt hast?" erkundigt sich Chen höflich.

„Ja", ich nicke lächelnd, „dann also mal einen guten Appetit."

Chen nickt freundlich zurück. Was würde wohl geschehen, wenn mir Chens Attraktion der Tontöpfe nicht gefallen sollte? Würde er mich zum nächsten Fastfood-Laden bringen?

Ich schaue auf mein Essen. Fast der gesamte Tontopf ist mit heißem Reis gefüllt. Der Reis ist am Boden leicht angebraten. Über ihm sind die einzelnen Beilagen zu einer dünnen Schicht zusammengelegt worden.

Ich nehme mit den Essstäbchen einen ordentlichen Klumpen Reis. Dazu wähle ich eine Wurstscheibe als Beilage aus. Anschließend pappe ich beides zusammen und schiebe das Ergebnis in meinen Mund.

Ich kann den bösen Gedanken an irgendwelche Fastfood-Läden getrost fallen lassen. Die Tontöpfe a là Chen schmecken fabelhaft. Eins zu Null für dich, Chen. Alle Vorurteile über chinesisches Essen schwinden in dieser Garküche.

Ich blicke zufrieden kauend in die Runde. Nein, unmöglich, diese Garküche ist nicht für Touristen bestimmt. Hierher kommen nur die Einheimischen und natürlich Chens "Geschäftspartner".

Ich sehe rüber zu Chen. Er studiert mit geschultem Blick, wie ich die Essstäbchen benutze.

Bekomme ich mit einem Mal Lampenfieber? Mir fällt ein Reisklumpen zurück in den Tontopf. Ich sortiere zum wiederholten Male die beiden Essstäbchen in meiner Hand. Ich versuche den Reisklumpen erneut zu heben. Leider vergebens, er fällt erneut zurück.

Das gibt es doch nicht. Gerade eben habe ich ohne Probleme die Essstäbchen bedienen können. Jetzt klappt rein gar nichts mehr.

„Zeig mir, wie du isst und ich sage dir, wer du bist", rutscht es mir heraus.

„Mach dir nichts daraus", lächelt Chen. Er ist wieder ganz der Englischlehrer: „Darf ich dir einen guten Rat geben, wie du dir den Umgang mit den Essstäbchen selber beibringen kannst?"

„Chen, du willst mir das größte Geheimnis eurer zigtausend jährigen Kultur verraten! Du willst das Geheimnis der Essstäbchen einfach so preisgeben!" antworte ich mit verschwörerischer Miene.

Chen muss lachen: „Nein, nein, ich denke, das ist kein Geheimnis. Nimm eine Dose Erdnüsse und versuche dich daran. Du musst natürlich ehrlich zu dir selber sein."

„Das ganze Geheimnis ist also reine Fleißarbeit", stöhne ich. „Sag mal, als du klein warst, wie hast du das Essen mit den Stäbchen gelernt?"

„Ich kann mich erinnern, mal mit kleinen Steinchen geübt zu haben", antwortet Chen.

„Und, wie haben die Steinchen geschmeckt?" scherze ich.

Chen schüttelt nur lächelnd den Kopf.

Endlich liegen die Essstäbchen wieder so, wie ich sie haben will. Nur wenn sie richtig zwischen dem Daumen, Zeige –und Mittelfinger eingeklemmt sind, kann ich mit ihnen das Essen greifen.

„Na bitte, geht doch", murmele ich zu zwei dünnen Pilzscheibchen.

Aus den Augenwinkeln spähe ich zu den Gästen an den Nachbartischen. Überall scheren die Essstäbchen zwischen den Tontöpfen und den hungrigen Mündern der Gäste hin und her. Fehlt mir das geübte Essstäbchenbeobachtungsauge? Ich kontrolliere ein Stäbchenpaar nach dem anderen, aber in dieser Garküche isst keiner wie der andere. Jeder Gast scheint seine eigene Methode zu haben. Oder waren etwa die chinesischen Übungssteinchen nicht genormt? Oder stimmt doch etwas an dem Spruch: Zeig mir, wie du isst, und ich sage dir, wer du bist ...

„Wenn wir mit dem Essen fertig sind, was möchtest du als nächstes in Wuzhou sehen?" unterbricht Chen meine Feldforschungen über das Essverhalten seiner Landsleute.

Ich registriere erstaunt, dass Chen sein Mahl bereits beendet hat. Er hat seinen leeren Tontopf etwas zur Seite geschoben und genießt jetzt in aller Ruhe den heißen Tee.

Ich sollte vielleicht doch zu einer Dose Erdnüsse greifen. Nicht nur, um die Geschwindigkeit zu steigern, sondern vor allem, um nicht erneut einen esstechnischen Bauerntrampel abzugeben.

„Was steht als Nächstes auf dem Programm?" überlege ich laut, „ich benötige etwas Orientierung in deiner Stadt. Kannst du mich zum Perlenfluss bringen?"

„Der ist nicht weit von hier", entgegnet Chen und zeigt die Straße hinunter.

„Gut, bevor wir gehen, was kostet so ein Tontopf?" frage ich und ziehe mein Portemonnaie.

„6 RMB, ich hoffe, das liegt noch im Bereich deines Budgets?" antwortet Chen lächelnd und beginnt wieder, an seinem Kinn zu kratzen.

6 RMB sind umgerechnet 60 Cent. Das grenzt ja schon ... zum peinlich Preiswerten. Ich reiche Chen einen 50 RMB Schein (5 Euro) und bitte ihn, bei dem dürren Chinesen alles zu bezahlen.

Chen nimmt den Schein: „Sag mal, wenn ich dir den Perlenfluss zeige, darf ich dich dann um einen Gefallen bitten?"

Na bitte, jetzt hüpft die Katze aus dem Sack. Wäre ich doch bloß beim Essen geblieben! Die Erwähnung des Geldes hat für Chen die Pforte des Geschäftlichen aufgestoßen. Ich bin kein Träumer, dass ich geglaubt habe, mit Chen eine gratis Besichtigungstour gewonnen zu haben.

„Also, was darf es denn sein?" frage ich und schaue ihn aufmerksam an.

„Keine Sorge, es ist für dich eine Kleinigkeit. Also, wenn ich dich zum Perlenfluss bringe, könntest du für meine Englischschule diese kleinen Werbezettel unter die Passanten verteilen? Weißt du, mit deiner Person wird den Leuten erst bewusst, dass die englische Sprache schon bis zu ihrer Haustüre reicht."

Chen legt bei seinen Worten einen Essstäbchen dicken Packen DIN 5 Blätter auf den Tisch.

„Du weißt, dass ich die chinesische Schrift nicht lesen kann? Ich hoffe, du treibst keinen Schabernack mit mir", bemerke ich und nehme den kleinen Stapel an mich.

„Nein, nein", beschwichtigt Chen sofort, „das ist ausschließlich Werbung für meine Englischschule."

„Ich glaube dir ja", winke ich ab.

Unsere Tontöpfe sind geleert, das Mahl ist beendet. Während Chen bei dem dürren Chinesen zahlt, warte ich auf dem Bürgersteig vor der Garküche.

Wie lautete unser Vertrag? Chen zeigt mir die Stadt und im Gegenzug besuche ich seine Englischschule. Vom Verteilen irgendwelcher Flugblätter war nicht die Rede gewesen.

Wieso habe ich nicht widersprochen? Wieso habe ich mich zu einem Chenschen Werbepanda machen lassen?

Weil es zwischen Chen und mir nie einen Vertrag gegeben hat. Erst jetzt wird mir klar, dass zwischen uns nur eine lose Vereinbarung möglich ist. Wir sind nur solange zusammen, wie wir beide Vorteile aus unserer Begegnung ziehen können, ... nicht mehr und nicht weniger ...

Was hatte ich noch gesagt? Wenn mir dieser Chen nicht passt, dann gehe ich einfach. Chen steht diese Option selbstverständlich ebenso frei.

Einen Unterschied gibt es allerdings schon, zwischen Chen und mir! Für mich ist es ein Spiel, für Chen hängt sein Geschäft von unserer Vereinbarung ab. Erst wenn ich heute Abend seine Englischschule besuche, kann er von unserer Vereinbarung wirklich profitieren! Wie viele Touristen mögen ihn wohl schon geprellt haben ...

"i, a, zan, tze."

Stopp, da ist es wieder! Ich höre es klar und deutlich! Wie oft habe ich diese vier Silben schon in Taiwan vernommen? Wie häufig bin ich einfach weitergegangen? Jetzt wiederholt sich dieses Spiel auf den Straßen von Wuzhou. Nein, diesmal will ich dem Gemurmel auf den Grund gehen.

"i, a, zan, tze."

Woher kommt es? Ich drehe mich einmal um mich selber und werde fündig.

"i, a, zan, tze."

Eine junge Frau und ihr kleines Kind stehen nur wenige Meter entfernt, eine junge chinesische Mutter mit ihrem Nachwuchs.

"i, a, zan, tze."

Es ist das Schutzbefohlene, das die vier Worte in endloser Folge aufsagt.

"i, a, zan, tze."

Meine Kenntnisse des Chinesischen genügen diesmal. Das Kleine murmelt klar und deutlich keinen chinesischen Kinderreim vor sich her. Dieser kleine chinesische Staatsbürger (oder Staatsbürgerin) wiederholt pausenlos die Zahlen von eins bis vier.

„i, a, ...", stoppt das Kleine und starrt mich mit großen, aufgerissenen Augen an. Ja, dieses Exemplar eines Erwachsenen sieht aber seltsam aus. Das Kleine dreht mir kichernd den Rücken zu. Es umgreift mit beiden Armen ein Bein seiner Mutter und versteckt das kleine Gesichtchen darin. Frei nach dem Motto, wenn ich das langnasige Monster nicht sehe, dann sieht es mich auch nicht.

"i, a, zan, tze", die Zahlen von eins bis vier. Wieso reichen die ersten chinesischen Zählübungen bis vier? Oder anders gefragt, wieso zählen wir zuerst einmal nur bis drei? Der Unterschied ist gering, genau gesagt geht es um einen Zähler. Aber dieser

Unterschied startet mit Kindesbeinen. Wie beeinflusst er unseren Umgang mit den Zahlen? Ergeben sich daraus andere Denkweisen ...

„Peter, hier ist dein Wechselgeld", steht Chen wieder lächelnd neben mir. „Zum Perlenfluss geht der Weg dort entlang."
Ich schaue noch einmal zurück. Das Kleine kuckt uns mit funkelnden lachenden Augen hinterher. Das winzige Mündlein bewegt sich wieder. "i, a, zan, tze", setzt es fleißig die Übungen fort. Jetzt weiß ich endlich, was die chinesischen Kinder auf den Straßen so geduldig immer wieder aufsagen. Leider hat die Lösung des einen Rätsels ein neues Rätsel aufgetan. Wieso zählen sie gerade bis vier? Ich komme dem chinesischen Drachen irgendwie nicht wirklich näher.

„Peter, kennst du das Spiel?" werde ich von Chen gefragt. Wir sind in eine schmale Gasse geraten. Jede Menge viereckige Tische reihen sich, wie auf eine Perlenschnur gezogen, die enge Straße entlang. Das Ende der Tischreihe verläuft sich im entfernten, dunkleren Abschnitt zwischen den Häusern.
Jeder der Tische ist mit einem grünen Filz überzogen. An jedem der Tische sitzen Männer und Frauen bunt gemischt. Sie schieben in schneller Folge grünweiße Steinchen über den Filz. Flinke Hände setzen die kleinen Kunststoffsteinchen zum Sieg oder zur Niederlage. Natürlich kenne ich diese asiatische Variante unseres Domino und Rommee Spiels. Wie heißt es doch gleich?
„Mah-Jongg", erklärt Chen, während ich erfolgreich meinen ersten Werbezettel an den Mann bringe. Der junge Chinese nimmt den Zettel höflich mit beiden Händen entgegen und verbeugt sich leicht. Im Nu stehen einige Altersgenossen bei ihm. Alle lesen neugierig Chens Werbebroschüre. Scheint Chens Kalkulation aufzugehen?
„Die spielen ja um Geld", bemerke ich, während wir uns einen Weg durch die Tische, Spieler, Zuschauer und Passanten bahnen.

An einem der Tische ist eine Runde Mah-Jongg beendet worden. Wie bei jedem Spiel gibt es auch hier Gewinner und Verlierer. Kleine Geldscheine mit Maos Emblemen wechseln die Besitzer. Chen weist mich in die chinesische Spielerkultur ein: „Natürlich spielen sie um Geld. Du musst wissen, für uns Chinesen ergibt das Spielen erst dann einen Sinn, wenn es mit einem Einsatz verbunden ist. Wenn du so willst, kannst du es auf einen einfachen Nenner bringen: Ein Einsatz, ein Spiel, kein Einsatz, kein Spiel. So einfach ist das hier."

Genau das hat Jacky auch gesagt. Genau das! War das nicht sogar der gleiche Wortlaut? Was hat mir diese Weisheit eingebrockt? Drei Wetten, die mich quer durch China verfolgen!

„Ist das kleine Gässlein euer stadtinternes Las Vegas oder eure verwirklichte Vorstellung von den Casinos auf Macao?" frage ich Chen, nachdem ich noch zwei weitere Flugblätter unter die Spielerschar verteilt habe.

Chen muss lachen: „Nein, gespielt wird in der ganzen Stadt, nicht nur in dieser kleinen Gasse."

Ob Männlein oder Weiblein, ob jung oder alt, die gesamte chinesische Gemeinde erfreut sich ungehemmt ihres Spieltriebes.

Soweit ich sehe, wird überall geraucht, Bier aus Dosen getrunken und kleine grünweiße Steinchen verschoben. Diese Menschen brauchen kein Las Vegas oder Macao. Dem Spielteufel zu verfallen, das ist hier genauso gut möglich!

Bevor die Gasse wieder in eine größere Straße mündet, bleiben Chen und ich an einem der Mah-Jongg Tische stehen. Vier ältere Frauen wetteifern im gleichzeitigen Spielen, Quatschen und Zuhören. Ich frage mich, wie schaffen die Vier das bloß, während ich ihnen neugierig über die Schultern schaue. Die Vier sind eindeutig "Multi tasking" fähig!

Chen, der mir die Frage höchst wahrscheinlich am Gesicht abgelesen hat, fängt an zu lachen: „Ja, kennst du denn nicht eine unserer urältesten chinesischen Weisheiten?"

„Lass hören", seufze ich und weiß, dass jetzt etwas Superschlaues kommen muss.

„Du weißt, dass wir Chinesen in der Vergangenheit mehrere Frauen gleichzeitig besitzen durften?" beginnt Chen seine Schulstunde mit einer Frage.

„Ja, wir haben übrigens das gleiche Recht auch in Deutschland ... bedauerlicherweise vor Äonen von Jahren kampflos abgegeben", scherze ich.

Worauf will er jetzt hinaus?

„Ihr auch? Wie auch immer. Wir durften also jede x-beliebige Anzahl Frauen unser Eigen nennen. Jede x-beliebige Anzahl, bis auf eine", fährt Chen fort.

„Bis zu dem "x" kann ich dir folgen. Zu einer verbotenen Stadt gehört selbstverständlich ebenso eine Anzahl verbotener Frauen", schieße ich mich auf Chen ein.

„Was? Wie auch immer. Der Volksmund lehrt, dass wir Männer niemals genau vier Frauen gleichzeitig besitzen durften", plaudert Chen unbeirrt weiter.

„Vier? Wieso gerade vier?" Jetzt hat Chen mich aus dem Schritt gebracht. Ich muss an das kleine Kind von vorhin denken: "i, a, zan, tze."

„Ist doch ganz einfach. Für ein gutes Mah-Jongg benötigst du vier Personen. Schau einfach zum Tisch da! Schau dir die vier Frauen an. Hast du es bereits gemerkt? Die guten Damen haben für nichts anderes mehr Augen als für ihr geliebtes Mah-Jongg. Die Vier haben noch nicht einmal von dir Notiz genommen. Die Welt außerhalb ihres Mah-Jongg existiert einfach nicht." Chen ist wieder ganz in seinem Element.

„Und der Ehemann schauet stumm auf dem leeren Küchentisch herum", kommentiere ich und muss weiter an das kleine Kind denken.

„Genau, aber lasst uns besser gehen", warnt Chen mit einem Mal.

„Wieso das denn?" frage ich. Das geht mir jetzt alles viel zu schnell.

„Die Vier könnten dich für den Ausgang des Spieles verantwortlich machen", drängt Chen auf Eile.

„Na gut, dann wird halt eine von ihnen sagen, dass ich ihr Glück gebracht habe. Was ist so schlimm daran?" frage ich dümmlich und muss immer noch an das Kind denken.

„Weil die anderen Drei behaupten werden, dass du ihnen Pech gebracht hättest. Das entspräche einem Verhältnis von drei zu eins gegen uns", flüstert Chen leise und nickt zum Ausgang der Spielergasse.

Wir beenden die Besichtigung unserer vier Mah-Jongg Damen. Ich höre noch, wie hinter uns die Steinchen zu einer neuen Partie gemischt werden.

„Bevor ich es vergesse, weißt du, wieso eure Kinder bei den ersten Matheübungen immer gleich bis vier zählen? Ich meine, wieso zählen sie nicht bis drei oder fünf?"

„Wieso fragst du?" entgegnet Chen verwundert.

„Ich habe gerade an der Garküche beobachtet, wie ein kleines Kind von eins bis vier zählte, >i, a, zan, tze<", gehe ich gerne auf Chens Neugierde ein: „Die Kleine wird ja wohl nicht nur für ihre spätere Mah-Jongg Kariere üben wollen!"

„Bestimmt nicht", Chen kratzt sich auf ein Neues am Kinn, „vielleicht weil wir Chinesen beim Sprechen vier Tonlagen verwenden? Vielleicht, weil wir bei unseren Gymnastikübungen in der Schule immer in Viererschritten trainieren? Quatsch, nein Entschuldigung, ich weiß es nicht", lächelt Chen und zuckt mit den

Achseln: „>i, a, zan, tze<, mit dem Mah-Jongg Spiel hat es auf alle Fälle nichts zu tun."

"Quatsch", das war das richtige Wort. Bin ich vielleicht einem kleinen, albernen Streich meines hinterhältigen Tempelwächters aufgesessen? Hat er mich bei der Zahlenmystik auflaufen lassen? Wir verlassen Wozhous kleines Las Vegas und betreten eine Fußgängerzone. Wie ruhig es hier doch zugeht. Ich meine, nicht nur im Vergleich zu der Spielergasse. Ich meine vor allem im Vergleich zu der gestrigen Fußgängerzone von Guang-Zhou.

Marlene, Frederic, Bork und ich wurden in der Fußgängerzone von Guang-Zhou zum Treibgut des chinesischen Drachens. Diese chinesischen Völkerscharen fehlen hier in Wuzhous Fußgängerzone völlig. Nur ein gutes Dutzend Passanten schlendern durch die wenigen Geschäfte, die zu beiden Seiten die Straße säumen.

Wuzhous Ladenstraße ist in allem eine abgespeckte Version von Guang-Zhous Supershopping Meile. Im dämmrigen Blaugrau des frühen Abends wirkt sie verlassen und geisterhaft. Eine Geisterfußgängerzone ist sie deshalb natürlich nicht gleich. Aber ein wirkliches geschäftliches Treiben findet auf dieser Einkaufsstraße nicht statt.

Hat der chinesische Wirtschaftsaufschwung in Wuzhou noch nicht gegriffen? Oder liegt die Stadt Wuzhou jenseits von Hong Kongs Einflussbereich?

Moment mal, hieße das ... !

Jetzt bin ich derjenige, der sich am Kinn kratzt.

Auf die eine Tatsache addiert sich nicht zwangsläufig die Nächste! Die eine Gegebenheit muss nicht automatisch die Andere ausschließen! Aber schön wäre es doch.

Nun, wenn die Moderne ihren Weg noch nicht bis Wuzhou gefunden hat, wäre es dann möglich, hier der chinesischen Vergangenheit zu begegnen?

Wäre es möglich, hier in Wuzhou, mein kleines Stück der alten vergilbten, gelbbraunen Photographie aufzuspüren?

„Weißt du noch den Rückweg zum Hotel?" werde ich von Chen zurück in die Gegenwart geholt.

„Nein", antworte ich fröhlich. Aufwachen, sonst fängt Chen an, dich für einen Tagträumer zu halten. Aber wer weiß, was für westliche Individualreisende er sonst so vor sich hat.

„Du musst nur dieser Fußgängerstraße folgen. Sie endet neben dem Busbahnhof. Ihm gegenüber steht dein Hotel. Weißt du, wieso ich dir den Weg zum Hotel so genau erkläre?" Chen schaut mich bei seiner letzten Frage erwartungsvoll an. Sehe ich wieder den Geschäftsmann hinter Chens Lächeln? Ist es schon einmal vorgekommen, dass jemand von zu vielem Lächeln einen Krampf im Gesicht erlitten hat? Oder wenigstens ein schmerzhaftes Zucken in der Gesichtsmuskulatur verspüren musste?

Ich bin zum Glück kein Hypochonder und lächele ihm ermutigend zu, weiter fortzufahren.

Chen benötigt keine weitere Aufforderung: „Hier in der ersten Etage ist meine Englischschule!"

Ich folge seinem ausgestreckten Arm. Durch zwei offene Flügeltüren ist eine breite Treppe im hinteren Bereich eines Gebäudes erkennbar. Die Treppe führt ins nächste höhere Stockwerk.

„Du musst nur diesen Stufen nachgehen, dann gelangst du in mein Klassenzimmer", erklärt Chen, nicht ohne Stolz: „Heute Abend ist übrigens wieder Unterricht. Du weißt, dass du herzlich eingeladen bist?"

Bingo, das ist also der Pferdefuß, der Chen so nachdenklich hat werden lassen! Da ich morgen abreisen will, wäre heute Abend der einzige mögliche Termin, den ich für seine Schule wahrnehmen könnte. Wenn ich heute Abend nicht erscheine, dann wäre seine ganze Mühe, mir gegenüber umsonst gewesen.

Eine Abmachung ist eine Abmachung: „So hatten wir es vereinbart Chen. Du zeigst mir ein wenig deine Stadt. Ich werde dafür
deine Englischschule besuchen", antworte ich ihm.
„Ja, genauso hatten wir es vereinbart", strahlt ein glücklicher
Chen.
„Jetzt beginnt der schwierige Teil. Wie kann ich mir den Eingang
zu deiner Schule merken?"
Ich schaue mir die Häuserfassaden im näheren Umkreis an. Wie
würde ich bei uns zu Hause vorgehen? Ich würde mir die Namen
der Geschäfte oder die Hausnummern einprägen. Hausnummern
sind leider nirgends zu sehen und die Geschäftsnamen sind für
mich nicht lesbar. Wohin ich auch blicke, alles haben sie schön
sauber in Chinesisch gehalten. So muss sich ein Mensch fühlen,
der des Lesens und Schreibens nicht mächtig ist! Gibt es einen
Laden hier, der ein bisschen auffälliger ist? Ein Geschäft, das sich
von den anderen abhebt? Gibt es irgendwelche besondere, vielleicht lustige Leuchtreklamen? Gibt es unter diesen betonierten
Einheitsbauwerken einen Ausbrecher?
Alles Fehlanzeige, ich starre mit Hochkonzentration über die
breite Treppe vor mir ins Gebäudeinnern. Wenn das mal gut
geht.
„Chen, wir können", lüge ich. Wieso habe ich kein fotographi-
sches Gedächtnis?
Chen nickt zufrieden. Er hatte geduldig neben mir gewartet.
„Hier entlang", gibt er wieder die Richtung vor.
Wir gehen schnellen Schrittes die Fußgängerzone entlang. Chen
hat recht. Nach nur wenigen Minuten passieren wir den Bushof
und mein Hotel. Wir überqueren eine weitere Straße und stehen
vor Wuzhous neuer chinesischer Mauer. Sie ist gut 10m hoch und
erstrahlt im Beton. Heute Nachmittag hat sie mich daran zweifeln
lassen, noch in der Stadt Wuzhou zu sein. Mal sehen, wie die
Mauer mir diesmal gesonnen ist.

Während ich einen weiteren Werbezettel verteile, steigen wir eine Treppe zum oberen Bereich der Mauer hinauf. Als wir oben ankommen, bin ich überrascht. Das Bauwerk ist wesentlich breiter, als ich es mir vorgestellt hatte. Ohne Probleme könnten hier drei oder sogar vier Autos nebeneinander fahren. Vielleicht ist es als Straße sogar so geplant worden.

Wir überqueren die Mauer und bleiben an dem gegenüberliegenden Geländer stehen.

Da ist er endlich, mein Perlenfluss. Der erhöhte Blick von der Mauer ermöglicht eine weite Sicht flussauf –und flussabwärts. Leider beeinträchtigt die Dämmerung und ein nebliger Dunst das Landschaftsbild. Vom Ufer des Stromes bis zum Fuße der Mauer, auf der wir stehen, ist es nicht weit. Nur ein leicht abschüssiger Hang trennt beide voneinander. Auf diesem Hang haben die Stadtbewohner viele winzige Felderchen oder Kleingärten angelegt.

Obwohl jede Parzelle zu ihren Nachbarn ordentlich abgegrenzt ist, obwohl jeder Quadratmeter sorgfältig und gewissenhaft genutzt wird, erwecken all diese Felder und Gärten den Eindruck der illegalen aber geduldeten Nutzung.

In der fortgeschrittenen Tagesstunde wird überall noch emsig gearbeitet. Oder kommen diese vielen chinesischen Kleingärtner erst nach Feierabend hierher? Die Menschen dort unten sehen nicht so aus, als hätten sie 30cm Monopolygeld für das Wochenende flüssig.

„Peter, was willst du eigentlich am Perlenfluss", fragt Chen, während ich den Blick wieder zurück auf den breiten Strom werfe.

So, du mieser Tempelwächter, wenn ich wegen dir schon abergläubisch geworden bin, deinen Zahlenhokuspokus kannst du für dich behalten: „Nicht mehr und nicht weniger als genau drei Dinge."

Die Zahl vier wird, wie die verbotene chinesische Ehefrau, gemieden. Damit das auch der böse Tempelwächter mitbekommt, zähle ich jeden Punkt einzeln an den Fingern ab: „Als erstes finde ich Flüsse als Orientierung in Städten sehr hilfreich. Als Weiteres wollte ich meinem Reiseführer, dabei klopfe ich auf das Buch unter meiner Jacke, noch eine Chance geben."

Meine Finger an der linken Hand zählen die Zahl drei. Ich zögere einen Moment, bevor ich Chen meinen letzten Beweggrund der Flusssuche verrate. Ich hoffe, das Chen mir wirklich antworten kann und wird. Ich möchte nicht, dass er mir aus lauter Höflichkeit etwas vorgaukelt.

„Sag mal, was heißt eigentlich auf Chinesisch "Geheimnis"?" meide ich zögernd den direkten Weg.

„Geheimnis heißt einfach ausgesprochen >mi-mi<. Erzähle mir bitte nicht, dich hätte ein Geheimnis nach Wuzhou gelockt?" Chens Gesichtsausdruck wechselt zwischen dem des Lehrers und dem des Geschäftsmannes hin und her. Da bin ich jetzt wirklich an den Richtigen geraten. Der ist ja noch neugieriger als der Taxifahrer, den mir der Tempelwächter auf den Hals gehetzt hat.

Neugierig ist er, aber er ist auch der Einzige, der in der Lage ist, mir Auskunft zu geben.

„Also, es scheint tatsächlich so zu sein, dass ich da einem >mi-mi< auf der Spur bin", fange ich in guter Geheimdienstmanier zu plaudern an.

Chen nickt mir ungläubig zu: „Ich habe schon viele Gründe gehört, weswegen ihr Touristen nach China und sogar nach Wuzhou kommt, aber ein Geheimnis als Beweggrund, das ist für mich wirklich das erste Mal."

Habe ich mich jetzt zu weit aus dem Fenster gelehnt? Ich hoffe nicht. Ich sehe mein altes chinesisches Stadttor bereits auf der anderen Flussseite in Nebel, Dunst und Staub immer blasser werden. Das alte chinesische Stadttor geht in der Wortgewandt-heit eines beharrlich verweigernden Chen unter.

Ich zaubere mir schnell wieder Lin-Lins Wunderwaffe ins Gesicht und lächele, dass die Zähne nur so blitzen: „Ihr Chinesen seid doch ein uraltes Volk. Ihr seid vollgepackt mit zig-tausend jähri-ger Geschichte. Chen, warum tut ihr mir gegenüber so geheim-nisvoll mit eurer Vergangenheit?"

„Entschuldigung, ich kann dir jetzt nicht folgen." Chen hat sich für den Geschäftsmann entschieden. Mit einem freundlichen Lä-cheln im Gesicht steht er neben mir ans Geländer gelehnt.

„Nun, ich bin jetzt seit zwei Tagen in China. Ich habe auf dem gesamten Weg von Hong Kong über Guang-Zhou nach Wuzhou nichts gesehen, was älter ist, als na sagen wir einmal 50 Jahre. Ich meine, eure Geschichte sollte doch überall präsent sein? Wo sind eure Tempel, eure alten Häuser, eure alten Stadtmauern mit ihren Toren?" beende ich meinen Schleichgang um den heißen Brei.

„Ach so, da muss ich dich hier in Wuzhou enttäuschen. Wir ha-ben in der Stadt nichts mehr, das an frühere Zeiten erinnern könnte. Für touristische Attraktionen wie zum Beispiel die chine-sische Mauer, da musst du viel weiter in den Norden Chinas rei-sen. Wir haben hier bloß eine neue ... chinesische Mauer, die uns vor den Überschwemmungen des Perlenflusses schützt. Der ist nämlich vor einigen Jahren über die Ufer getreten. Seitdem hat sich das Stadtbild, nicht nur wegen der neuen Mauer stark ver-ändert."

„Ja, ein neuer Stadtplan würde meinem Reiseführer gut tun", kann ich mir eine Bemerkung nicht verkneifen. Ich sollte mir eine neue Straßenkarte kaufen und sie in meinen Reiseführer über den alten Plan von Wuzhou kleben.

„Der Perlenfluss! Darf ich dich noch zu einer Uferbesichtigung einladen?" wechselt Chen das Thema.

„Wieso nicht", stimme ich zu. Nach ein paar Metern gelangen wir zu einer Treppe, die an der Flussseite abwärts führt. Langsamen Schrittes nähern wir uns dem Gewässer.

„Kommen wir noch einmal auf das kleine Geheimnis zurück. Ich meine nicht die touristischen Sehenswürdigkeiten. Ich meine, wo habt ihr früher gelebt? Wie sahen eure Wohnhäuser vor 100 Jahren aus? Ist es möglich, diese alten Häuser noch irgendwo zu finden?"

Chen hat wieder die Züge des Lehrers angenommen: „Das ist kein Geheimnis. Natürlich kannst du noch alte Siedlungen besichtigen. Aber nicht hier in der Stadt. Am besten solltest du dich dafür auf dem Lande umsehen."

Na prima, jetzt habe ich den Salat. Weiß Chen denn nicht, dass seine Antwort das Aus für meine Suche nach der chinesischen Vergangenheit bedeutet? Für eine Langnase, die des Chinesischen nicht mächtig ist, ist es schon schwer genug, sich durch die chinesischen Städte zu mogeln. Es kommt nicht in Frage, im gleichen Stil auch noch von einem chinesischen Dorf zum nächsten chinesischen Dorf zu tingeln!

„Habt ihr denn wirklich nichts mehr für mich und meine Kamera hier in Wuzhou übrig gelassen?" frage ich fast bettelnd weiter, „ein kleines Stückchen chinesischer Vergangenheit wird doch noch aufzutreiben sein?"

Chen schaut mich nachdenklich an. Wir haben bereits die Treppe verlassen und wandern hintereinander auf den schmalen Trittpfaden zwischen den bepflanzten Parzellen des kleinen Hanges.

„Peter, du solltest nicht nach China reisen, um die Vergangenheit zu suchen. Du solltest nach China reisen, um das neue China zu sehen. In den letzten Jahrzehnten hat sich hier alles verändert. Hier interessiert sich niemand mehr für die Geschichte...

Es sei denn, aber in dem Fall müsste dir dein Reiseführer besser Auskunft geben können!" Chen bleibt vor mir stehen.

Wir haben das Ufer des Perlenflusses erreicht.

„Was müsste mein Reiseführer besser wissen?" schließe ich mit Chen am Ufer auf.

„Dass alles für deine Vergangenheitsbesichtigung wieder aufgebaut wurde", antwortet Chen kurz und knapp.

„Was, was wird wieder aufgebaut?" frage ich weiter und habe die Befürchtung, dass wir die ganze Zeit aneinander vorbei geredet haben. Jetzt ist es Chen, der die >mi-mi< Sprache benutzt.

„Na, halt alles. Für die Olympischen Spiele wurden keine Kosten und Mühen gescheut. Paläste, Tempel, Stadtmauern mit ihren Toren, Teehäuser, eben alles, was die Touristikindustrie für gut befindet. Du müsstest nur nach Beijing oder Xi'an oder zu anderen Städten fahren, so einfach ist das", lüftet Chen das große >mi-mi< der jetzigen chinesischen Vergangenheit.

Die letzten Konturen verschwinden in der Nacht über dem Perlenfluss. Nur vereinzelte Lichter auf dem gegenüberliegenden Ufer verraten, das wir nicht an dem Ufer eines riesigen Meeres stehen.

„Wir sollten den Rückweg antreten", bricht Chen das eingetretene Schweigen.

„Wormen tzo Hotel?"

„Wormen tzo."

Nur wenige Minuten später stehen Chen und ich vor dem Hotel. Chen muss noch einige Vorbereitungen für den späteren Unterricht erledigen. Ich gebe ihm den Rest der kleinen Werbezettelchen zurück. Wir verabschieden uns und ich verspreche ihm ein weiteres Mal, bei seiner Englischstunde heute Abend mit dabei zu sein.

Ich verspreche ihm da zu sein, nicht mehr und nicht weniger …

Kapitel XI.

Der Mönch, der Englisch lehrt

和 尚， 教 英 文

Selbst irgendwo in China ist es unverzeihbar, den Kommunikationsmedien der heutigen Zeit nicht Genüge zu leisten. Ich rede natürlich vom Internet.

Nicht, dass ich meine, zu den Internetsüchtigen dieser Welt zu zählen, aber könnte es nicht möglich sein, dass mir Jacky, Lin-Lin oder Gerd schon jeweils eine e-mail gesendet haben? Ich kann mir nicht vorstellen, dass auch nur einer von den dreien davon ausgeht, dass China ein Internet freies Land ist. Die Drei warten bestimmt schon auf meine Antworten.

Aber wo finde ich im Reich der Han-Kaiser einen e-mail tauglichen Rechner?

Wie stehen diesbezüglich meine Möglichkeiten? Wie und wo kann ich jetzt ein Internetcafé finden?

Chen ist die perfekte Touristennanni. Er hätte mich bestimmt sofort zu dem einzigen Internetcafé der Stadt gebracht. Es muss auch ohne ihn gehen!

Was sagt mein Reiseführer? Ach ja, die Straßenkarte von Wuzhou ist nicht mehr gültig!

Kann ich wahllos Passanten auf der Straße ansprechen? Werden meine geringen Sprachfähigkeiten ausreichen?

Ach was, wieso so kompliziert, wenn es auch einfach geht! Ich frage direkt bei meinen Freundinnen von der Hotelrezeption nach. Sie haben mir schon einmal mit einer Wegbeschreibung weiter helfen können. Vielleicht gelingt ihnen dieses Kunststück ein zweites Mal.

Ich schreite mutig durch die Eingangsdrehtür des Hotels und wende mich der Rezeption zu. Meine Pandavorstellung von heute Nachmittag ist unvergessen. Alle Augenpaare funkeln schelmisch. Alle Münder schnattern vergnügt durcheinander. Die lachenden Zähne werden gut erzogen mit einer Hand verborgen.

Nicht noch einmal, diesmal bin ich besser vorbereitet. Ich schlage die letzten Seiten meines Reiseführers auf. In Windeseile ist das chinesische Schriftzeichen für Internetcafé gefunden. Niemand kann es wissen, ich habe einen kleinen Joker als Reserve in der Hinterhand.

Das Hotelpersonal nimmt seinen fröhlichen Zeitvertreib sofort wieder auf. Der arme Reiseführer wird erneut kichernd durch die Gruppe gereicht. Er ist und bleibt der Unglücksrabe dieser Tage. Weiß der böse Tempelwächter, womit er das verdient hat?

Jetzt muss der Joker ran. Jetzt wird sich zeigen, ob das internationalste Zeichen unserer globalisierten Welt den Weg nach Wuzhou geschafft hat.

Ich räuspere mich mit ganzer Lautstärke. Anschließend schreibe ich Untertassengroß "@" auf ein Blatt Papier. Für eine endlose Sekunde ist es mucksmäuschenstill in der Hotelhalle.

Ich hätte mir das "@" sparen können. Sofort ist klar, dass mein überlautes Räuspern die Wende herbeigeführt hat. Als Verhaltensforscher tauge ich nichts, ich scheitere schon am eigenen Versuchsaufbau.

Ein kleiner Chinese wird zur Rezeption gewunken. Was ist das denn wieder für eine Gestalt? Der Mann spielt gekonnt und betont den Gelangweilten. Er hatte rauchend neben dem Hoteleingang herumgelungert. Wie ein bekannter Vertreter der Stadt Wuzhou, so besitzt auch er eine perfekte quadratische Türsteherfigur. Seine Augenbrauen sind wie selbstverständlich ausgezupft. Mag es sich bei ihm um einen näheren Verwandten des Schleppers handeln?

Der Augenbraunlose diskutiert kurz mit dem Hotelpersonal. Danach winkt er mir zu, dass ich ihm zu folgen hätte.

Wenn du mich so liebevoll bittest! Dass in China die Benutzung eines Internetcafés gefährlich sein könnte, das habe ich mir anders vorgestellt.

Ich lasse meinen Reiseführer bei den Chinesinnen hinter der Rezeption zurück. Sollen sie sich doch im Namen des bösen Tempelwächters an dem armen Buch austoben.

Ich folge dem Verwandten des Schleppers hinaus auf die Straße. Der Quadratische bleibt schon nach wenigen Metern vor einem dunklen Hauseingang stehen. Ein schwarzer Vorhang verdeckt dahinter liegende Finsternis. Der Pfadfinder empfiehlt sich und ich bleibe alleine zurück.

Wo bin ich bloß diesmal wieder gelandet? Ich kann nur hoffen, keinem Missverständnis zum Opfer zu fallen.

Mit einem Male erinnere ich mich an den jungen westlichen Studenten. Dieser ging mit seinen frisch erworbenen Chinesisch Kenntnissen in eine Garküche und bestellte eine Nudelsuppe. Alles, was er vorgesetzt bekam, das war ein Eimer kaltes Spülwasser.

Mal ehrlich, kann eine Bestellung wirklich derart daneben liegen oder handelt es sich um eine mittelmäßige Geschichte aus der Yukapalme? Selbst der weltfremdeste Chinese weiß, dass kein Mensch wirklich Putzwasser schlucken will. Da mag der Gast noch so ein exotischer Astronaut aus den barbarischen Ländern des Westens sein.

Oder könnte der chinesische Koch gegenüber dem Studenten ganz eigene Beweggründe an den Tag gelegt haben? Ich kann nur hoffen, dass die Rezeptionsdamen sich für das zu laute Räuspern nicht revanchieren wollen.

Ich nähere mich dem schwarzen Vorhang auf Armeslänge. Ein bisschen gesunder Menschenverstand, der ist auch in China nicht verkehrt!

Wer in China Benzin für seinen Wagen benötigt, der sollte nicht in einem Friseurgeschäft nachfragen. Selbst die besten Erklärungsversuche werden ihm dort nichts nützen. Wer in China ein Hotel sucht, der sollte nicht in einer Garküche nachfragen. Selbst die besten Erklärungsversuche werden ihm dort nichts nützen. Wer in China ein Souvenirladen sucht, der sollte nicht in einer Bank nachfragen. Selbst die besten Erklärungsversuche werden ihm dort nichts nützen.

Mit einem bisschen gesunden Menschenverstand ist es durchaus möglich, Spülwassersuppen zu vermeiden.

Wer in China ein Internetcafé sucht, der sollte an der Hotelrezeption nachfragen. Anschließend darf er, in dunklen Hauseingängen stehend, hinter schwarze Vorhänge spähen ...

Schluss mit dem Gegrübelt, so komme ich nicht weiter. Ich schiebe den Vorhang zur Seite und betrete den Raum dahinter.

Sieh an, die Überraschungen nehmen heute kein Ende! Was habe ich eigentlich für Vorstellungen von dem Reich der Mitte?

Das da vor mir ist nicht ein einzelner geheimer Rechner. Das ist kein kleines, bescheidenes Internetcafé. Das ist ein gigantischer riesiger Internetsaal.

Alles, was ich sehe, das ist mir aus unseren Internetcafés zu Hause bekannt. Nur die Dimension ist eine andere. Wenn unsere Internetcafés mit einem oder zwei Dutzend Computer ausgestattet sind, so sind in dieser Halle die Reihen schon nicht mehr zählbar. Von den einzelnen Computern ganz zu schweigen.

In der Halle herrscht Hochbetrieb. Flackernde LCD Bildschirme beherrschen die Szene. Im Kegel dieser elektronischen Lichtquellen glänzen starre, bewegungslose Gesichter und Köpfe. Die

Restkörper sind im Schatten, zur Untätigkeit auf drehbaren, ledernen Bürostühlen abgestellt.

Schnell wird klar, worin die geballte digitale Computerkraft und die neuesten Errungenschaften der Kommunikationsindustrie ihren Nutzen finden:

Das chinesische Publikum ist einzig und allein mit den Programmen auf den Monitoren beschäftigt. Die eindeutige Mehrzahl dieser Programme sind Computerspiele aller Variationen. Eine zweite, kleinere Gruppe der Computerbenutzer erfreut sich der Kontaktbörsen. Auf jedem Monitor ist dafür eine dieser winzigen WEB Kameras montiert worden.

Meine Phantasie geht schon wieder auf Freiheitsfüßen. Die Reihen der Flimmerkisten sind durch einen Mittelgang, wie in einer Kirche, in zwei Hälften geteilt. Die Bildschirme erinnern an das Flackern der vielen Opferkerzen, die in keinem Gotteshaus zu fehlen haben. Die weltentrückten Spieler und Chatter wirken in ihrer sitzenden Haltung wie Betende. Ihre Gedanken und Sinne sind fern jeglicher natürlicher Wahrnehmung. Sie sind eins geworden mit der simulierten Welt vor ihnen.

An diesem Ort werden mit ganzer Hingabe neue Götter angebetet. Nicht genug, ich gehe noch einen Schritt weiter. Eine böse Idee schießt mir jetzt durch die Hirnwindungen. Könnten diese Computerjunkies die ersten chinesischen Opiumsüchtigen unserer neuen Zeit sein?

Ich habe zum Glück nur vom Opium gelesen und niemals Süchtige oder gar diese berüchtigten Opiumhöhlen selber gesehen. Ich meine nicht das Heer der chinesischen Opiumkranken und Toten.

Ich meine die Lähmung eines Volkes mittels eines Suchtstoffes. Ob es dabei pflanzlicher oder elektronischer Herkunft ist, das spielt keine Rolle. Das Resultat ist entscheidend. Diesmal bin ich es selber und nicht Chen, der meine Phantasie zügelt. Trotzdem, ist es die Masse der im seichten Schein der Monitore steinernen Gesichter, die mich kurz an diesem Wahn glauben lässt?

Aber deshalb bin ich nicht hier, um solche Gedanken im wahrsten Sinne des Wortes zu spinnen. Ich wandele wie ein in Meditation versunkener Mönch ruhig und leisen Schrittes den Mittelgang dieser Internetkathedrale entlang. Am Ende thront kein Altar, sondern eine lange Ladentheke. Die Ware ist den Bedürfnissen der Kundschaft angepasst worden. Ich stehe vor einer bescheideneren Ausgabe eines Seven-Eleven-Ladens aus Taiwan.

Ich zeige auf einen der Rechner und ziehe mein Portemonnaie. Wenige RMB reichen zum Kommunikationsglück bis hin zu den entferntesten Punkten unserer Welt aus. Das Ziel meiner digitalen Post ist die Stadt Hsin Chu auf Taiwan, in wie auch immer km Luftlinie entfernt.

Natürlich, es geht schon wieder los. Wieder befällt mich das Gefühl, von der chinesischen Hilfsbereitschaft für unmündig erklärt zu werden.

Angefangen hat das Drama heute Morgen, als mich eine Bahnhofsangestellte bis hin zum Sitzplatz im Bus durchreichte. Angekommen in Wuzhou, kümmerte sich die kleine Stewardess eifrig um ein Hotel für mich. Die darauf folgende Stadtführung hat der Englischlehrer Chen übernommen. Den Weg vom Hotel zur Internetkathedrale zeigte mir der Bruder des Schleppers. Bei aller Liebenswürdigkeit und Freundlichkeit, kann ich in diesem Land denn keinen Meter alleine gehen?

Alles lässt sich beschreiben, auch die Erfahrung des heutigen Tages: Ich bin in China, in China bin ich niemals alleine.

Ein junger Chinese, der ein Jurassic Park T-Shirt trägt, ist diesmal für die Aufgabe zuständig, die Langnase zu einem der wenigen, noch freien Computerplätze zu geleiten.

Wenigstens darf ich den Rechner selber einschalten. Ich habe keine Mühe, die richtigen Web Seiten zu finden. Muss ich doch nur, wie bei uns zu Hause, mit einem ".de" für Deutschland, die Suchabfrage starten. Sind Computer von Natur aus global? Schnell ist mein Postfach geöffnet und siehe da: Jacky, Lin-Lin und Gerd haben mir tatsächlich schon jeweils eine e-mail geschrieben. Für eine kurze Zeit umkreist der Mauszeiger alle drei e-mails. Ich öffne und beantworte sie der Reihe nach:

Jackys e-mail:

Hallo Peter,

du kannst deine Niederlage ruhig zugeben, wie ist das Leben so in Hong Kong? Du kannst dir nicht vorstellen, wie sehr wir uns alle freuen, dass du unsere taiwanesische Wettbegeisterung teilst! Mach dir nichts daraus, verlieren gehört dazu.

... was heißt hier "wir" Jacky? ... die Wette war nur zwischen uns beiden? ...

Ich habe bereits alles arrangiert. Momentan sind wir mit dir zusammen acht. Wir haben für Samstagabend einen Karaoke Raum gemietet. Du weißt, da wo es auch dein Erdinger Schwarzbier gibt. Das wird für dich nicht billig werden. Aber keine Angst, ich hole dich um 20:30 vom Hotel ab. Eine kleine Überraschung, Antonio hat tatsächlich deutsche Karaokesongs aufgetrieben. Jetzt gibt es für dich keine Ausrede mehr, du kommst ums Singen nicht mehr herum. Also, bleib ein guter Tourist, amüsiere dich in Hong Kong und übe fleißig Karaoke singen.

Jacky

... so, mein Freund und Kupferstecher! ... so einfach machen wir uns die Wette nicht ... wer zuletzt lacht, der lacht am besten ... ja, ja ... wer zuletzt lächelt, der lächelt am besten ...

Meine Antwort an Jacky:

Hallo Jacky,

du wirst die Wahrheit nicht verkraften wollen, ich komme in China super gut und ohne Kindermädchen zurecht. Ich weiß, dieser Umstand passt nicht zu deinen Kalkulationen. Ich befürchte, dass du mit dem Schlimmsten rechnen musst. Du wirst die Karaokenacht von deinem eigenen Gehalt abstottern dürfen.

Falls es dir ein Trost sein sollte. Ich verspreche dir, die deutschen Karaokesongs von Antonio zu singen. Stell also schon einmal das Erdinger kalt.

Bevor ich es vergesse, erlaubt dein taiwanesischer Arbeitsvertrag eigentlich die berufliche Nebentätigkeit als Chinesisch Lehrer?

Bis dann

Peter

... wie du mir, so ich dir ...

Lin-Lins e-mail:

Hi Peter,

wie geht es meinem kleinen, tapferen Panda in der chinesischen Fremde?

... wenn nichts mehr geht, Liebling, male dich schwarz und weiß an ... Sie werden dich in einen Zoo bringen und füttern ...

Egal wo du gerade bist, nutze den Vorteil ruhig aus, einen Pandastatus zu besitzen. Kein anderes Tier wird in China so gut behandelt, du wirst sehen.

... ich schneide als Tourist oder Astronaut aber auch ganz gut ab ...

Egal wo du gerade bist, vergiss niemals, immer freundlich zu lächeln. Wenn du freundlich lächelst, dann können die Chinesen gar nicht anders, sie müssen dir helfen.

... sie helfen mir, ob ich will oder nicht ...

Egal wo du gerade bist, denk immer daran, in Gedanken bin ich bei dir. Du bist in China niemals alleine.

... wie wahr, wie wahr, ich bin in China niemals alleine ...

Ich habe übrigens im Internet schon ein Hotel mit Thermalbad am Sonne-Mond-See gefunden. Das Hotel wird dir gefallen.

... wie schön, damit wäre dieses Thema also auch geklärt ...

Noch was, nimm dich vor den chinesischen Frauen in acht, hörst du.

... ich sollte mich vor dir in acht nehmen ...

Deine Lin-Lin

Meine Antwort an Lin-Lin:

Hi Lin-Lin,

die Fährte deines kleinen, tapferen Pandas verläuft soweit plan-
mäßig von Hsin-Chu über Hong-Kong, über Ghuang-Zhou nach
Wuzhou. In drei Tagen vier Städte. Morgen geht die Reise weiter
nach Yangjiang. So weit so gut …

Aber ich komme mir vor, wie Dr. Kimbel auf der Flucht. Diese
Menschenmassen bringen mich noch um. Zwei Tage muss dein
Panda noch durchhalten, also sei mal nicht so voreilig mit dem
Sonne-Mond-See, hörst du.

Ich melde mich bei dir, wenn ich zurück bin.

Bis bald, mein famoses Hsin-Chu-girl.

Peter

*… das war eine schwache Antwort … aber irgendwie muss ich einen Weg
vorbereiten, diese Wette zu gewinnen … Lin-Lin ist mir einen Schritt
voraus … >i-pu-i-pu-lei< … ein WE direkt ausschlagen, das würde sie
mir übel nehmen …*

Gerds e-mail:

Servus Peter,

wie ist es so als Astronaut auf dem Planeten China??? Hast du denn auch schon jede Menge Gesteinsbrocken, ich meine, nette Geschichten sammeln können??? Du weißt ja, Wettschulden sind Ehrenschulden!!!

... jetzt fang du nicht auch noch damit an ...

Du weißt, wie ich das meine??? Ich traue dir schon ein wenig mehr zu, als dass du in den Bars von Hong Kong liegen bleibst!!! Aber weiter als Shen-Zen wird es wohl nicht reichen!!! Jeder hier weiß, dass die Mädels dort klasse sind!!! Egal, bleib sauber und wenn du zurück bist, trinken wir einen auf China im B52!!!

Mfg

Gerd

... was hat der eigentlich für eine Meinung von mir? Shen-Zen, das liegt doch direkt hinter der Grenze zu Hong Kong? ...

Meine Antwort an Gerd:

Grütti, Gerd,

spitz die Ohren, alter Knabe, und buche schon einmal deinen Flug ins Reich der Mitte. Shen-Zen liegt locker hinter mir. Ein paar Hinkelsteinstories ebenfalls. Mehr im B52! o.k.

... ganz ehrlich! Ich habe absolut keine Idee, was für "tolle Geschichten" ich Gerd erzählen könnte ...

Bis dann und trink für mich im B52 einen mit!

Peter

... egal wie die Reise ausgeht ... Bei Gerd kann ich mich im B52 retten ...

Zufrieden lehne ich mich in dem ledernden Drehstuhl zurück. Die digitale Botschaft aus Bits und Byts muss jetzt nur noch von den drei Empfängern in Hsin Chu gelesen werden. Gedankenverloren schaue ich mich nach den anderen Rechnern um:
Auf dem Monitor zu meiner Linken drischt ein Hüne mit einem langen Schwert auf kleine rote Gnome ein. Auf dem Monitor zu meiner Rechten wird ein neuer Geschwindigkeitsrekord im Innenstadtbereich aufgestellt.
Plötzlich ist alles vorbei, alles ist schwarz um mich herum. Was ist passiert, hat die chinesische Internetzensur einen Bannfluch auf die Kathedrale ausgesprochen? Werden jetzt Schockgranaten explodieren und Uniformierte die Halle stürmen? Im ersten Augenblick weiß ich wirklich nicht, was um mich herum vorgeht. Alle Monitore sind erloschen, die schon schwache Deckenbeleuchtung hat ebenso ausgesetzt.
Es ist nichts weiter, ich habe weit gefehlt mit meinen Vermutungen. Ein ganz normaler Stromausfall wirft alle Spieljunkies zurück in die Normalität. Langsam gewöhnen sich die Augen an die Notbeleuchtung. Es sind die gleichen grünweißen Beleuchtungskästchen, wie sie auch bei uns die Notausgänge markieren. In aller Ruhe und ohne Hektik verlassen die chinesischen Computerspieler mit mir in ihrer Mitte die tote Elektronik. Wir könnten genauso gut einen Gottesdienst verlassen, so ruhig und diszipliniert geht alles zu.
Keine fünf Minuten später stehe ich wieder im Hotel. Bevor ich zu Chens Englischstunde gehe, will ich vorsichtshalber meinen Reiseführer wieder abholen.

Was war eigentlich in mich gefahren, meine einzige Kommunikationsmöglichkeit auszuleihen? Ich bin des Chinesischen nicht mächtig. Die meisten Chinesen sind des Englischen nicht mächtig. Ob ich will oder nicht, ohne dieses Buch geht es nicht.

Ich hätte mir keine Sorgen bereiten brauchen. Das Hotelpersonal hat gewissenhaft über die kleine Lektüre gewacht. Erleichtert nehme ich das gute Stück entgegen und bedanke mich artig. Die sind ja schon wieder am Witzeln und Kichern! Was an mir so lustig ist, das soll ihr Geheimnis bleiben.

Halt! Habe ich jetzt die ganze Zeit etwas übersehen? Lächeln oder Kichern werden von allen Asiaten gerne eingesetzt, wenn sie nicht wissen, was sie sonst tun könnten.

Lächeln oder Kichern kann, ohne viel nachzudenken, als Verlegenheitsgeste verstanden werden.

So etwas aber auch! Haben wir in unserer westlichen Kultur ein vergleichbares Instrument? Wie reagieren wir, wenn uns etwas unangenehm oder peinlich ist, wenn wir nicht mehr weiter wissen oder einfach ausgedrückt, wenn wir keine Ahnung haben? Wie reagieren wir?

Ja, wie reagieren wir? Meine Gedankengänge werden unterbrochen. Meine Augen reagieren auf die Person, die gerade die Lobby betritt.

Die berufliche Tätigkeit der jungen, hübschen Chinesin, die jetzt vor mir durch die gläserne Drehtür ins Hotel schreitet, ist kein Geheimnis. Das horizontale Gewerbe ist auch in China vertreten. Sofort hat sie mich als potentiellen Kunden ausgemacht und schaut mir provozierend keck in die Augen. Mit ihren schwarzen, spitzen Cowboystiefeln trippelt sie vergnügt an mir vorbei in Richtung Fahrstuhl. Ihre Beine sitzen gut in ihrer schlanken braunen Jeanshose. Ein grobmaschiger weißer Pullover lässt die Augen mehr gierig als neugierig werden.

Wurde ich nicht vor knapp einer viertel Stunde vor den Schönheiten Chinas gewarnt? Schön ist die bunte Dame durchaus, aber das ist nicht ihre Besonderheit für mich.

Schuhe, Hose und Pullover sind zusammen betrachtet so normal wie ihre langen schwarzen Haare. Ich schaue ihr nach, wie sie im Fahrstuhl verschwindet. Mit einem verführerischem Lächeln und einer kleinen, kaum merklichen Handbewegung signalisiert sie mir, ihr zu folgen. Die Fahrstuhltür schließt, ich bleibe allein zurück in der Lobby.

In einer westlichen Fußgängerzone würde sich kein Hahn nach ihr umdrehen oder gar ein Gewerbe vermuten. Hier jedoch ist die junge, hübsche Chinesin mit einem minimalen Aufwand in der Lage, wie ein bunter Hund zu wirken.

Der normale Chinese versucht eher das Gegenteil. Was die Wahl seiner Kleidung angeht, so ist die Unauffälligkeit ein wichtiges Kriterium. So wenig auffallen wie möglich, das ist noch oberstes Gebot. Er ist zumindest, was die Kleidung anbelangt, ein Mensch der Masse, kein Individuum. Es sei denn, berufsbedingte Ausnahmen bestätigen die Regel.

Ich nehme den entgegen gesetzten Weg und verlasse das Hotel durch die gläserne Drehtür. Wenig später stehe ich an der Treppe, die zu Chens Englischschule führen soll. Ich habe sie tatsächlich wieder finden können.

Die Stufen führen höher hinauf, als ich es von der Straße aus vermutet hatte. Leider enden sie nicht in einer gut besuchten Abendschule, sondern in einer riesigen leeren Kaufhausetage.

Das ist ja richtig unheimlich. Die Halle ist nur schwach und trüb beleuchtet. In regelmäßigen Abständen stehen graue Betonsäulen, die den Raum noch nackter und kälter erscheinen lassen. Zwischen diesen Betonsäulen türmen sich Schutt und Abfallberge. Auf der gegenüber liegenden Seite des Raumes sind

Trennwände aufgestellt. Gedämpftes Licht strahlt über sie hinweg. Leise Stimmen sind zu vernehmen.

Ich stolpere vorsichtig durch Schutt, Abfall und Zementstaub auf die Lichtquelle hinter den Stellwänden zu. Von den Örtlichkeiten auf das Kommende zu schließen, hätte ich mehr Chancen, Borks Triaden von gestern wieder zu treffen, als eine Englischschule mit Chen als Lehrer. Die mögliche Kombination mit Chen als Triadenführer gäbe es natürlich auch noch.

Der schwarze Vorhang im Eingangsbereich des Internetcafés hat meine Zaghaftigkeit für heute erschöpft. Ich gehe einfach frischen Mutes an den Trennwänden vorbei. Augenblicklich bleibe ich wieder stehen, diesmal jedoch, fröhlich lächelnd und kopfnickend zur allseitigen Begrüßung. Weder die sieben Zwerge noch die sieben Samurai verstecken sich in dieser Räuberhöhle. Dies ist der Unterrichtsraum des Lehrers Chen und sechs seiner Schüler.

Die Bedingungen sind ärmlich. Schutt und Unrathaufen gibt es auch hier. Der Raum ist klein und durch mehrere Glühlampen an der Decke hell beleuchtet. Die versammelten Sieben sitzen an drei unterschiedlich hohen, nicht zu einander passenden Tischen. Die Stühle und Hocker stammen ebenfalls nicht aus einer Produktionslinie.

Die ganze Szenerie hat den Flair einer konspirativen geheimen Sitzung. Zumindest stelle ich mir eine so vor.

Der gesamte Geheimbund beantwortet mein plötzliches Erscheinen mit einem allseitigen freundlichen Lächeln.

Chen bietet mir sofort seinen Sitzplatz an.

Er ist sichtbar hocherfreut. Sein Arrangement von heute Nachmittag hat sich scheinbar rentiert. Auf meine Frage hin antwortet er, dass ich noch zur rechten Zeit erschienen bin. Höflichkeit liegt höher im Kurs als Pünktlichkeit.

Zu meiner großen Freude verspricht er mir, dass zum Abendessen Süßkartoffeln auf dem Speiseplan stehen. Wieso Kartoffeln, sind wir nicht im Land der ewig blühenden Reisfelder? Egal, mit diesem unverhofften Nahrungsangebot ist meine zweite warme Mahlzeit des Tages gesichert.

Ich muss ein wenig warten, bis alle Anwesenden sich noch einmal U-förmig um mich herum gruppiert haben. Jetzt bin ich eindeutig Mittelpunkt des Abends. Ich muss nicht erst über meine jetzige Daseinsform nachdenken: Es ist weder die des Astronauten oder die des Touristen, es ist eindeutig die des Pandas, des Chenschen Werbepandas.

Chen schlägt den Ring frei zur ersten Runde, die Langnase darf sich präsentieren. Wer tut das nicht gerne, von sich zu erzählen, während alle anderen ihre Ohren spitzen dürfen? Aber schon beim ersten Satz wird klar, dass es nicht um meinen Lebenslauf geht. Chens Schüler sollen lernen, das Englisch des Besuchers zu hören und zu verstehen. Aus Erfahrungen in Taiwan schalte ich automatisch auf einen langsameren Sprachfluss um. Was einfache und was schwierige englische Wörter sind, das wird sich während des Gespräches zeigen.

Nachdem ich meine erste Vorstellung beendet habe, bitte ich alle, sich der Reihe nach vorzustellen. Das dauert entschieden länger, zeigt aber deutlich, wie weit jeder in der Runde den heutigen Abend mit verfolgen kann. So entsteht bei meinem Verständnis ein kleiner Kreis fremdsprachenfreudiger Chinesen:

Da ist natürlich Chen, zweifelsohne des Englischen mächtig und großer Lehrmeister der Runde. Ich bin zwar der Stargast des heutigen Abends, er ist aber eindeutig der Boss der ganzen Veranstaltung.

Die ältere Chinesin links neben ihm ist Krankenschwester. Ihr Englisch ist so gut wie das von Chen. Sie hat schon einmal in England gearbeitet. Jetzt muss sie irgendwelche Sprachtests bestehen, um noch einmal als Krankenschwester im Ausland arbeiten zu können. Ich finde, dass bei ihrem interessanten Lebenslauf noch einige Fragen offen bleiben.

Die nächsten beiden Chinesinnen sind noch sehr jung und studieren gerade an der Universität in Wuzhou. Ich weiß gar nicht, warum die beiden sich so anstellen. Es kostet enorme Geduld und ständige Rückfragen in Chinesisch und Englisch, bis ich aus ihnen herausbekomme, dass sie so etwas wie Volkswirtschaft studieren. Ob dabei die kommunistische oder die kapitalistische Wirtschaft gemeint ist, das bleibt im Dunkeln.

Der nächste Schüler ist ein etwas voluminöser Chinese. Er ist von Beruf Busfahrer. Würden seine Koteletten etwas länger sein, könnte er einen prima chinesischen Elvis abgeben. Er versucht etwas Englisch zu lernen, weil immer mehr westliche Reisende nach China kommen. Ich weiß nicht, ob auch in diesem Land das Sprechen mit dem Busfahrer während der Fahrt verboten ist, aber gegen die schmierigen Schlepper wäre das ein guter Ansatz.

Der Sechste im Bunde stellt sich als chinesischer Geschäftsmann vor. Er will dem Lauf der Konjunktur folgen. In welcher Branche er tätig ist, geht in einer mehrminütigen chinesischen Diskussion mit den beiden Studentinnen unter. Leider warte ich vergebens auf seine Visitenkarte. Ich wünsche ihm dennoch Glück, Erfolg, Geld und 30 cm mal 100 RMB Scheine.

Der Letzte in der Aufzählung ist ein junger chinesischer Mann. Er arbeitet in einem Hotel in Wuzhou. Genauso wie der Busfahrer hat er registriert, dass immer mehr westliche Reisende vorbeikommen. Er möchte, ganz im Sinne der Globalisierung, Englisch als erste Fremdsprache erlernen, um seine Berufschancen zu verbessern. Ob er in einem der Hotels tätig ist, in denen gerade die Abrissbirne wütet, oder ob er in dem Hotel arbeitet, in dem ich für die Nacht untergekommen bin, das erfahre ich nicht.

Chens Frau erscheint als achte Person aus dem Nichts zwischen den Trennwänden. Sie stellt einen großen, dampfenden Topf mit heißen Süßkartoffeln auf den Tisch. So plötzlich wie sie kam, so geisterhaft verschwindet sie auch wieder in der Schwärze der Kaufhausetage. Es wird sorgsam darauf geachtet, dass der Gast die erste Erdfrucht nimmt.

Während ich mit einem Messer die Haut abschäle, geht der Unterricht weiter. Die Chinesen drehen das Fragespiel in ihrer höflichen Art wieder herum. Wieso bin ich nach China gekommen? Welche Städte habe ich schon besucht? Seit wann bin ich in Wuzhou? Wie lange werde ich bleiben? Was tue ich hier? Gefällt es mir hier? Welche Erfahrungen habe ich schon sammeln können? Ich tappe wieder in die asiatische Frage, westliche Antwortfalle. Bin ich nicht extra nach China gereist, um deren Bewohner kennen zu lernen? Aber der Einzige, der in dieser Runde etwas von sich verrät, das bin ich.

Ihre höfliche Art, ihr nettes Lächeln, ihre bescheidenes, zuvorkommendes Wesen, ihr Talent im richtigen Augenblick bestätigend oder bejahend zu nicken, ich merke zu spät, dass ich lange Monologe auf jede ihrer Fragen von mir gebe.

Es wird spät, die Süßkartoffeln sind alle vom Tisch, die ersten Schüler fangen an, möglichst unauffällig auf ihre Uhren zu schauen. Chen läutet den Schluss der heutigen Sitzung ein.

Welche Stadt denn mein morgiges Ziel sei, fragt er mich. Meine Antwort ist Yangjiang. Sofort fängt eine kleine chinesische Beratung unter den sieben an. Ich habe Glück, lang lebe die chinesische Hilfsbereitschaft. Chen und seine sechs Schüler sind die Busfahrzeiten nach Yangjiang durchgegangen. Morgen in aller Herrgottsfrühe sollte ich den Bus nehmen. Chen will mich am Hotel abholen. Wie schön, damit habe ich jetzt auch noch einen persönlichen Weckservice.

Während wir uns voneinander verabschieden, frage ich mich, wie viel die einzelnen Teilnehmer von meinen Antworten überhaupt mitbekommen haben. Chen und die Krankenschwester können recht gut Englisch, sie konnten mir durchaus folgen. Aber der Rest könnte ergeben, in aller Höflichkeit, den kompletten Abend einer unverständlichen Sprache gelauscht haben.

Ich schaue mich noch einmal um. Die Bedingungen des Fremdsprachenkurses entsprechen nicht wirklich unserem VHS Standard. Der Klassenraum ist ein stillgelegtes Kaufhaus, ohne Heizung und mit schlechter Beleuchtung. Lernhilfen, als da wären Bücher oder Schreibblöcke, sind nicht vorhanden. Der Englischlehrer Chen ist nicht Teil einer organisierten Lehranstalt. Er betreibt eine Privatschule, wahrscheinlich die Einzige oder die Erste hier in Wuzhou. Die Schule ist nur so gut wie seine Englischfähigkeiten. Die Schule ist nur so gut wie sein Einsatz. Die Kurskosten für den einzelnen betragen im Durchschnitt ein Monatsgehalt.

Dass Wissen Macht ist, dass darum gekämpft werden muss, wer es bei uns vergessen hat, hier wird es ihm wieder einfallen. Alle sieben Streiter haben meinen Respekt.

"Ob ich denn in der Zukunft noch einmal China und im Speziellen Wuzhou besuchen würde?" werde ich beim Hinausgehen vom Busfahrer gefragt.

„Warum nicht, Wuzhou gefällt mir, besonders seine Bewohner", antworte ich völlig unbekümmert und zur großen Freude aller. Erst später schaltet mein Gehirn, dass dies durchaus eine kleine Fangfrage war.

Am Hotel verabschiedet sich Chen ein zweites Mal von mir. Ich bräuchte mir keine Sorgen machen, er würde mich morgen zum richtigen Bus nach Yangjiang bringen.

Ich schaue ihm nach. Ohne Zweifel, die Gesprächsart heute Abend war eine andere als die am Nachmittag.

Am Nachmittag hat Chen seinen Teil der Vereinbarung eingehalten. Ich habe, dank Chen, so allerhand über Wuzhou und China gelernt.

Am Abend habe ich meinen Teil der Vereinbarung eingehalten. Ich habe Chens Englischunterricht besucht. Ohne Zweifel nicht im pädagogischen Sinne, sondern eindeutig als anständiger Werbepanda.

… nicht mehr und nicht weniger …

Eines fällt mir erst jetzt auf, nachdem alle fort sind. Die meisten meiner Fragen über die Sieben blieben offen. Ich habe nicht wirklich etwas über sie in Erfahrung bringen können. Eigentlich habe ich kaum etwas über die Sieben herausbekommen. Hatte ich etwas anderes erwartet? Dass sie mir Anekdoten aus ihrem Leben zum Besten geben? Dass sie mir ihre politische Gesinnung offenbaren? Dass sie mir ihre Kontonummer mit den Zusatzzahlen zuflüstern?

Ich schaue Chen nach, wie er hinter einer Häuserbiegung verschwindet. Er hat von dem Geschäftsmann Chen wieder zurück zum Englischlehrer Chen geschaltet.

Ich habe das Gefühl, ihm gegenüber zu misstrauisch gewesen zu sein. Die Wurzel meines Misstrauens ist bestimmt von dem bösen Schlepper, dem Handlanger des Tempelwächters, im Bushof gesät worden?

Mein zweiter Tag in China geht zu Ende. Das Hotelzimmer ist während meiner Abwesenheit nicht größer geworden. Das Bett erweist sich als steinhart und zu kurz. Das wird eine wunderbare zweite Nacht werden.

Ich öffne eine Dose Bier, deren Aufschrift ich nicht lesen kann. Ich taufe das Kaltgetränk auf die Marke "Langer Marsch" und schalte den Fernseher ein. Bruce Willis schießt sich in "Tränen der Sonne" durch einen anderen Kontinent. Haben die Chinesen noch keine Version dieses afrikanischen Tragödienfilms? Das

200

Ganze mit chinesischen Schauspielern, wäre das nicht vorstellbar? Chinesische Einheiten schützen doch bereits in Afrika Ölquellen?

Das Telefon neben dem Bett klingelt. Wenigstens hat es noch den guten alten Klingelton und nicht ein modernes Rufsignal. Es wird Chen sein, die Fahrzeiten haben sich bestimmt geändert.

Nein, er ist es nicht. Eine Frauenstimme spricht mit betörender Stimme zu mir. Sofort muss ich an die hübsche Chinesin, die mit dem durchsichtigen weißen Pullover denken.

Der Reiseführer empfiehlt bei derartigen Anrufen ein klares, deutliches >bu jau< "will nicht" von sich zu geben und aufzulegen. Ich wähle genau das Gegenteil und spreche klar und deutlich ein >wor jau< "ich will" in den Hörer und lege auf. Ich bin ein Tourist und kein Mönch!

Ich setze mich wieder auf die harte Bettunterlage, die Situation vor mir in Afrika verschlechtert sich zunehmend und der erste Lange Marsch ist zu Ende. Ich öffne eine neue Dose Bier. Bei dem Bett muss der Alkohol dem Schlaf etwas nachhelfen.

Ein Klopfen an der Tür lässt mich zusammen zucken. Was will da jemand noch so spät von mir? Es wird doch wohl nicht der Anruf von gerade eben sein? Ich öffne die Tür. Eine sehr junge Chinesin in froschgrüner Jeansjacke und pechschwarzer Jeanshose, lächelt bezaubernd in meine Augen. Fragend schaut sie mich an, dann tritt sie an mir vorbei ins Zimmer und bleibt zwischen afrikanischer Sonne, dem Langen-Marsch und der 1cm Matratze stehen.

Ich bin in China, in China bin ich niemals alleine …

Die Kleine ist eine Augenweide. Jetzt darf sie aber auch wieder gehen. Ich schenke ihr ein strahlendes Lächeln, schüttele verneinend den Kopf und zeige zurück auf die Ausgangstür. Die Schönheit entschwindet mit einem Augenzwinkern.

So einfach geht das also hier. Die Tür schließt und ich bleibe alleine zurück. Ich Idiot, als wenn jemand mitbekommen würde, was ich hier in China so treibe.

So geht der zweite Tag in China zu Ende! Ich setze mich zurück aufs Bett und genieße einen dritten langen Marsch, mit afrikanischem Finale!

Na so was, ein erneutes Klopfen an der Tür! Es wird doch nicht erneut meine Freundin in grünschwarz sein?

Nein, es ist eine ihrer unzähligen Schwestern.

… Nicht mehr und nicht weniger …

Das gibt es doch nicht.

… Ich bin in China, in China bin ich niemals alleine …

… Wäre das gute Mädel nicht ein netter Gesteinsbrocken für Gerd? …

… Lin-Lin, hast du mich nicht vor den Schönheiten dieses Landes gewarnt? …

… Nein Jacky, die bezaubernde Kleine ist nicht meine Reisebegleitung …

… Das hektische elektronische Flackern des Fernsehers wirft mich hinein in die Internetkathedrale, … der Mönch …, der heutige lange Marsch geht zu Ende …

Kapitel XII.

Eins, zwei, drei und du bist frei

1,2,3, 你 自 由 了 !!

Ist es möglich, eine fremde Kultur verstehen zu können? Es ist keine Frage des Könnens, es ist eine Frage des Wollens! Leider ist es auch am dritten Tag der Chinareise eine Frage des frühen Aufstehens. Wieso hat mich niemand gewarnt?

Jetzt stehe ich vor der Drehtür des Hotels und warte auf Chen. Meine Gedanken kreisen, wie immer zu dieser Tageszeit, um eine Tasse Kaffee. Die Zeit vergeht, der Wunsch nach dem schwarzen Getränk nicht. Der frühe Muntermacher ist nirgends aufzutreiben. Viel schlimmer, ich wüsste nicht einmal, wo ich mit meiner Suche nach ihm beginnen könnte. Reisender, nimm es locker, so ist das halt in einer fremden Stadt.

Was bleibt mir übrig, als das morgendliche Treiben auf den Straßen Wuzhous zu beobachten? Ein Trupp Arbeiter zieht vorbei. Ihre Jacken und Hosen sind Uniform in Hellgrau gehalten. Sie tragen schwere schwarze Schuhe. Lediglich in der Farbwahl ihrer Helme zeigen sie Phantasie. Oder dienen die Farben als Rangabzeichen? Die Arbeiter befördern lange Eisenstangen auf einem stabilen Holzkarren.

Ich zähle acht Arbeiter, von denen zwei den Karren ziehen und zwei schauen, dass keine Eisenstangen abhanden gehen. Die restlichen vier verteilen sich zwanglos um die antike Transportmaschine. Ich schätze, dass um die 20 Eisenstangen in dem Karren liegen.

Die Differenz zwischen chinesischer und westlicher Wirtschaft kann durch einen einfachen mathematischen Dreisatz kinderleicht veranschaulicht werden: Wie viele chinesische Arbeiter werden benötigt, um eine bestimme Anzahl Eisenstangen von A nach B zu transportieren? Das macht also nach Adam Riese ...? Wie viele westliche Arbeiter könnten maximal für die gleiche Arbeit eingesetzt werden? Ich muss nicht rechnen, maximal ein Arbeiter ist erlaubt. Wieso gerade einer? Weil weniger als eins nicht geht.

Um noch einmal auf den Dreisatz zurückzukommen. Maximal wie viele Chinesen könnten 20 Eisenstangen tragen und trotzdem noch konkurrenzfähig bleiben? Bei Monatslöhnen von 300 RMB (30 Euro) bis 800 RMB (80 Euro), je nach chinesischer Provinz, ist die chinesische Arbeitskraft konkurrenzlos Spitze.

Ihre Gesichter sind von der Sonne verbrannt. Sie sehen aus, als wenn die harte körperliche Arbeit ihr tägliches Brot wäre. Sie rauchen fast alle, während sie da an mir vorbei marschieren. Über wie viele von ihnen verfügt die chinesische Wirtschaft?

Ein guter Kaffee ist noch nicht in Sicht, aber wenigstens taucht Chen auf. Mein morgendlicher Weckservice hält sein Versprechen. Er hat sogar die Busfahrkarte für mich gekauft. Mein gestriger Auftritt in seiner Schule kann also nicht so schlecht gewesen sein!

Chen bringt mich zur Busstation auf der anderen Straßenseite.

Nur der Kaffee ist so früh am Morgen nirgends aufzutreiben. Chen weiß Rat, er kauft für mich einen kalten grünen Tee in einer Plastikflasche. Was habe ich für eine Wahl? Die chinesische Alternative zu einem heißen Kaffee kann nicht verkehrt sein. Trinken ihn doch alle hier.

Chen begleitet mich, wie gestern die Stewardess, bis zum Sitzplatz. Leider gibt uns der chinesische Busfahrplan keine Gelegenheit für eine anständige Verabschiedung. Chen wird sofort aufgefordert, den Bus zu verlassen. Es reicht gerade noch für ein "by by". Die Türen werden geschlossen. Die Fahrt geht los. Ich winke Chen vom Busfenster aus nach.

Nachdem Chen außer Sicht ist, falle ich in den Sitz des Busses. Die letzte Nacht war doch zu kurz gewesen. Ich schlafe nach wenigen Kilometern ein. Jetzt bin ich schon in China und verpenne die mehrstündige Aussicht auf das Land. Auch das gehört zu einer Reise.

Schneller als im Traum ist die Stadt Yangjiang nicht zu erreichen. Erst das Stoppen des Busses weckt mich unsanft aus dem Schlaf. Ich bin am Ziel der heutigen Reise angekommen. Zumindest signalisiert das die Busstewardess.

Ich rappele mich auf und eile zum Taxistand des Bushofes. Ich habe Glück, kein Schlepper ist dieses Mal zur Stelle, um mir Gott und die Welt zu versprechen.

Ach ja, woher ich weiß, wo der Taxistand ist? Der Taxistand ist da, wo er auch an unseren Bahnhöfen zu finden ist. Immer nur in Richtung Ausgang, immer nur in Richtung "Exit", da warten die Taxis schon.

Diesmal warten vier rote VWs auf mich. Ich gehe zum vordersten Fahrzeug und zeige dem Fahrer die chinesische Adresse einer Jugendherberge in meinem Reiseführer. Mit einer Kopfbewegung gibt er mir zu verstehen, dass ich in sein Taxi einsteigen darf.

Es soll in China Hotels geben, die für westliche Ausländer nicht zugänglich sind. Ist das so ungewöhnlich? Diese Hotels sind auch in unseren Städten anzutreffen.

Bei unseren Hotels findet die erste, wirkliche Beschränkung durch die Dehnungsfestigkeit der Kreditkarte statt. Beneidenswert sind die Begüterten, die für eine Übernachtung 100 Euro, 200 Euro oder mehr hinblättern können.

Die zweite Einschränkung ist die Kleidung und das Auftreten. Es wirkt verheerend auf die eigene Psyche, wenn die Herren an der Rezeption nicht einmal von ihrer Schreibtätigkeit aufblicken, während sie einen von dannen schicken.

Als drittes und letztes Beispiel ist die Überfüllung sämtlicher Hotels einer Stadt bei Messen, Konferenzen oder Konzerten zu erwähnen.

Wieso sollten die Regeln für Hotels in China von den unseren so verschieden sein? Dienen sie dazu, die Nicht-Chinesen von der lokalen Bevölkerung zu trennen? Dienen sie dazu, dass ausländische Kapital in bestimmte Kanäle zu lenken? Dienen sie einer nicht einsehbaren politischen Ordnung? Dienen sie als Ausrede des Hotels, um Wasserschäden oder Elektrizitätsausfall zu kaschieren? Dienen sie als Ausrede für westliche Touristen, die es tatsächlich nicht fertig bringen, ein Zimmer zu ordern? Ist ein Tourist aus dem Westen überhaupt in der Lage, den wahren Grund in Erfahrung zu bringen? Oder habe ich bisher einfach nur Glück gehabt?

Meine Gedanken werden unterbrochen. Was ist das? Wo bringt mich der Taxifahrer hin?

Wieso verlassen wir die Stadt? Die letzten Häuser liegen bereits hinter uns. Das gibt es doch nicht!

Ich schlage die Karte von Yangjiang im Reiseführer auf. Nein, der Taxifahrer kann sich nicht verfahren haben. Woher ich das weiß? Weil die Strecke zur Jugendherberge immer nur gerade ausgeht. Das Taxi muss kein einziges Mal abbiegen.

Was jetzt, Herr Reisender? Nur nicht die Geduld verlieren, nur die Nerven bewahren! Wir werden gleich da sein.

Wo werden wir gleich da sein? Ich sehe nur noch Felder und Buschlandschaften, Wälder und kleine Seen. Da draußen ist einzig Natur, Natur soweit das Auge reicht.

Wieso musste ich dieses Taxi nehmen? Wieso musste ich unbedingt diese Jugendherberge aussuchen? Wieso hat die Redaktion vergessen, im Reiseführer die Stadtgrenze einzuzeichnen?

Endlich, da vorne taucht ein Haus zwischen Sträuchern und Bäumen auf. Das muss die Jugendherberge sein! Das einzige Gebäude weit und breit!

Na bitte, der Fahrer stoppt den Wagen. Wir sind am Ziel. Ungläubig steige ich aus und sehe dem Taxi nach, das mit Vollgas zurück in die Stadt braust.

Bin ich hier wirklich da, wo ich hin wollte? Die Jugendherberge, ein einsames Haus, irgendwo im Nirgendwo, abgestellt und verlassen an einer kaum benutzten Feld, -Wald -und Wiesenstraße!

Alt, abgestellt und verlassen, ja genau so sieht dieses Bauwerk aus! Oh Gott, nicht nur das! Was hatte Chen über die chinesische Vergangenheit gesagt? Ich sollte auf dem Lande nach ihr suchen! Ich denke, ich habe sie gefunden!

Das alte Gebäude vor mir, ja, was ist es? ... ja, was bist du? Ein Kolonialgebäude, ein Herrenhaus, eine Villa oder zumindest ein üppiges ländliches Domizil? Nein, danach siehst du mir nicht aus! Wonach siehst du aus ...?

Natürlich, ein Schulgebäude, das ist es! Du siehst aus, wie eine alte Dorfschule. Du bist in den letzten Jahren nur etwas herunter gekommen!

Zwei breite, abgenutzte Steintreppen führen von der Straße hinauf zu der Eingangspforte. Schlanke, hohe Fenster schauen von den beiden Stockwerken des Gebäudes auf mich herab. Gelber, abbröckelnder Putz ziert die Außenwände.

Ich wische mir den Schweiß von der Stirn und aus den Augen. Nein, so habe ich mir die Ankunft in Yangjiang wahrhaftig nicht vorgestellt!

Wieso ist es eigentlich so heiß hier? Der Himmel ist hellblau, keine Wolke zeigt sich weit und breit. Die Sonne entfaltet ihre ganze Kraft. Ich schwitze wie ein Schwein. Habe ich eine Wüstensafari gebucht? Nun gut, ich passe mich den neuen klimatischen Bedingungen an und verstaue die Jacke und den Pullover im Rucksack.

Ach, sieh mal einer an, wenigstens bin ich nicht alleine! Moment mal, wer seid ihr denn? Wo kommt ihr denn alle her? Wieso habe ich euch nicht gleich gesehen?

Bevor ich weiß, wie mir geschieht, werde ich von einer großen Zahl junger chinesischer Männer umringt. Sie laufen auf schweren schwarzen Stiefeln. Ihre Hosen und Jacken sind dem englischen Kaki nachempfunden. Ihre Unterhemden sind weiß und ihre schwarzen Haare kurz geschnitten. Das sind ja Soldaten! Ich bin in einer Kaserne gelandet. Hoch lebe mein Reiseführer.

Ich bin überrollt. Ich kann es nicht fassen! Das muss der Sieg des Tempelwächters sein!

Er hat meinen Reiseführer verhext! Er hat mich aus der Stadt geworfen! Er lässt mich in der Sonne schmoren! Er hat mir das chinesische Militär auf den Hals gehetzt!

Halt! Nur den kühlen Kopf bewahren! Noch ist nicht alles verloren. Ich schaue mich im Kreis meiner neuen Freunde um. Das chinesische Militär empfängt den westlichen Besucher allseitig freundlich lächelnd.

Ich versuche das Beste aus der Situation zu gewinnen und lächele aus Leibeskräften zurück.

Ich zeige ihnen meinen Reiseführer mit der chinesischen Adresse ihrer Unterkunft. Ein Dutzend Hände nehmen ihn mir ab.

Unter den unzähligen jungen Männern entsteht eine kurze Diskussion.

Na bitte, wer sagt es denn! Natürlich bin ich hier richtig. Ob ich euch das glauben darf? Ihr habt sehr schnell geschaltet. Die Langnase ist eine willkommene Abwechslung in eurem Kasernenleben.

Ich selber komme mir vor wie ein Astronaut, der in einen Pulk freundlicher, grünweißer Marsmenschen geworfen wurde.

Aber wer wird denn gleich negative Wellen schlagen wollen? Hier stehe ich und hier bleibe ich. Beschützt und behütet von Dutzenden oder gar Hunderten Soldaten. Beschützt und behütet von der größten Landarmee der Welt. Mag sie ruhig eine der letzten kommunistischen Armeen unserer Zeit sein. Sie wird mit ihren Zähnen wohl kaum einen kleinen westlichen Rucksacktouristen beißen wollen. Ich muss erst gar nicht lange überlegen. Ich werde in ganz China keinen sichereren Platz finden können.

Die jungen Soldaten haben unmerklich ihre Belagerungsringe enger gezogen. Sie dirigieren mich sanft die ersten Stufen zum Eingang empor. Auf halber Höhe der Treppe öffnet sich ihr Kreis plötzlich und unerwartet vor mir.

Oh Graus, was ist das? Ist das der chinesische Schmerzunempfindlichkeitstest? Nein, es ist die chinesische Herbergsmama. Die zahlstärkste Truppe der Welt hat es für unerlässlich befunden, das hässlichste, älteste und grantigste Weibstück der ganzen Provinz für diesen Posten zu engagieren.

Mit schneeweißem Gesicht und pechschwarzem Kleid steht sie da, den Toten näher als den Lebendigen. Mein Versuch zu lächeln muss kläglich wirken. Ich erbleiche, meine Mundwinkel fallen nach unten. Herrisch, mit abstoßender, abweisender Mine schaut sie auf mich herab. Das war es dann wohl! Ich werde mich von dannen schleichen dürfen.

Weit gefehlt, ich habe das chinesische Militär unterschätzt. Zwei der Jungs kämpfen um mich mit diesem leibhaftigen Tod. Ihnen gelingt in einem längeren Disput das Unmögliche.

Wir gehen mit allen Mann hinein in die gute Stube. Auf der zweiten Etage marschieren wir einen langen Flur entlang. Noch mehr Gesichter tauchen auf. Die Inspektion des ersten Zimmers fällt negativ aus. Das Bad sieht aus, als hätten sie dort Nahkampfübungen abgehalten. Viele Fliesen sind von der Wand geklopft, selbst die Duschwanne ist beschädigt. Das nächste Zimmer nehme ich. Der Raum ist ein Dreibettzimmer und wirkt intakt.

Jetzt muss ich mit der Alten, unter wilden Anfeuerungsrufen der versammelten Krieger, um den Übernachtungspreis feilschen. Die beiden Jungs von vorhin helfen mir wieder. Zusammen wird der Preis von 100 RMB auf 70 RMB gedrückt. Jeder andere hätte wahrscheinlich nur die Hälfte bezahlen müssen. Nein, meinen Reiseausweis will sie nicht sehen, ich brauche auch nichts zu unterschreiben. Seit wann geht denn die Zimmerbuchung in China so unbürokratisch zu?

Egal, das Quartier für die Nacht ist unter Dach und Fach. Wie geht es jetzt weiter, Reisender?

Ich habe nicht vor, einen ganzen Tag chinesisches Kasernenleben zu genießen. Wenn mich mein Gefühl nicht irrt, so werde ich heute Abend einige der Kameraden in gut gelaunter Runde wieder sehen. Also, alle Mann wieder hinaus auf den Flur. Ich schließe die Türe ab und verstaue den Reiseführer sorgfältig in meiner Jackentasche.

Mal sehen, wie weit meine chinesischen Sprachfähigkeiten etwas nützen? Ich lächele in die erwartungsfrohe Runde und spreche mehrmals hintereinander das Wort "Taxi" aus.

Na bitte, geht doch, als ich aus dem Gebäude trete, wartet bereits die motorisierte Droschke. Wo haben die das Taxi so schnell herbeordert? Das geht ja richtig zackig hier.

Eine viertel Stunde später stehe ich wieder am Busbahnhof der Stadt Yangjiang. Auf dem Straßenasphalt in der Stadt ist es noch heißer, als in der grünen Idylle der Soldatenherberge.

Ich kann trotzdem dem unerwarteten Angebot vor mir nicht widerstehen. Ich betrete die kühle, akklimatisierte Luft eines Starbucks Cafés. Ein großer, heißer Kaffee muss jetzt sein. Bei mir zu Hause würde ich bei diesen Temperaturen ein Eis oder einen

Milchshake bestellen. Ein kalter grüner Tee, wie Chen ihn mir heute Morgen kaufte, wäre ebenso sinnvoller.

Wieso muss ich hier und jetzt unbedingt einen heißen Kaffee trinken? Ist es ein Bedürfnis, das nur der Fremde in der Fremde verspürt? Je weiter und länger er fort ist, desto mehr sehnt er sich nach dem Heimatlichen? Irgendwann habe ich einmal im Radio gehört, dass gerade Gerüche dabei sehr entscheidend sind. Gerüche sollen die Erinnerung mehr stimulieren als das Gesehene oder das Gehörte.

Der Kaffeeduft, der mir jetzt in die Nase steigt, bestätigt dieses. Ich fühle mich nicht mehr in einem fremden Land. Wenn ich die Augen schließe, dann sitze ich zu Hause am Küchentisch. Hat der Wunsch nach diesem heimatlichen Duft meine Füße in das Café gelenkt?

Ich bin in China, in China bin ich niemals alleine. Meine Kaffeepause ist nur von kurzer Dauer. Ein junger chinesischer Mann tritt zu mir an den Fensterplatz und stellt sich vor: „Ich heiße Tzo-Ming. Ich bin Student. Ich möchte mit Ihnen sprechen, um mein Englisch zu verbessern."

Tzo-Ming trägt ein gestreiftes, zerknittertes Hemd in den Farben grün, weiß und schwarz. Die Hose ist eine hellblaue verwaschene Jeans mit modischen Löcheransätzen. Die dunkelgrauen Turnschuhe haben blaue Streifen und die Schnürsenkel sind nur lasch zusammengebunden. Seine Gestalt ist ein wenig kleiner als die meine. Seine Frisur ist eine Kopie des Beatle Pilzkopfes.

Es scheint nur einen Punkt zu geben, der ihn mit den Soldaten der Jugendherberge verbindet. Es ist ebenfalls Chinese. Ich habe mich bereits von meinem Sitzplatz am Fenster erhoben und stelle mich ebenfalls mit Namen vor. Wie gute Kumpel schütteln wir uns die Hände.

Mir kommt ein Gedanke. Eine Hand wäscht die andere. Wenn ich ihm helfe, sein Englisch aufzufrischen, könnte er mir doch, genauso wie Chen gestern, die Stadt zeigen. Sollte ich ein schlechtes Gewissen haben, ihn als Reiseführer zu missbrauchen? Ich denke nicht, wir können beide unseren Profit aus der Zusammenarbeit ziehen. Werde ich jetzt langsam zu einem Chen? Ach was! „Ja, lasst uns ein wenig plaudern", ermuntere ich ihn, „hast du ein paar Fragen an mich?" Die hat er in der Tat: „Bist du das erste Mal in China?" „Ja, dies ist meine erste Reise in China." „Was tust du hier in China?" „Ich bin als Tourist nach China gekommen." „Wie lange bleibst du in China?" „Nur drei Tage." „Nur drei Tage? Was hast du in den drei Tagen in China vor?" „Ich habe bereits die Städte Guang-Zhou und Wozhou besucht. Jetzt bin ich gerade eben in Yangjiang angekommen." „Was hast du in den anderen Städten getan?" „Ich bin durch die Straßen gewandert und habe mit den Menschen gesprochen." „Wirst du das auch hier in Yangjiang tun?" „Ja, genau das habe ich vor." „Kann ich dich dabei begleiten?" „Ja, warum nicht." Na bitte, manche Dinge regeln sich von selbst.

Die Gluthitze außerhalb der Klimaanlagen leider nicht. Wir verlassen das Café und bleiben erst einmal draußen stehen. Die Sonne strahlt weiterhin rücksichtslos auf uns herab. Wieso trinke ich bloß einen heißen Kaffee und keinen eisgekühlten grünen Tee? Aber wo kann ich jetzt einen kühlen Tee herbekommen?

„Wohin willst du jetzt gehen?" fragt Tzo-Ming, als er sieht, dass ich etwas orientierungslos umherschaue. Ich bin jetzt schon felsenfest davon überzeugt, Chens perfekten Nachfolger in Sachen Stadtbesichtigung gefunden zu haben. „Kannst du mir nicht etwas von deiner Stadt zeigen?" frage ich ihn, „du kennst dich doch bestimmt besser aus." „Oh, natürlich. Das ist kein Problem. Am besten gehen wir hier entlang." Chen zeigt auf den Fußgängerweg vor uns. Woher weiß er, was ich sehen will? Egal, so falsch wird es schon nicht sein. Der Tee wird sich bestimmt auch irgendwo finden lassen.

„Sag mal, kannst du etwas Chinesisch sprechen?" „Nein, mein Chinesisch beschränkt sich auf 10 bis 20 Wörter." „Wie kannst du dann durch unser Land reisen, wenn du unsere Sprache nicht sprichst?" „Ganz einfach, ich brauche gar kein Chinesisch zu sprechen." „Verstehe ich nicht, wie meinst du das?" „Alle Chinesen, denen ich bis jetzt begegnet bin, wollten nur Englisch mit mir sprechen." „So wie ich zum Beispiel?" „Ja genau, richtig." „Und das hat all die drei Tage funktioniert?" „Ja, bis jetzt schon." „Und du hast keine Angst, damit mal nicht weiter zu kommen?" „Bis jetzt brauchte ich mir keine Sorgen zu machen." „Oder hast du einfach nur Glück gehabt?" „Die Variante gibt es natürlich auch." Tzo-Ming legt eine Verhörpause ein. Er schaut lächelnd, aber nachdenklich vor sich auf die Straße. Die nächste Fragerunde wird sichtbar vorbereitet. Ich habe Zeit, die Umgebung in Augenschein zu nehmen. Wir gehen eine dieser neuen chinesischen Stadtstraßen entlang. Die modernen Architekten Chinas entwerfen ihre Städte im großen weiträumigen Stil. Dazu gehören auch die Straßen. Jede Fahrbahnseite verfügt über zwei Fahrstreifen. Die Fußgängerwege zu beiden Seiten sind breit genug für Volleyballfelder. In regelmäßigen Abständen haben sie Bäume gepflanzt und schmucke, verschnörkelte Laternen aufgestellt. Der Asphalt der Straße ist hellgrau vom Staub. Die Fußgängerwege sind gepflastert mit roten Steinplatten, die in der Sonne bleichen. Die langen, mehrspurigen Straßen sind für eine Verkehrsdichte gedacht, die zurzeit nicht vorhanden ist. Die vielen Kfzs sind wohl erst im nächsten Planungsschritt vorgesehen. Der in der Sonne flimmernde Asphalt, die vom vielen Beton staubige Luft und die gnadenlose Hitze der Sonne lassen unseren Spaziergang zu einem Marsch in der Wüste werden.

Wo, bitte sehr, bleibt mein kalter grüner Tee? Entschuldigung, ich vergaß, ich habe nicht "all in clusive" gebucht. Tzo-Ming räuspert sich, die Pause ist vorbei.

„Peter, du hast doch wohl nicht nur Chinesen getroffen, die Englisch sprechen konnten?" „Nein, natürlich nicht." „Also, wie hast du dich mit denen verständigt?" „Ich habe hier noch einen Reiseführer, der hat noch so einige Übersetzungen in eurer und meiner Sprache." „Wie viel übersetzte Wörter stehen da drin?" „Ich habe nicht gezählt, ..., sagen wir mal, so um die 50." „Wie viel von ihnen hast du bis jetzt anwenden können?" „Genau zwei, plus die Übersetzungen für eine Reihe von Hotels in den jeweiligen Städten." „Das macht zusammen mit deinen 20 chinesischen Wörtern 22 chinesische Wörter, plus ein paar Hotelnamen?" „Jetzt, wo du es so ausgerechnet hast, ja." „Hast du eine Idee, wieso es so wenig sind?" „Wir haben die Körpersprache vergessen, die ist überall gleich und jede Menge kann damit erreicht werden." „Gut, die kommt noch dazu, aber das scheint mir immer noch sehr wenig zu sein. Hättest du vielleicht noch eine Idee, wieso es so wenig bedarf, um durch China zu reisen?" „Weil ich mich nur mit denen unterhalten habe, die Englisch konnten. Bei allen anderen bestand die Aufgabe darin, mittels wenig Worten zu erkennen, ob sie mir helfen können oder nicht." „Und wenn dir niemand helfen konnte, was hast du dann getan?" „Ich habe gelächelt." „Oh, o.k.."

Ein Motorroller fährt über den Fußweg knapp an uns vorbei. Der Fahrer stoppt die Maschine vor einem der vielen kleinen Geschäfte. Das ist weiter nichts Besonderes. Motorroller gibt es in China wie Sand am Meer. Auffällig ist, dass dieser Motorroller genauso leise ist wie ein Fahrrad.

Das Zweirad ist ein Elektroroller. Er ist auch nicht der Einzige in der gesamten Stadt. Das Geschäft, vor dem der Fahrer stoppt, ist voll mit ihnen. Sie sehen aus wie die neuen modernen Roller in Taiwan, nur der Auspuff fehlt. Ich frage mich, was erstaunlicher ist. Dass diese Roller in China fahren oder dass sie bei uns nicht fahren?

Ich wische mir den Schweiß von der Stirn, so ein Roller wäre jetzt tatsächlich eine prima Alternative zu unserem Wüstenmarsch. Ich schaue zu Tzo-Ming, der scheint mit der Hitze immer noch keine Probleme zu haben. Ganz im Gegenteil, die Hitze fördert sogar seine "Fragewut".

„Du bist drei Tage in China?" „Ja." „In diesen drei Tagen besuchst du drei Städte?" „Ja." „Gibt es einen Grund, dass du gerade die Städte Guang-Zhou, Wuzhou und Yangjiang aufgesucht hast?" „Ja, der Grund hat aber wenig mit diesen drei Städten selber zu tun." „Du meinst, es hätten auch x-beliebige andere Städte in China sein können?" „Ja und nein." „Entschuldigung, ich kann dir nicht folgen, könntest du deine Entscheidungen Schritt für Schritt erklären?" „Natürlich, meine Zeit in China ist limitiert. Ich habe nur drei Tage Zeit." „Gut, das habe ich verstanden, wie sah dein nächster Schritt aus?" „Als zweites musste ich mir überlegen, wie ich einreise. Die bequemste und schnellste Art ist mit dem Flugzeug." „Gut, auch das habe ich verstanden, du hast nur drei Tage Zeit und willst mit einem Flugzeug einreisen. Wie gingst du weiter vor?" „Wie viele internationale Flughäfen stehen mir in China zur Verfügung? Soweit ich weiß nur drei: Der in Beijing, der in Shanghai und der in Hong Kong. Ich habe den in Hong Kong gewählt." „Phantastisch, du stehst in Hong Kong und willst dich drei Tage in China umsehen. Also, wieso hast du gerade diese drei Städte ausgewählt?" „Ab diesen Moment habe ich den Zufallsgenerator laufen lassen." „Den was?" „Ab da an war es egal, was für eine Stadt ich besuche, ich habe Roulette gespielt." „Was hast du?" „"Gambling" >Glücksspiel<, das kennst du doch?" „Oh, so ist das gewesen, jetzt verstehe ich."

Wieso wiederholen sich diese Fragen immer wieder? Zuerst haben mich Jacky, Lin-Lin und Gerd über meinen Reiseweg ausgefragt. Als zweites fragte die kleine Chinesin im Bus nach Guang-Zhou. Als drittes fragte Bork, danach Chen und seine Schüler.

Jetzt ist Tzo-Ming an der Reihe. Aber was beschwere ich mich? Da ich als Reisender auf meiner Reise ständig neuen Menschen begegne, werden sich dementsprechend die Fragen immer wiederholen ... Oder wiederholen sich die Fragen doch nicht?

Vor mir schraubt sich ein großer, weißer Drache in die Höhe. Das muss ein Hitzschlag sein, ich bin erledigt. Zuckend fährt er auf und nieder, vorwärts rollt er sich, dann fällt er wieder kreisend zurück.

Wir bleiben stehen, natürlich in der heißesten Sonnenglut. Ein Schuss, viele Schüsse, was für ein Krach. Qualm, Rauch, was geht hier vor. Ich konzentriere mich voll auf das weiße Urzeitviech. Sein Gesicht scheint dem eines Hundes zu ähneln. Oder ist die Fratze nicht doch die eines Schweins? Der Lindwurm hat vier Beine, es sind Menschenbeine.

Wieder fallen Schüsse. Nein, das sind Chinakracher. Sie explodieren kettenweise unter den menschlichen Drachenfüßen auf den Pflastersteinen. Die Beine gehören zwei Männern, die den Kopf und den Körper des Drachen mit langen Holzstäben über sich hin und her schwenken.

Die Masse der umstehenden Chinesen bleibt still und schaut interessiert zu. Ich schaue fragend zu Tzo-Ming. Der nickt mir belustigt zu: „Eine Geschäftseröffnung, das bringt Glück, Erfolg und viel Geld."

Darauf hätte ich selber kommen können. Der chinesische Pleitegeier ist bestimmt aus einem anderen Format. Der weiße Drache vor uns ist ein typischer chinesischer Kleinunternehmerdrache. Das weiß doch ein Jeder.

Ein bisschen Aberglaube hat noch keinem Chinesen geschadet.

Die Vorführung geht zu Ende. Tzo-Ming gibt mir Zeichen weiterzugehen. Ich schaue mich noch einmal vorsichtig um. Nein, der böse Tempelwächter ist nirgendwo zu sehen. Mit den ersten Schritten eröffnet Tzo-Ming die nächste Fragerunde.

„Peter, ich habe noch einmal über das nachgedacht, was du gerade gesagt hattest. Da gibt es etwas, was ich nicht verstehe. Als du nach China kamst, wusstest du zwar, welche Orte du besuchen wirst, du wusstest aber nicht, was du in ihnen finden würdest. Hattest du wirklich kein richtiges Ziel, sondern nur eine oberflächliche Reiseroute?" „Tzo-Ming, du hast es erfasst, mehr ist für meinen ersten Aufenthalt in China nicht nötig." „Und genau das verstehe ich nicht, könntest du es wieder Schritt für Schritt erklären?" „So viele Schritte sind das gar nicht." „Das hört sich gut an, wie hast du angefangen?" „Also als erstes habe ich aufgezählt, was ich von deinem Land weiß? Das Ergebnis war, dass ich fast nichts weiß." „Wie lautet der zweite Schritt?" „Als zweites habe ich überlegt und festgestellt: Da ich noch niemals in deinem Land war, sind doch eigentlich alle Orte für mich neu." „Wie lautet dann der dritte Schritt?" „Er ist die Kombination aus den ersten beiden Schritten: Wenn ich also nichts von deinem Land weiß und alles Neuland ist, dann ist es doch egal, wo ich hingehe." „Und der vierte Schritt?" „Der letzte Schritt? Das war schon alles." „Jetzt muss ich erst einmal darüber nachdenken." „Und ich muss erst einmal einen kalten grünen Tee da vorne kaufen."

Ein Straßenverkäufer hat meine Aufmerksamkeit gewonnen. Der Verkäufer ist ein alter chinesischer Mann. Er hat weiße Haare, die er sorgsam nach hinten und zur Seite gekämmt hat. Durch die Haare sind eine ganze Reihe brauner dunkler Hautflecken zu sehen. Seine Augen betrachten mich abschätzend durch eine rahmenlose Brille.

Er trägt leichte schwarze Schuhe, eine braune Buntfaltenhose und ein cremefarbenes Hemd. Die Kleidung ist alt, aber gut gepflegt. Er steht kerzengerade unter dem Dach seines fahrbaren Verkaufsstandes.

Der Verkaufsstand kommt mir doch bekannt vor? Richtig, die acht Bauarbeiter heute Morgen in Wuzhou, sie benutzen ein ähnliches Gefährt. Der Alte hat seinen Wagen lediglich den neuen Erfordernissen angepasst.

Der untere Teil des Karrens ist mit Blech verkleidet. Der so geschaffene Raum dient jetzt wahrscheinlich als Staukammer für alle möglichen Dinge.

Der obere Teil des Karrens ist eine Glasvitrine. In ihr stellt der Alte sein gesamtes Warensortiment zur Schau.

Bekommt dieser alte Chinese eine Rente oder ist er, in seinen hohen Jahren, auf diesen kleinen fahrbaren Laden angewiesen?

Ich frage ihn nicht, es ist einfach zu heiß zum Fragen. Ich nicke dem alten Mann freundlich zu und deute auf eine Plastikflasche mit grünem Tee. Er holt sie sogleich aus dem Glaskasten und reicht sie mir.

Damit ist aber das Geschäft zwischen uns beiden noch nicht beendet. Wie viele RMB möchte er für seine Ware haben? Zum Glück gibt es neben den mündlichen und schriftlichen Sprachen auch die der Körpersprache.

Mit dem ausgestreckten Zeige -und Mittelfinger zeigt der alte Chinese den Wert der Ware an. Das ist diesmal noch einfach, er will zwei RMB haben. Aber welche Langnase kennt schon den chinesischen Fingercode für die Zahlen? In Taiwan haben sie ihn mir häufig genug erklärt. Natürlich ist der Fingercode auch im Reiseführer gut beschrieben und zudem mit Zeichnungen versehen. Soweit zu der Theorie.

Wie leicht lässt sich das erlernte Wissen doch wieder vergessen. Aus den Augen aus den Sinn. Leider ist es nur in der Praxis möglich, die Benutzung dieses Zahlensystems zu erlernen und zu behalten. Mir fallen wenigstens die ersten beiden Zahlen wieder ein. Für heute soll es also genügen.

Ich gebe dem älteren chinesischen Mann zwei grüne Mao Scheine für eine Flasche grünen Tees. Der alte Chinese nickt kurz. Mit einer Handbewegung gibt er uns zu verstehen, dass wir weiter gehen sollen. Wenn er uns so freundlich bittet!

Tzo-Ming und ich setzen uns sofort wieder in Bewegung. Der grüne Tee tut gut. Nimmt die Wüste doch kein Ende!

Zudem hat Tzo-Ming die Zeit genutzt, wieder neue Fragen zu sammeln.

„Peter, du trinkst grünen Tee?" „Natürlich, das trinken doch alle hier." „Wenn du unseren Tee trinkst, hast du schon einmal unser Essen versucht?" „Ich lebe nicht vom grünen Tee allein." „Ja, ja, ich meine unser chinesisches Essen?" „Ja, in Guang-Zhou habe ich ein chinesisches Restaurant besucht und in Wuzhou habe ich in einer chinesischen Garküche gegessen." „Und, wie hat dir unser Essen gefallen?" „Ausgezeichnet, ich denke, ich mag euer Essen." „Oh, danke. Aber was hättest du getan, wenn du unser Essen nicht vertragen würdest? Drei Tage nur grünen Tee, das geht nicht." „Das ist ganz einfach: Nur ein gedankliches Szenario: Ich reise nach China und stelle gleich am ersten Tag fest: Ich kann euer Essen auf den Tod hinaus nicht ausstehen! Ich hätte keine Probleme." „Du würdest also doch drei Tage fasten und dich nur vom grünen Tee ernähren?" „Nein, ich würde eure nagelneuen, nach westlichem Vorbild geschaffenen Fastfood Restaurants aufsuchen. Egal, in welcher chinesischen Stadt ich war, in allen habe ich die Fastfood Restaurants mühelos gefunden: McDonald, Burger King oder wie gerade eben das Starbucks Café. Es wäre ein Leichtes, einen Speiseplan einzurichten, der meinen Magen gar nicht merken lässt, dass er in China ist." „Aber das hattest du vorher nicht gewusst?" „Nein, das war mir neu."

„Da wir schon einmal beim Essen sind. Kannst du mit unseren Essstäbchen umgehen?" „Also, wenn mein Leben davon abhängen würde, verhungern müsste ich nicht. Zudem glaube ich, eine

Gemeinsamkeit unserer Kulturen in Sachen Esstechnik entdeckt zu haben." „Ihr esst mit Messer und Gabel, wir essen mit Stäbchen. Gibt es jetzt eine Kombination von beidem?" „Nein, das nicht, aber unsere beiden Kulturen essen ihre Suppen mit Löffeln." „Entschuldige, falls ich zu viele Fragen stelle. Ja, Löffel gibt es überall, außer in Fastfood Restaurants, da wird mit den Händen gegessen. Mir ist da aber noch etwas aufgefallen." „Ja, was denn?" „Ihr sagt, dass ihr eine Suppe esst, richtig? Wir Chinesen sagen, dass wir eine Suppe trinken. Das ist aber nur ein kleiner, sprachlicher Unterschied."

„Sag mal, Tzo-Ming, was heißt >Suppe< auf Chinesisch?" „>tang< heißt >Suppe<." „>tang<?" „Nein, >tang<." „Aber ich habe doch >tang< gesagt?" „Nein, du hast >tang< gesagt und das heißt >heiß<." „>tang< ist nicht gleich >tang<, sondern hat folglich verschiedene Bedeutungen?" „Nein, >tang< hat ganz klar nur eine Bedeutung." „Aber ich habe >tang< gesagt und du hast >tang< gesagt und beides war nicht das Gleiche?" „Nein, natürlich nicht." „Ja, was ist denn jetzt der Unterschied?" „Du musst wissen, wie du >tang< auszusprechen hast." „Es kommt also darauf an, welche Betonung ich in das Wort >tang< lege?" „Du hast es erfasst." „Und wie viele Betonungen habt ihr in eurer chinesischen Sprache?" „Vier." „Das heißt, dass >tang< vier verschiedene Bedeutungen haben kann." „Ja, genau." „Zwei davon kenne ich jetzt. Einmal heißt >tang< >Suppe< und zum anderen heißt >tang< >heiß<. Tzo-Ming, wie lauten denn die beiden letzten >tangs<?" „Lass mich nachdenken, ... ein weiteres >tang< heißt >Zucker<. ... das vierte und letzte >tang< steht für >liegen<. Ja, das wären alle vier <tangs<."

Ich habe wie gestern bei Chen das Gefühl, wieder in eine sprachliche Katastrophe zu rutschen: „Tzo-Ming, bitte nicht so schnell. Jetzt weiß ich die vier Arten des Wortes >tang<." „Genau." „Als nächster Schritt müsste ich nun lernen, wie die vier >tangs<, mit der richtigen Betonung ausgesprochen werden?" „Du hast es erfasst." „Ich meine, >Suppe< heißt für mich >tang< und eine >heiße Suppe< heißt >tang tang<; und wenn sie auf dem Boden liegt, dann habe ich ein >tang tang tang<?" „Nein." „Das habe ich mir gedacht. Egal, Tzo-Ming, wie könnt ihr die vier Betonungen auseinander halten?" „Das, das kann ich dir gar nicht sagen, ich weiß es nicht." „Wie?" „Peter, wir lernen unsere Aussprache von Kindesbeinen an."

>i, a, zan, tze<, ich muss an das kleine Kind von gestern denken. „Du hast eben übrigens anstatt >Suppe<, >Zucker< gesagt."

„Ich würde also in einem Restaurant, mit meiner Aussprache nicht weit kommen?" Der Student, der erfolgreich einen Eimer Putzwasser bestellte, verdrängt das kleine Kind in meinen Gedanken.

„Peter, besser du versuchst dein Glück mit Englisch oder mit der Körpersprache. Du hast ja gerade eben einen grünen Tee kaufen können." „Du hast Recht, zumal niemand ewige Zeiten damit verbringen will, eine Suppe zu bestellen. Ich könnte mir vorstellen, so manchem Koch ganz schön auf die Nerven zu gehen." „Das kann passieren."

„Wechseln wir das Thema Tzo-Ming. Du sprichst übrigens ein sehr gutes Englisch." „Oh wirklich, danke." „Als du die englische Sprache lerntest, was hat dir die meisten Probleme bereitet?" „Eure Zeiten, die Vergangenheit, die Gegenwart und die Zukunft. Mit den drei Zeiten natürlich auch eure Verben, gerade die Regelmäßigen. Peter, du musst wissen, wir haben im chinesischen keine Zeiten. Egal, was für eine Zeit wir benutzen, unsere Verben sind alle gleich." „Das ist halt der gerechte Ausgleich für eure vier Betonungen."

Tzo-Ming und ich sind während des Gesprächs stetig über die roten staubigen Pflastersteine weiter marschiert. Mein grüner Tee ist aufgebraucht und ich sehe mich nach einer Entsorgungsstätte um.

Eine arme alte Frau nimmt mir die leere Plastikflasche ab. Das arme Mütterchen erhält keine Rente. Da kann ich mir sicher sein. Von dem grünen General Grant ganz zu schweigen. Wo es Reiche gibt, da gibt es auch Arme, das gilt ...

Ich schaue mich weiter um. Hier ist weit und breit nur flimmernde Hitze und Straßenstaub auszumachen. Außer da vorne, in dem nächsten Geschäft, da sitzt ein massiver glatzköpfiger Chinese im Schatten. Der Bube ist ein richtiger leibhaftiger Buddha. Das Schwergewicht hat sich auf einem Drehhocker in seinem Laden gemütlich niedergelassen. Er pflegt in aller Ruhe die Zahnlücken in seinem braunen Gebiss.

Auf einer gläsernen Vitrine vor ihm stehen drei farbige Telefone. Das erste Telefon ist blau, das zweite ist weiß und das letzte ist rot. Für einen kurzen Moment bin ich amüsiert, die Farben entsprechen den Nationalfarben Taiwans. Wenn das kein Zeichen für einen kleinen Versuch ist? Ob ich von hier aus wohl zu der kleinen Nachbarinsel telefonieren kann? Mal sehen, was Lin-Lin sagen würde?

Der Buddha lädt mich mit einer lässigen Armbewegung ein, eines seiner drei Telefone zu benutzen. Ich lächele freundlich zurück und reiche ihm Lin-Lins Visitenkarte. Seine riesigen fleischigen Finger drehen und wenden das Kärtchen einige Male. Die Stirn des Sumoringers legt sich in Falten. Lin-Lins Visitenkarte ist, dem internationalen Geschäft gehorchend, auf der einen Seite in Englisch und auf der anderen Seite in Chinesisch beschrieben. Ja, Moment mal, kann mein Telefonbetreiber diese chinesischen Zeichen überhaupt noch lesen? Die Schriftgelehrten Beijings haben vor Jahren die alten chinesischen Schriftzeichen einer Reform unterzogen. Die Schriftgelehrten Taipeis haben diese Reform abgelehnt. Seitdem ist der chinesische Zeichensatz nicht mehr ganz so einheitlich.

Was immer für Übersetzungsprobleme daraus resultieren mögen, mein Buddha weiß natürlich Rat. Ihm reichen zum Telefonieren die arabischen Zahlen völlig aus.

Ich darf das rote Telefon benutzen. Die Verbindung steht auf Anhieb. Das heißt, ich habe eine erstklassige Verbindung zu Lin-Lins Mailbox. Das darf doch wohl nicht wahr sein. Ist das ein schöner Gruß vom Tempelwächter?

Ich lege irritiert auf. Ich hinterlasse nicht einmal eine Nachricht und zahle dem lächelnden Buddha einige RMB.

Tzo-Ming und ich setzen unseren städtischen Wüstenmarsch fort. Ich schaue mich unauffällig weiter um. Nein, der böse Tempelwächter ist nirgends zu sehen.

Dafür aber, nach wenigen Metern, ein kleiner Tempel. Ich bleibe vor seinem Eingangstor stehen. Drei alte Bekannte grüßen vom Innenhof des Tempels.

Die drei Bekannten sind die drei Affen. Der Erste kann nichts sehen, der Zweite kann nichts hören und der Dritte im Bunde kann nichts sagen.

Mein Blick fällt zurück auf den dicken Telefonbuddha hinter mir. Er verkauft gerade Zigaretten aus seiner Glasvitrine.

Tzo-Ming ist einige Meter voraus gegangen. Er telefoniert mit seinem Handy. Der Student ist nicht mehr von den farbigen Apparaten abhängig. Wo es Reiche gibt, da gibt es auch Arme, das gilt ...

Mein Blick fängt an, zwischen den drei Affen, dem Buddha und Tzo-Ming hin und her zu wechseln.

Ich habe das Gefühl, der Lösung eines Rätsels nahe zu sein. Einem Rätsel, das mich schon die ganze Reise hindurch verfolgt hat.

Was für ein Rätsel soll das sein? Was für eine Lösung habe ich gefunden?

Ich schaue wieder zwischen den Dreien hin und her. Ohne Zweifel ist die Lösung des Rätsels in der Zahl drei zu suchen. Aber welche drei ist gemeint?

Da stehen sie, die drei Telefone! Da sitzen sie, die drei Affen! Tzo-Ming ist meine dritte Reisebekanntschaft. Vorausgesetzt, die drei Rucksacktouristen Marlene, Frederic und Bork bilden eine Einheit. Dies ist mein dritter Tag in China! Dies ist meine dritte chinesische Stadt! Ich reise in den drei Formen Tourist, Panda und Astronaut. Meine drei Freunde Jacky, Lin-Lin und Gerd warten auf Taiwan. Die Drei warten auf mich, mit ihren drei Wetten.

Das sind jede Menge Dreien, aber ich weiß nicht, wozu! Verflixt, hat mich mein Freund, der böse Tempelwächter, wieder ins Labyrinth der Zahlenmystik geschickt?

Konzentriere dich: Ich habe eine Lösung, ich benötige das passende Rätsel ... die Lösung hat mit der Zahl drei zu tun ...

Wie viele Dreien muss ich aufzählen? ... Das ist doch genau das, was der böse Tempelwächter will ...

Zurück ... ich habe eine Lösung, ich benötige das passende Rätsel ... die Lösung hat mit der Zahl drei zu tun ...

Noch mal ... ich habe nur eine Lösung, ich benötige nur ein Rätsel ... ich habe nur einen verdammten Tempelwächter ...

Moment mal ... Wieso bist du alleine?

Ich meine, wieso bist du nicht zu viert? Was hatte mir Lin-Lin einmal erklärt? Jeder taoistische Tempel wird immer von vier Wächtern bewacht!

Ich schaue auf die drei Affen. Tempelwächter, wo sind deine drei Kumpel geblieben?

>i, a, zan, tze<

Ich schaue zurück auf den Telefonbuddha. Buddhistische Tempel kommen ohne diese vier Wächter aus. Genauso wie dieser Tempel, vor dem ich gerade stehe.

Meine Reise ist eindeutig der Zahl drei gewidmet.

Und du, Tempelwächter! Du trittst nicht nur alleine auf, du passt auch in keine der vielen Dreierkombinationen hinein! Du falscher Einer, du hast nichts auf meiner Reise zu suchen!

Mein Freund, genauso ist es, genauso soll es sein. Ich habe dich erkannt. Dein Fluch ist gebannt.

Jetzt habe ich dich!

So einfach geht das! Sieg auf ganzer Linie!

Ich sende dich zurück in deinen Tempel. Deine drei Kollegen warten bestimmt schon auf dich.

Ja, gehe zurück in deinen Tempel, schnüffele weiter an irgendwelchen Räucherstäbchen und erschrecke kleine Kinder!

Zum wievielten Male wische ich mir den Schweiß heute von der Stirn und aus den Augen?

Chen hat gestern die chinesische Vergangenheit wieder auferstehen lassen. Leider an Orten, die ich bei der jetzigen Reise nicht erreichen kann.

Tzo-Ming hat gerade eben mitgeholfen, den Tempelwächter zu vertreiben. Er wusste zwar nicht, was ich auf meiner Stadtbesichtigung sehen wollte, aber er hat genau ins Schwarze getroffen.

Wie wird es weitergehen?

Ja, ja, ich habe sie nicht vergessen, die drei Wetten stehen noch aus!

Trotzdem, mit dem Hochgefühl des Siegers eile ich Tzo-Ming hinterher, der gerade sein Gespräch beendet hat.

„Peter, wir haben 18:00 Uhr", empfängt er mich: „Weißt du, was das heißt?"

„Ja, dass jetzt alle Chinesen wie wild und mit offenen Mündern ins nächste Restaurant stürzen", scherze ich.

„Richtig, wir sind auf diese Essenszeit trainiert worden. Ich hoffe, du hast auch Appetit?"

„Ich habe den ganzen Tag noch nichts gegessen."

„Hättest du Interesse, eine weitere chinesische Kost zu probieren?"

„Einverstanden, Tzo-Ming, lasst uns essen gehen. Ich zahle und du suchst für uns das Restaurant aus. Aber bitte eine kleine kulinarische Spezialität deines Landes", gehe ich gerne auf Tzo-Mings Angebot ein.

„Gut, dann folge mir."

Kapitel XIII.

Die Tafelritter bitten zu Tisch

圓 桌 武 士 的 邀 餐

Die Besichtigung des chinesischen Straßenlebens ist vorbei. Die allabendliche Essenszeit ruft. Tzo-Ming geht voraus, ich habe ihm freie Wahl gelassen. Was für eine chinesische Lokalität wird sein Ziel sein?

Ich denke, er will mir zeigen, wie weit sich seine Heimatstadt dem Westen angenähert hat. Tzo-Ming wird sich nicht nehmen lassen, mir das neueste West-Lokal der Stadt zu präsentieren. Die Lokalität wird sicher ganz nach amerikanischem oder europäischem Vorbild eingerichtet sein. Bis auf die Kellner werde ich nichts Chinesisches finden können. Ich werde eine perfekte Kopie eines guten Restaurants aus unseren Breiten besichtigen dürfen. Schon nach kurzer Zeit werde ich glauben, nicht in China, sondern zu Hause zu speisen. Ich werde mich zwischen einem Wiener Schnitzel und einer Schweinshaxe oder einer Pizza und einer Lasagne entscheiden dürfen.

Oder wird er mich in die Welt der Touristenindustrie entführen? Bestimmt wird das Restaurant chinesischer sein, als die Chinesen jemals sein könnten. Ich werde meine langen Beine wie in Japan in einen mörderischen Schneidersitz quälen dürfen. Überall werden diese roten, runden Papierlampen hängen, elektrisch gespeist und mit Energiesparlampen versehen. Grüne Jadedrachen aus Plastik und in Holz eingefasst werden über die Wände kriechen. Speckig grinsende Buddhas werden mit ihrer Leibesfülle imponieren. Chinesische Schriftzeichen werden in übergroßen goldenen Symbolen den westlichen Gast zum Analphabeten degradieren. Durch den Äther des Raumes beruhigt asiatische

Entspannungsmusik. Eine perfekt funktionierende Klimaanlage lässt die Hitze eines langen chinesischen Tages vergessen.

Ja, genauso stelle ich mir das Tzo-Mingsche Restaurant vor. Ich folge dem jungen, chinesischen Studenten weiter hinein ins Herz der Stadt Yangjiang.

Oder doch nicht! Sind wir schon da? Tzo-Ming ist stehen geblieben: „Da wären wir, Peter. Ich glaube, wir haben Glück. Ganz hinten sind einige Tische unbesetzt", erklärt er, „dieses Restaurant ist zur Zeit sehr beliebt. Wenn wir etwas später kommen, sind keine Plätze mehr frei. Du musst wissen, dass sie hier ein besonderes Gericht zubereiten. Du kannst derartiges nirgendwo sonst in der Stadt essen. Eine echte kulinarische Spezialität. Ich bin mir sicher, sie wird dir gefallen."

Eine Kellnerin tritt zu uns auf die Straße und spricht kurz mit Tzo-Ming. Nach einigen kurzen Sätzen folgen wir ihr ins Restaurant. Wir schlängeln uns an unzähligen Tischen, Stühlen, Gästen und immer weiteren Bediensteten tiefer und tiefer hinein in die gute Essstube. Wir steuern eine kleine Ewigkeit dem winzigen Persönchen hinterher.

Was hatte Tzo-Ming gesagt? Die Gaststätte ist zur Zeit sehr beliebt und immer gut besucht!

Was für eine Untertreibung! Gottgütiger Buddha, seid ihr auch schon alle da? Wenn nicht ganz China, so ist doch mindestens die gesamte Stadt Yangjiang anwesend. Wieso müsst ihr Chinesen immer so zahlreich auftreten?

Endlich, die Kellnerin und Tzo-Ming bleiben vor mir stehen. Tzo-Ming hatte recht, ganz hinten sind noch einige Tische frei. Wie hat der das von der Straße aus sehen können?

Wir nehmen Platz und Tzo-Ming fängt an, bei der nächsten Kellnerin die Bestellung aufzugeben.

Ich nutze die Zeit und schaue mir die Örtlichkeiten etwas genauer an: Das Restaurant ist in seiner ganzer Breite offen zur

Straße. Die Seitenwände fehlen ebenso. Die Bude besteht lediglich aus Zementboden und Wellblechdach. Abgeschirmt von den Betonwänden der Nachbarhäuser.

Die Hüte ist nichts weiter als eine aufgeblasene Garküche mit Open Air Belüftung!

Egal, erst einmal Lin-Lins Rat befolgen und lächeln! Wie groß ist eigentlich dieser Laden? Na sagen wir einmal ... also alles in allem ... das dürften so ungefähr drei Volleyballfelder sein. Also, sie ist so groß wie eine große Mehrzweckturnhalle. Ach was, das Ding hat die Ausmaße eines soliden bayrischen Bierzeltes.

Ja, wo samma denn!

Der Tisch, an dem wir sitzen, ist wieder ein weißes Plastikprodukt der Marke Baumarkt. Viele weitere seiner weißen Kollegen stehen dicht gedrängt um uns herum. Ich sollte mich nicht beschweren, verdanke ich doch diesen Tischen und Stühlen, dass ich nicht ihn den gefürchteten Schneidersitz genötigt werde.

Dieser Ort entspricht in keinem Punkt meinen vorherigen Vorstellungen. Eine gigantische Garküche im Chaoszustand hatte ich nicht erwartet. Ist das die Rückkehr des Tempelwächters?

Halt! Sehe ich da einen Unterschied zu einer normalen chinesischen Garküche? Wieso bemerke ich diese "Besonderheit" erst jetzt? Tzo-Ming und ich sitzen an einem der bereits beschriebenen kleinen, quadratischen Tischchen. Die überwiegende Mehrzahl der umstehenden Tische sind des gleichen Formats.

Aber wir sind nicht der Mittelpunkt oder das Zentrum des Geschehens! All die kleinen, quadratischen Tischchen mit ihrer eingeschränkten Gästeschar bilden lediglich die Peripherie des hiesigen Restaurants.

Die Poolposition dieser Garküchenhalle gehört eindeutig den großen runden Tischen mit Drehscheibe. Was hatte Marlene gesagt? Diese Tische sind so bemessen, dass bis zu zehn Personen daran Platz nehmen können.

Natürlich, in diesem Restaurant sollen nicht nur kleine Grüppchen und Pärchen dinieren, hier sollen vor allem ganze Gesellschaften ihre abendliche Speisung finden.

Die runden Gesellschaftstische beherrschen in einer langen Doppelreihe das gesamte Lokal. Einer von ihnen liegt direkt in meinem Blickfeld. Er ist mit Gästen voll besetzt. Hat Marlene Recht mit ihrer Zahlenangabe? Ich werde bei Gelegenheit mal nachzählen.

Vor allem aber darf ich jetzt wieder den Verhaltensforscher spielen? Wie einfach gestaltet sich meine Forschung! Ich muss lediglich, wie gestern bei Chen in der Straßengarküche, hin und wieder zu den Nachbartischen spähen!

Wird diesmal mehr dabei herausspringen als ein Essstäbchenbenutzungsverhalten?

Tzo-Ming hat die Bestellung beendet und wendet sich mir zu: „Peter, weißt du, was dieses für ein Restaurant ist?" „Nein, ich habe absolut keine Idee." „Dieses ist ein so genanntes >for gor< Restaurant." „Gut, jetzt bin ich aber immer noch nicht schlauer?" „Die Übersetzung ist ganz einfach: >for< heißt >Feuer< und >gor< heißt >Topf<. Also kurz gesagt >Feuer Topf<." „Gut, das habe ich verstanden, es gibt also einen feurigen Topf mit irgendwas darin!"

Wir werden unterbrochen. Eine Kellnerin bringt eine Schüssel voller Reis. Eine andere Kellnerin stellt einen kleinen Gaskocher mit bereits eingesetzter Gaspatrone in die Mitte des Tisches. Ein großer Metalltopf mit Wasser wird darauf gestellt. Eine dritte Kellnerin zündet das Gas unter dem Topf an. Ist es eine vierte Kellnerin oder eine der ersten beiden? Auf jeden Fall werden zwei größere, schmucklose weiße Teller auf den Tisch gestellt. Auf dem einen stapelt sich ein Berg von großen groben, mit Knochen, Sehnen, Muskeln und Speck versehenen Fleischstücken.

Ich kontrolliere vorsichtshalber noch einmal meine Gesichtsmuskeln, ja, ich lächele noch!

Nein, ich habe mittlerweile meine Vorurteile über chinesisches Essen auf ein Minimum reduziert. Aber was ist das für Fleisch? Für mich ist der Fleischhaufen eine Mischung aus "Hannibal dem Kannibalen" und einem angefahrenen Wasserbüffel.

Ich will sagen, ich kenne mich auf dem Gebiet überhaupt nicht aus. Das Fleisch könnte durchaus das Wau Wauchen vom Nachbarn sein. Am besten gar nicht darüber nachdenken. Tzo-Ming wird hoffentlich keinen Schabernack mit mir treiben wollen.

Der andere Teller ist für das Vegetarische zuständig. Ich erkenne Salat, Rüben, Seegras, Pilze und neben einigen anderen Gemüsearten auch die bekannten Würfelstücke aus Tofu. Tofu ist nicht gleich Tofu. Ich hoffe, dass dieser zu denen gehört, die genießbar sind.

Wer hatte mir während der letzten Tage das kleine Geheimnis anvertraut? Der Chinese traut nur dem Essen, dessen Zubereitung er selber beiwohnen kann. Wenn er, wie bei diesem "Feuer Topf Restaurant", die einzelnen Zutaten eigenhändig prüfen und kochen darf, umso besser. Gibt es etwa in diesem Erdteil so viele miserable Köche?

Muss ich unbedingt um so viele Ecken denken? Ist ein Vergleich mit unseren Pizzabäckern, Gyrosküchen oder Pommesbuden so abwegig? Denen schauen wir beim Kochen doch ebenso auf die Finger. Die chinesischen Garküchen finden sich also auch bei uns wieder. Nur in einer etwas abgewandelten Form. Bei der nächsten guten Currywurst rot/weiß, werde ich an China denken! Hong Kong ist so fern und doch daheim.

Wieder eine neue Kellnerin, es dürfte die wievielte auch immer sein, bringt zwei winzige Gläschen und eine Flasche Bier. Also, es geht doch, damit wäre wenigstens für das flüssige Wohlergehen gesorgt.

Weiter im Takt: Ein kleines weißes Porzellanschälchen ist mein Teller. Ich drehe das weiße Porzellanschälchen herum und erwarte ein "Made in China" auf seiner Unterseite. Stattdessen stehen dort einige in Kobaltblau geschriebene chinesische Schriftzeichen. Ich kann sie natürlich nicht lesen. Aber etwas anderes als ein: Hergestellt in ... dürfte es nicht sein.

Wahrscheinlich symbolisieren die Zeichen eine chinesische Provinz oder eine Stadt oder eine Fabrik. Damit ist klar, dieses Geschirr ist nur für den einheimischen chinesischen Markt bestimmt. Außer den Chinesen kann doch niemand etwas mit der Schrift anfangen! Ich stelle das gute Stück wieder vor mir auf den Tisch.

Der dazu gelegte Löffel ist aus dünnem weißen Plastik. Er ist extrem bauchig und kurz. Er ist alles andere als stabil und fest. Seine Hauptaufgabe besteht wohl darin, die Hemden der ahnungslosen Gäste zu bekleckern. Nun gut, ich bin gewarnt!

Ich nehme die Essstäbchen in die Hände. Sie sind der lokale Ersatz für Messer und Gabel. Beide Essstäbchen sind in Papier verpackt. Einige chinesische Symbole sind auf die Verpackung gedruckt worden. Mal sehen, was Tzo-Ming dazu sagt:

„Was bedeuten eigentlich die chinesischen Schriftzeichen auf der Verpackung für die Essstäbchen?" „Lass mal sehen. Da steht: Bitte diese Essstäbchen nur einmal benutzen." „Also nichts weiter als eine Gebrauchsanweisung?" „Ja, was hast du erwartet?" „Weiß nicht, vielleicht irgendwelche hochgeistigen chinesischen Weisheiten oder wenigstens ein fröhliches "Guten Appetit?" „Nein, hier steht, dass du sie nur einmal benutzen sollst."

Ja, wenn das so ist ...

„Themawechsel. Was ist das eigentlich für Fleisch da auf dem Teller?" „Das wollte ich dir sowieso noch sagen, das ist Rindfleisch >nio roh<. Ich hoffe, du magst Rindfleisch?"

Mir fällt ein Stein vom Herzen: „>nio roh< heißt also Rindfleisch! Natürlich, natürlich mag ich Rindfleisch >nio roh<, natürlich."
Ich wische mir die ersten Schweißperlen von der Stirn.
Das Wasser im Topf hat angefangen zu kochen. Tzo-Ming steht auf und befördert mit einem separaten Paar Essstäbchen scheinbar wahllos einige dieser monströsen Fleischklumpen in unseren Suppentopf. Bei dem Gemüse lässt er sich mehr Zeit. Ich fülle, um nicht völlig untätig zu sein, unsere Schälchen mit dem stark pappigen Reis und unsere winzigen Biergläschen mit schwach schäumendem Bier.
Dieses Restaurant ist keines von Ruhe und Gemütlichkeit. Jetzt kommen schon wieder zwei Kellnerinnen. Zu unseren winzigen, kleinen Biergläschen gesellen sich zwei weitere Gläschen. „Das ist kalter Tee", erklärt Tzo-Ming und füllt aus einer durchsichtigen Plastikkanne eine rote, bräunliche Flüssigkeit in die neuen Trinkgefäße.
Die andere Kellnerin verteilt an jeden von uns zwei kleine, flache Schälchen. Die Schälchen sind unterteilt. Ich erkenne gelben Senf, ich tippe auf die Marke "Tödliche Narkose". Daneben gibt es etwas, das wie leuchtender roter Chili aussieht und garantiert eine exponentielle Steigerung der gelben Narkose beinhaltet.
Sind Rot und Gelb nicht Warnfarben der Natur? Es gibt die verschiedensten Sorten von Selbstmord, diese Kombination aus gelb und rot ist bestimmt eine von ihnen.
Im Nachbarschälchen gibt es Sojasoße und noch eine andere unbekannte braune Flüssigkeit. Vielleicht dienen diese beiden Gewürze, ganz im Sinne des Yin und Yan, einer erfrischenden Wiederbelebung.
Tzo-Ming meint es bestimmt gut. Trotzdem oder gerade deshalb fange ich an, um mein Leben zu fürchten.

„Prost." „Ja, Prost." Nachdem wir die Gläser abgestellt haben, wendet sich Tzo-Ming erneut der Rindersuppe zu. Meinem Studenten bereitet das Kochen sichtbar Spaß!

Was bleibt mir zu tun? Ich nehme meine nähere Umgebung ein weiteres Mal in Augenschein.

Meine Phantasien über das eventuelle Tzo-Mingsche Restaurant haben sich in Luft aufgelöst. Ich werde hier ohne Zweifel keine Jadedrachen oder Wiener Schnitzel vorfinden. Ebenso Lasagne oder kugelrunde Buddhas sind hier nicht angesagt. Asiatische Entspannungsmusik und chinesische Schriftzeichen haben in dieser chinesischen Bierzeltvariante selbstverständlich auch keinen Platz.

Alles, was ich sehe, alles was mich umgibt, eigentlich überhaupt alles hat nun wirklich nichts mit meinen Vorstellungen über China zu tun.

Wo bin ich hier bloß gelandet?

Oder sollte ich nicht lieber anders fragen: Wieso habe ich etwas anderes erwartet?

Ich strecke meinen Oberkörper, um besser den gesamten Saal im Auge zu haben. Ich muss schmunzeln, eines bestätigt sich aufs Neue:

Ich bin in China, in China bin ich niemals alleine. Diese goldene Regel gilt auch in diesem Restaurant. Wie bereits erwähnt, unter der Rubrik Romantisch und Stille dürfte das Lokal nicht im Stadtführer aufgeführt sein. Das Haus ist ausverkauft. Hier geht es zu wie im Oktoberfest auf den Wiesen. Freie Sitzplätze oder gar Tische dürften nicht mehr vorhanden sein. Unzählige Kellnerinnen und Gäste mühen sich durch dieses Labyrinth.

Erst jetzt, bei meiner zweiten Ortsbesichtigung fällt mir eine weitere kleine Besonderheit auf. Für das Chaos und die Masse der Gäste ist es merklich ruhig. Der Lautstärkepegel scheint im ganzen Restaurant wie von Zauberhand auf einem niedrigen Niveau gehalten zu werden. Kein Tisch fällt aus der Reihe. Keiner stört den anderen. Ein mir unbekanntes Gesetz sorgt für einheitliche Ruhe. An jedem Tisch scheinen die Gäste instinktiv zu spüren, welche Lautstärke sie wahren müssen. Aber bekanntlich steigt der Lärmpegel parallel mit dem Alkoholkonsum.

Das ist in China nicht anders als bei uns. Da wir erst am Anfang des Abends sind, wie wird der Sturm nach der Ruhe aussehen?

Meine Gedanken werden abgelenkt: An dem beschriebenen runden Tisch in direkter Nachbarschaft wird gerade angestoßen. Die versammelten Gäste sind alles erwachsene Chinesen und Chinesinnen im mittleren Alter. Ich frage mich nicht lange, was sie hier zusammen geführt hat. Die Chinesen haben die gleichen Gründe zum Feiern wie wir. Die Gruppe vermittelt den Eindruck einer gut gelaunten Kegelgesellschaft oder eines gut gelungenen Betriebsausfluges.

Sie können nur wenige Minuten vor uns eingetroffen sein. Auch bei ihnen wird die Suppe gerade zubereitet. Allerdings, was die Taktzahl der kleinen Biergläschen anbelangt, so haben sie schon einen kleinen Vorsprung erarbeitet. Apropos Zahlen und Statistiken, hat Marlene recht? Nein, hat sie nicht, es sind zwölf, nicht zehn Personen. Aber wer kennt sich da schon aus, China ist groß, vielleicht bin ich auch nur in einer anderen Provinz gelandet.

Eine neue Runde gefüllter Biergläschen wird vorbereitet. Zudem bringen viele kleine, emsige Kellnerinnen immer weitere gefüllte Teller zum Tisch. Es wird nicht gespart. Eine Platte nach der anderen füllt die Drehscheibe. Das ist eine richtige Tafelrunde. Die Chinesen verstehen es üppig zu speisen. Es muss nicht immer Nudelsuppe oder pappiger Reis sein.

Ich sacke zurück in die normale Sitzhaltung und schaue Tzo-Ming beim Kochen zu.

Mich überfällt das Gefühl, ein Astronaut zu sein. Ein Sternenreisender unter vielen kleinen, freundlichen Außerirdischen.

Meine Situation ist jedoch nicht so wie heute Mittag in der Kaserne. Ich hatte mich dort als Astronaut gesehen, der in eine Horde Marsmenschen geworfen wurde. Die Soldaten jedoch bestaunten und behüteten mich als prima Pandabären.

Hier ist die Situation eine andere. Die vielen Gäste um mich herum sind zu sehr mit sich und ihrem Essen beschäftigt. Sie haben keine Zeit für Pandabesichtigungen. Der Fremdling an einem ihrer Tische ist ihnen gleichgültig. Ich fühle mich als Astronaut, der heimlich in ein fremdes Raumschiff eingedrungen ist und nun unbemerkt unter dessen Besatzung weilt. Tzo-Ming reicht mir ein kleines Schüsselchen mit Suppe.

„Peter, für dich. Die Spezialität des Hauses." „Was, der riesige Knochen da in der Suppe?" „Nicht der Knochen, ich meine das Fleisch natürlich." „Das habe ich mir schon gedacht. Das war wohl eine besonders magere und sehnige Kuh?" „Dreh den Knochen einfach ein wenig in der Suppe, du wirst schon sehen."

„Mach ich, sag mal Tzo-Ming, wie groß können bei euch die Portionen eigentlich werden. Ich meine, dass ihr euch noch mit Stäbchen daran wagt?" „Die Größe ist davon abhängig, wie gut du mit den Stäbchen umgehen kannst." „Und wenn sie zu groß werden?" „Ich habe gehört, dass bei euch die Hühnchen auch mit den Händen gegessen werden dürfen."

„So schnell gebe ich mich nicht geschlagen. Na bitte, geht doch." „Ich hoffe es schmeckt dir?" „Ja, ausgezeichnet. Zwar ein bisschen ungewohnt, mit dem dicken Knochen, aber es schmeckt gut." „Das ist übrigens noch nicht alles. Im Knochen ist auch noch Fleisch. Das ist eine weitere Delikatesse." „Du meinst das Knochenmark?" „Du weißt was es ist?" „Ich esse bei mir zu Haus ja nicht nur Hühnchen."

„Pass auf, der Knochen!" „Na prima, genau in die Suppe." „Mach dir nichts daraus, das ist mir auch schon passiert." „Ich sehe jetzt aus wie ein Schwein. Können die Flecken noch heraus gewaschen werden?" „Weiß nicht." „Opfer müssen erbracht werden, das gilt ..." „Was sagst du?"

„Tzo-Ming, wir haben einen "Feuer Topf" bestellt. Schau mal zu unseren Nachbarn am großen runden Tisch. Haben die gleich ein ganzes feuriges Buffet geordert!" „Ein feuriges Buffet?" „Ja, ihr ganzer Tisch und diese Drehscheibe ist so voll mit Gerichten." „Ach so, das meinst du. Ist doch nicht schlecht, oder?" „Wie funktioniert das? Jeder dreht an der Roulettescheibe und versucht seinen Hauptgewinn zu ziehen?"

„Mach dich nur lustig darüber. Die Drehscheibe ist das optimale Hilfswerk. Denk mal darüber nach." „Wie meinst du das?" „Nun, du möchtest gerne von einem bestimmten Gericht am Tisch probieren. Du siehst zum Beispiel auf der anderen Seite des Tisches deine Lieblingsspeise. Mit Hilfe dieser Drehscheibe musst du nicht unnötig andere Gäste bitten. Du bleibst einfach ruhig und geduldig an deinem Platz sitzen und wartest darauf, dass deine Lieblingsspeise von ganz alleine herübergedreht wird. Das würde im Übrigen ein totales Durcheinander geben, wenn alle Speisen ständig über den ganzen Tisch hin und her gereicht würden."

„Gut, das habe ich verstanden. Warte mal, kann bei einseitigem Drehen einer Person nicht schnell Futterneid aufkommen?" „Nein, ist nicht möglich. Ein jeder kann ja nachbestellen." „Futterneid braucht bei unserem >for gor< auch nicht entstehen. Ich glaube, der Topf ist genug für uns beide."

„Bevor ich es vergesse, Peter, du solltest etwas aufpassen." „Was, was habe ich getan?" „Du hast vorhin mit deinen Essstäbchen auf die Personen am Nachbartisch gezeigt. Das ist hier ein Zeichen von schlechten Tischmanieren." „Das habe ich gar nicht bemerkt. Mensch, die Stäbchen bieten sich aber auch dazu an." „Es sind Essstäbchen und keine Zeigestöcke."

„Entschuldigung, das hätte ich wissen müssen. Mit dem Essbesteck auf andere Gäste zeigen, so etwas tun wir im Westen auch nicht. Apropos, anständige Tischmanieren. Da wären wir doch wieder bei unserem alten Thema. Wird die Suppe nun ausgelöffelt oder direkt aus dem Schälchen getrunken?" „Das ist ganz dir überlassen." „Also, mit dem Löffel esse ich die Suppe und aus dem Schälchen trinke ich die Suppe?" „Nein, in beiden Fällen trinkst du die Suppe. Peter, mach es doch nicht so kompliziert. Die Suppe in dem Schälchen vor dir trinkst du. Den Reis in dem Schälchen vor dir isst du, ganz einfach."

„Gut, Tzo-Ming, noch einmal Themawechsel. Wie sieht es mit den vier Soßen aus, gibt es bei ihnen ein Fettnäpfchen zu beachten." „Nein ... oder für dich schon. Um zu wissen, wie sie schmecken, musst du das Risiko eingehen, sie zu testen."

„Wer nichts wagt, der nicht gewinnt. Dann wollen wir mal nicht so zaghaft vorgehen." „Stopp, das war ein Scherz, du musst beim Testen gar nichts riskieren. Nimm die Essstäbchen und tunke sie nur ein wenig in die Soßen ein. So kannst du von jeder Soße gefahrlos ein kleines Ideechen probieren."

„Gut, fangen wir mit dem gelben Senf an. Sieh mal einer an, er schmeckt tatsächlich auch wie Senf, ist aber gar nicht so scharf, wie er aussieht. Weiter geht es mit dem roten Chili. Ja, der hält, was er verspricht. Den lasse ich lieber bleiben. So, die Sojasoße ist bekannt, bleibt die vierte braune Soße. Tzo-Ming, was ist die vierte für eine Soße?"

„Das ist die hier im Restaurant benutzte >for gor tiang<." „Die >for gor< ist mir bekannt, aber was heißt >tiang< schon wieder?" „Soße, ich meine >tiang< ist chinesisch für Soße." „Habe ich dich richtig verstanden? Die Soße besitzt also den kreativen Namen >Feuer Topf Soße<?" „Ja, ganz genau." „Schmeckt gar nicht mal so schlecht. Für so eine leckere Soße sollte sich doch ein attraktiverer Name finden lassen."

„Peter, ich hoffe es schmeckt dir gut?" „Ja, die Suppe schmeckt gut. Das Gemüse, das Fleisch, der Reis und die Soßen, ich denke, dein >for gor< ist ausgezeichnet. Tzo-Ming, ich denke, das Restaurant war eine gute Idee." „Das freut mich, dass es dir schmeckt. Du solltest aber wissen, dass es kein Original >for gor< ist." „Oh, du hast mich die ganze Zeit angeschwindelt. Mach doch bitte keine Scherze. Esse ich vielleicht etwas ganz anderes?" „Ja und nein, natürlich ist es immer noch ein >for gor<, nur nicht ein Original >for gor<." „Mach es nicht so spannend, Tzo-Ming, was ist jetzt der Unterschied?"

„Das Fleisch ist der Unterschied."

Peter, du musst lächeln, lächeln!

„Das Fleisch? Du meinst, es ist doch kein Rindfleisch?"

Ich verspüre, wie eine kleine Schweißperle ihren Weg über mein Gesicht findet.

„Alles mit der Ruhe, nicht aufregen. Bei einem originalen >for gor< ist das Fleisch in feine Scheibchen geschnitten. Du tust es in den Topf und wartest, dass das Fleisch grau wird. Dann nimmst du es heraus und kannst es mit all dem anderen Gemüse zusammenmengen und essen. Der Unterschied ist, dass wir hier das Fleisch nicht in Scheiben verwenden, sondern in größeren Stücken mit dickem Knochen."

„Tzo-Ming, ist es Rindfleisch oder nicht?" „Natürlich ist das Rindfleisch, was hast du denn auf einem Mal?" „Wird denen da vorne am Tisch nicht schwindelig vom vielen Drehen?"

Das Gespräch stoppt und wir konzentrieren uns schweigend auf die Tätigkeit der Nahrungsaufnahme. Die Art und Weise, Essstäbchen, Löffel und Hände gleichzeitig einzusetzen, ist sehr einfach. Ich muss nicht lange Tzo-Ming und den anderen Gästen zusehen. Mit meiner Schreibhand nehme ich die Essstäbchen. Ich tauche die Essstäbchen solange in eine der vier Soßen, bis ihre Spitzen vollständig bedeckt sind. Anschließend greife ich eine

Portion Reis mit ihnen auf. Den so gewürzten Happen balanciere ich zum Mund. Ich benutze die Essstäbchen auch, um das Gemüse aus meinem Suppenschälchen zu angeln. Die andere Hand ist für das Grobe zuständig. Damit meine ich zum einen die Aufgabe, unästhetische Fleisch -und Knochenklumpen aus der Suppe zu ziehen. Zum anderen aber auch, diesen instabilen, dickbauchigen Plastiklöffel zum Schöpfen der Suppe einzusetzen.

Ich habe schnell heraus, was mir am besten schmeckt. Es ist der Reis, gewürzt mit der >for gor tiang< Soße. Dazu traue ich mich hin und wieder, vom Fleisch und dem Knochenmark zu knabbern. Der Geschmack der Suppe geht leider in dem Geschmack der >for gor tiang< Soße unter. Aber das stört mich nicht weiter. Ich habe meinen Rhythmus beim Essen gefunden. Wie von selbst, wie mit Messer und Gabel, gelingt mir das Essen.

Frisch, mit dieser neuen Selbstsicherheit ausgestattet, beginne ich wieder den kleinen Astronauten zu spielen. Wie geht es eigentlich meinen zwölf chinesischen Tafelrittern am Nachbartisch?

Unablässig bringen emsige Kellnerinnen neue Platten mit frischen Gerichten. Andere Kellnerinnen sind damit beschäftigt, die alten, leeren Platten und das benutzte Geschirr abzuräumen. Ich sehe eine dritte Sorte Kellnerinnen, die nur dazu da sind, die Tische sauber zu halten. Das heißt, die Unzahl benutzter Servietten, Essstäbchen, Löffelchen, Schälchen, leere Flaschen und anderes vom Tisch zu entfernen. Für die Getränke gibt es wohl den Kellnerinnentyp Nummer vier?

Unablässig wird die Scheibe gedreht. Rechts, rechts, links, rechts, links, links, links, links.... Tzo-Ming scheint recht zu behalten. Es ist lediglich erforderlich abzuwarten, bis das gewünschte Gericht an einem vorbeidreht. Viel Geduld muss dabei niemand der Gäste aufbringen. Die Scheibe bleibt stetig und zügig in Bewegung.

Die fröhlichen Zwölf streben einen weiteren Höhepunkt des Abends ungebremst an. Einer der Gäste steht auf. Hält er eine Rede, oder will er nur ein paar Trinksprüche loswerden? Wahrscheinlich eine Kombination von beidem. Die Biergläser werden gehoben und der ganze Tisch prostet sich zu.

Was hatte Lin-Lin einmal gesagt? In einer solchen Tischgesellschaft trinkt niemand alleine. Wenn jemand zum Bierglas greift, dann um mit anderen Gästen der Runde anzustoßen oder zuzuprosten. Alleine trinken würde nicht gleich eine Distanzierung bedeuten, aber es wäre der Gruppe gegenüber nicht höflich.

Weiter geht es bei der lustigen Partygesellschaft. Die Scheibe dreht sich unaufhörlich, als wenn sie geheime Morsezeichen senden würde: Rechts, links, links, links, rechts.... Geschickte Essstäbchen picken heraus, was dem Gaumen gefällt. Das Angebot ist reichlich. Die ess –und trinkfreudige Gemeinschaft ist vollends mit ihrem Gelage beschäftigt.

Fast hätte ich es vergessen! Ich unterbreche das Essen und werfe einen Blick in das immer noch überfüllte Restaurant. Richtig, die Lautstärke hat um einiges zugenommen. Die Stimmung ist ebenso spürbar angestiegen. Interessant ist aber nicht die Zunahme der fröhlichen Feierlichkeiten. Interessant ist das Verhalten der einzelnen Gästegruppen zueinander. Immer noch fällt kein Tisch aus der Reihe, immer noch stört niemand seinen Nachbarn. Das mir unbekannte Gesetz ist unabhängig von der fortschreitenden Stunde, der Stimmungslage oder dem Alkoholpegel der Gäste. Ich sollte mal einen Verhaltensforscher fragen, wieso das hier so schön funktioniert.

Ich nehme die beiden Essstäbchen zurück in die Hand. Ein kleines Reisschälchen sowie riesige Fleischstücke schauen mir sehnsüchtig vom Tisch entgegen. Die Essstäbchen greifen automatisch und routiniert zu. Aber sie konzentrieren sich nur noch auf den Reis, der >for gor tiang<Soße und meinen Mund. Tzo-Ming ist

hingegen schon mit dem Essen fertig. Er schlürft noch etwas Suppe aus seinem Schälchen und wischt sich zum Schluss den Mund mit einer Serviette ab.

„Peter, du willst morgen schon abreisen?" „Ja, heute ist leider mein letzter Tag in China." „Morgen geht es also zurück nach Hong Kong. Hast du einen Plan, wie du nach Hong Kong kommst?" „Ja, ich werde in den ersten Bus nach Guang-Zhou steigen. Von Guang-Zhou fahren stündlich Busse über die Grenze nach Hong Kong." „Wann fährt morgen dein Bus nach Guang-Zhou?" „Weiß ich nicht. Ein Taxi wird mich zur Busstation bringen, dann werde ich sehen, wann einer fährt." „Warte hier einen Moment, ich werde mal nachfragen." „Was heißt hier warten. Lass dir Zeit, ich esse noch." „Ja, ja, iss nur."

Tzo-Ming begibt sich ins Gewusel aus Menschen, Suppen und Lärm. Der wird doch wohl noch wiederkommen? Egal, ich picke solange mit Genuss und der >for gor tiang> Soße den guten, pappigen Reis aus meinem Schälchen. Was die Suppe anbelangt, ich esse sie nicht, ich trinke sie nicht, ich schlürfe sie aus dem Schälchen. Was bei uns verboten ist, das macht hier so richtig Spaß.

Meine heimlichen Freunde vom Nachbartisch haben auch ihren Spaß. Die ungehemmten Zwölf haben ihre Sitzordnung aufgebrochen. Jetzt sitzen sie zwanglos in kleinen Grüppchen zusammen. Die vielen schönen Speisen sind nichts mehr wert. Die Stimmung der Stunde fordert alkoholische Nahrung. Zwei dicht beieinander sitzende Gruppen spielen das Spiel "Schnick, Schnack, Schnuck" um Schnappspinchen. Ein jeder von ihnen raucht, was die Lungenflügel hergeben.

Ich lege die Essstäbchen beiseite und lehne mich zurück im Stuhl. Das Gewirr aus Gästen und Tischen müssen die Kellner durchschauen, ich nicht. Der Astronaut hat einen Logenplatz in der ersten Reihe.

Die Masse der chinesischen Restaurant Besucher wird jetzt merklich vom Alkohol gesteuert. Die Geselligkeit, das gute Essen und der übermäßige Genuss von Spirituosen zeigt seine Wirkung. Sie alle schwatzen jetzt wild durcheinander. Ein jeder lacht, erzählt, steht auf, setzt sich wieder, raucht, trinkt und lacht.

Das sonst so ruhige, disziplinierte Volk ist hier und jetzt außer Rand und Band. Ein dem Astronauten gänzlich fremder Anblick.

Wo bin ich hier bloß gelandet?

Nein, das war die falsche Frage!

... was habe ich erwartet? ... was habe ich auf meiner Reise erwartet? ... nein, ... was ist mir auf der Reise widerfahren?

Ich fange an, eine kleine Aufzählung vorzunehmen:

Mit Lin-Lin war ich in einem chinesischen Teehaus. Ich habe gespeist, wie am Hofe im Kaiserpalast. Ein Märchentraum aus tausend und einer Nacht in der verbotenen Stadt.

Mit Marlene, Frederic und Bork war ich in einem normalen chinesischen Restaurant. Wir sind unter uns geblieben, wir haben uns vom Rest des chinesischen Imperiums abgegrenzt. Die haben es tatsächlich gewagt, uns chinesisches Essen vorzusetzen!

Mit Chen bin ich unter das chinesische Fußvolk geraten. Mit dem chinesischen Mann von der Straße saß ich am selben Tisch. Wir haben aus den gleichen Bottichen gegessen. Wir haben unsere Essstäbchen gekreuzt.

Jetzt bin ich in einer Tzo-Mingschen Lokalität. Ich besuche ein chinesisches In-Restaurant. Ich sitze am Rande eines großen Festsaales. Die einzelnen chinesischen Gruppen und Gesellschaften amüsieren sich. Ich darf zum vierten Mal in vier Tagen Zaungast einer mir neuen Welt sein.

Was ist mir auf meiner Reise widerfahren?

Habe ich nicht eine Reise in der Reise erlebt? Habe ich nicht eine kleine Reise durch Chinas Küchen hinter mir?

Das wären vier Küchen in vier Tagen, Herr Tempelwächter! Was meinen Sie, wäre da nicht auch eine kleine, nette Geschichte für meinen Freund Gerd mit dabei? ...

Verflixt, die drei Wetten. Ich habe sie völlig vergessen! Je weiter ich mich in das chinesische Reich vorwage, desto mehr treten meine Freunde in Hsin Chu in den Hintergrund.

Die Reise unterwirft mich ihren eigenen Gesetzen. Von den chinesischen Menschenmassen werde ich durch China gespült ...

Wo bin ich hier bloß gelandet?

Was mir die letzten Tage noch so wichtig erschien, das tritt hier so nach und nach in den Hintergrund.

Reisender, in der Ferne wird die Welt daheim soweit ...

Tzo-Ming tippt mir an die Schulter. Er hat sich also doch nicht davongestohlen, ganz im Gegenteil. Er hat sogar die Rechnung bezahlt.

Ich will protestieren, Tzo-Ming winkt aber ab. Er gibt mir erst gar nicht die Möglichkeit etwas zu erwidern. Er weiß nicht, das er mich bis auf die Knochen blamiert hat! Die zehn Euro hätte ich doch locker gehabt!

Augenblicklich setzt er sich in Bewegung und ich schlängele mich hinter ihm nach draußen auf die Straße. Ein Taxi wartet schon. Die Zeit ist gekommen, zu gehen.

Wir verabschieden uns voneinander. Tzo-Ming bedankt sich bei mir für alles Mögliche. Ich bedanke mich bei ihm ebenfalls für alles Mögliche. Er drückt mir einen Zettel mit den Busfahrzeiten nach Guang-Zhou in die Hand. Das auch noch!

Am guten Schluss tauschen wir in guter Tradition der neuen Zeit unsere Internet Adressen aus.

Tzo-Ming gibt dem Taxifahrer Anweisungen, dann geht die Fahrt auch schon los. Ich winke ihm durch das Rückfenster freundlich nach.

Genauso schnell wie ich Tzo-Ming getroffen habe, so schnell verlasse ich ihn auch. War das gestern bei Chen anders? War das vorgestern bei Marlene, Frederic und Bork anders?

Ich wechsele meine Bekanntschaften wie meine Speisen ...

Kapitel XIV.

Bettgeflüster um Mitternacht

枕邊細語在夜半

Das Taxi erreicht nach kurzer Fahrt die Jugendherberge. Ich reiche einen meiner neuen 100 RMB Scheine nach vorne.

Der Fahrer nimmt das Geld lächelnd in Empfang. Er knipst die Innenbeleuchtung an und beginnt in seiner Geldbörse herumzukramen.

Sag jetzt nicht, du kannst nicht wechseln. Das hätte mir gerade noch gefehlt! Ach was, nur keine Pferde scheu machen. Erst einmal alles mit der Ruhe.

Ich werfe einen Blick aus dem Fenster. Direkt vor mir führen die breiten Treppenstufen hoch zum Eingang der kolonialen Dorfschule.

Ob wohl meine Freunde von der chinesischen Volksbefreiungsarmee gewartet haben? Ob mein Rucksack wohl noch da ist?

Mein Blick wandert zurück zu dem Taxifahrer. Irgendetwas stimmt nicht! Ich kann es fühlen.

Wenn ich nur sehen könnte, was der da so lange treibt. Wieso sind die Innenkabinen der chinesischen Taxis in zwei Hälften geteilt? Wieso benutzen die chinesischen Taxis dafür diese dicken Gitterstäbe? Ich kann ja gar nichts sehen!

Ja, ja, ich weiß. Die Stäbe dienen zum Schutz des Fahrers vor kriminellen Fahrgästen. Und wer schützt mich vor kriminellen Taxifahrern?

Egal, ich warte geduldig und studiere, soweit das möglich ist, das rückwärtige Aussehen des Fahrers:

Sein Schädel ist fast kahl geschoren. Sein Hinterkopf besteht aus dicken Speckrollen und thront auf einem wulstigen Nacken. Der ganze Fleischberg quillt nur mühsam aus einer schwarzen Lederjacke hervor.

An irgendetwas erinnert mich diese Kombination aus Gitterstäben und Lederjacke? Natürlich, Borks Hoteltriaden aus Guang-Zhou lassen grüßen.

Ich sollte aufhören, eine bestimmte Sorte von Hong Kong Filmen zu sehen, die sind einfach nicht gut für meine Phantasie.

Ich bekomme ein mulmiges Gefühl. Der speckige Nacken vor mir hält mit beiden Händen einen 100 RMB Schein in das trübe Licht der Innenbeleuchtung. Er knistert mit den Fingern an dem Papier herum. Er dreht und wendet den Schein. Er spielt sein Spiel.

Ich weiß Bescheid, jetzt haben wir den Salat. Mit herzerweichender Unschuldsmine dreht sich der Triadencoiffeur herum. Er zeigt auf den Schein und schüttelt verneinend den Kopf.

„Nein, der Schein ist in Ordnung, den habe ich von der Bank of China", entgegne ich ihm, ebenfalls kopfschüttelnd.

Er zuckt mit den Schultern und wirft mir den falschen Hunderter auf den Schoß. Ich will den Schein zu ihm zurück schmeißen. Leider treffe ich nur einen der Gitterstäbe. Das Fälschungswerk landet wieder bei mir.

Der Taxifahrer signalisiert mit der Hand das Zeichen für Geld. Er zeigt auf meine Geldbörse.

Was kann ich jetzt tun?

Der rote Schein in meinen Händen ist ein gefälschter Mao. Der Taxifahrer weiß es. Ich weiß es.

Die Blüte stammt nicht vom Geldschalter aus der Bank of China. Die Blüte ist aus den dunklen Fingern des Lederjackigen gekrochen. Der Sausack weiß es. Ich weiß es.

Was kann ich jetzt tun?

Sollte ich ebenfalls pokern und einfach aussteigen? Kann ich einen langatmigen Streit mit dem Taxifahrer riskieren? Wer in China würde mir glauben?

Was kann ich jetzt tun?

Ich werfe einen Blick auf das Taximeter. Er will 18 RMB haben. Das wäre die zweite Alternative. Wegen 118 RMB (11.8 Euro) soll mein Chinatrip nicht in einem Handgemenge und schon gar mit einem fröhlichen Stelldichein bei der chinesischen Gendarmerie enden.

Was kann ich jetzt tun?

Was soll's? Ich gebe nach. Der Specknacken hat hoch gepokert und gewonnen. Ich ziehe einen Zwanziger RMB. Er ist orangebraun und wie selbstverständlich mit einem Mao verziert. Auf seiner Rückseite sind die gezackten Drachenberge von Yangshuo abgebildet.

Ich habe nicht die Nerven eines chinesischen Drachen. Ich muss zahlen. Ich bin halt doch nur ein Reisender. Spieler besitzen andere Qualitäten! Oder war das ein letzter, netter Abschiedsgruß meines gebannten Tempelwächters gewesen?

Haben die letzten drei Tage mich einfältig werden lassen? Wo es gute Menschen gibt, da gibt es ebenso schäbige Gestalten. China unterscheidet sich in diesem Punkt nicht vom Rest der Welt.

Die Rücklichter des Taxis verschwinden in der Dunkelheit. Ich bleibe zurück, mit einem falschen Mao in der Hand.

„Hello, Hello", höre ich über meinem Kopf. Ich schaue nach oben. Zwei junge Soldaten winken vom Hoteleingang herab. Meine Ankunft ist der chinesischen Landesverteidigung nicht verborgen geblieben.

Ich winke lächelnd zurück. Was sollte ich sonst tun? Wie alt mögen die beiden Chinesen wohl sein? Ich muss gestehen, dass es noch nie meine Stärke war, die Baujahre meiner Mitmenschen einzuschätzen. Erst recht nicht irgendwo im nächtlichen China, auf den Treppenstufen einer altkolonialen Soldatenunterkunft.

Ich muss zudem eine neue Variable mit einbeziehen: Ich schätze nicht das Alter der eigenen Landsleute. Ich schätze das Alter zweier chinesischer Wehrdienstler.

Vielleicht hat ein jeder Mensch aus seinen eigenen Lebenserfahrungen eine Tabelle im Kopf angefertigt. Eine Tabelle, die ihm sagt, wie ein Mensch altersbedingt auszusehen hat. Falls es so eine Erfahrungstabelle tatsächlich gibt, dann gilt sie für die Menschen seiner Umgebung. Somit sind meine bisherigen Erfahrungen im Reich der Mitte unbrauchbar. Mein Hirn sammelt erst seit drei Tagen für eine neue südchinesische Alterstabelle.

Auch das Outfit der zwei erleichtert mein Ratespiel nicht: Sie tragen tarnendes Kaki als Uniform und ihr brutal kurzer Haarschnitt entspricht keiner Mode, sondern einer Vorschrift.

Alles in allem lässt sie ihr Erscheinungsbild älter wirken, als sie in Wirklichkeit sind ...

Na bitte, ich habe mich zu früh gefreut. Die beiden Jungs fangen zu kichern an. Wie alle gut erzogenen Chinesen, so bedecken auch sie ihren Mund mit einer Hand. In dieser Haltung haben sie sehr viel gemein mit den Rezeptionsfräulein in Wuzhou.

Könntet ihr mir bitte erklären, was an mir so lustig ist? Ach so, ihr kichert nur aus Verlegenheit.

Dieses heitere, freie Kichern passt eher zu unschuldigen Kindern als zu richtigen Soldaten. Um wie viel jünger erscheinen sie.

Die beiden winken mir noch einmal zu und treten den Rückzug durch den Hoteleingang an. Jetzt aber hurtig, hurtig, Meldung machen bei euren Vorgesetzten: Der Astronaut, er ist wieder da!

Ich gehe langsam die breite Treppe zum Eingang empor und fasse zusammen: Da stehen zwei Soldaten eines Volkes, deren Gesichter ich nicht einordnen kann.

Sie tragen Kleidung, die sie älter erscheinen lässt. Ihr Benehmen gleicht aber dem kleiner Kinder.

Diese Informationen nützen alle nichts! Ich gebe auf und beschließe ihnen ein Alter zu geben, das junge Rekruten auch bei uns haben.

Wieso einfach, wenn es auch kompliziert geht. Auch in China muss nicht immer um drei Ecken gedacht werden!

Ich betrete kaum eine Minute später mein Hotelzimmer. Ich habe es mit einem Mal sehr eilig. Ich muss mal für große Pandabären! Verflixt, das auch noch! Wieso fehlt die Badezimmertür? Egal, was muss, das muss!

Ich fange an, mich zu erleichtern. Im gleichen Augenblick kündigen harte Faustschläge an der Zimmertür resoluten Besuch an.

Nein, das darf doch nicht wahr sein. Gebetsmühlenartig rauscht es mir durch den Schädel: Ich bin in China, in China bin ich niemals alleine.

Aber bitte nicht jetzt!

„Nein, einen Moment bitte", brülle ich aus Leibeskräften.

Leider umsonst. Welche Armee dieser Welt nimmt schon auf die kleinen menschlichen Bedürfnisse Rücksicht?

Bevor ich weiter etwas sagen kann, fliegt die Tür auf. Drei Männer marschieren lautstark und im Gleichschritt direkt an mir vorbei ins Schlafgemach. „Lasst euch von mir nicht stören. Immer nur hinein in die gute Stube."

Dass die immer so viel Krach machen müssen! Bequeme Sandalen oder ein "Entschuldigung, stören wir", hätten es doch auch getan!

Da bin ich gerade mal drei Tage in China und die chinesische Volksbefreiungsarmee erwischt mich mit heruntergelassenen Hosen. Es hätte schlimmer kommen können. Ach was, nur keine Pferde scheu machen. Erst einmal alles mit der Ruhe.

Ich beende mein Geschäft so schnell wie möglich und eile den Soldaten ins Schlafgemach hinterher. Was machen die drei da

eigentlich? Ich kann es nicht fassen. Die richten natürlich die herr-
schaftliche Suite. Was sollten sie denn sonst tun?
Der erste von ihnen ist fleißig damit beschäftigt, das Moskitonetz
über das Bett auszubreiten. Er geht dabei sehr sorgsam vor.
Mir war das Netz heute Mittag gar nicht aufgefallen. Ich wusste
nicht einmal, dass es hier überhaupt Moskitos gibt.
Der Soldat grüßt mich. Das heißt, der Knabe strahlt, als wäre er
die Sonne selbst.
Ich grüße zurück und wende mich dem zweiten Soldaten zu.
Dieser repariert erfolgreich eine Leuchtstofflampe an der Wand.
Er begutachtet skeptisch sein vollbrachtes Werk. Die Helligkeit
hat sichtbar zugenommen. Trotzdem, so richtig zufrieden scheint
er nicht zu sein. Er nickt mir kurz zu und wendet sich wieder der
Beleuchtungstechnik zu.
Moment mal, jetzt erkenne ich euch wieder.
Habt ihr beiden mich nicht vor der gruseligen Herbergshexe be-
schützt und gerettet?
Was hatte ich gesagt? Ich werde euch wieder sehen.
Ich schaue zum Dritten im Bunde. Im Vergleich zu den anderen
wirkt sein Gesicht um ein Ideechen älter. Alle drei ergeben einen
prima Beitrag zu meiner südchinesischen Alterstabelle.
Der Druide im Bunde schaltet mit ausdruckloser Miene Sender
auf Sender des Fernsehers. Der Apparat verweigert hartnäckig
mit flackerndem Schnee.
Ich weiß Bescheid, CNN kommt nur bis Guang-Zhou, Yangjiang
liegt in einem finsteren, gemeinen Sendeloch. Der Ausdruckslose
deutet mir gegenüber eine entschuldigende Geste an und schaltet
die Flimmerkiste aus.
Der Zimmerservice hat seine Inspektion beendet. Die Räumlichkeiten sind soweit wieder hergerichtet.
Aus Ermangelung an Stühlen benutzen wir die beiden noch
freien Betten. Ich hätte es wissen müssen: Niemand muss Angst

haben, dass er in zu weichen Federkissen versinken könnte. Auch diese Schlafunterlagen sind nur einen Zentimeter dick. Ich verstehe langsam, die Chinesen lieben es hart.

Ich ermahne mich noch einmal zum standhaften Lächeln.

„Danke nein", lehne ich das Angebot zum Rauchen ab.

Die drei zünden sich Zigaretten an. Ein rotes Feuerzeug wird durchgereicht. Ich warte, bis alle zufrieden inhalieren und biete ihnen nun meinerseits Dosenbier aus dem Rucksack an. Alle drei lehnen dankend ab.

Sie haben doch wohl hoffentlich kein Trinkverbot im Hause? Ist ihre Armee etwa anders als alle anderen auf der Welt?

Nein, zum Glück nicht, der Lächelnde nickt mir freundlich zu. Der Gast darf sich den flüssigen Drogen hingeben.

Na bitte, geht doch! Da sitzen wir nun vereint in kleiner Runde. Sie rauchen, ich trinke, jetzt fehlen nur noch die Kekse.

Die drei diskutieren lebhaft miteinander. Ich nutze die kurze Pause. Ich nehme mir die neuen Zimmergenossen noch einmal genauer unter die Lupe. Wie gerissene Verhörspezialisten oder gar grausame Folterknechte wirken sie nicht gerade. Auch kommunistische Kommissare stelle ich mir anders vor. Es sind ein paar ganz normale junge Burschen, die ein bisschen Abwechslung in ihren Alltag bringen wollen.

Was mir während des gesamten Tages nicht gelang, das finde ich jetzt mühelos. Meine Gedanken schweifen für einige Sekunden ab.

Ich gestatte mir einen kurzen Rückblick auf meine Chinareise. Ist es möglich, den Abenteuertrip in kleinere Abschnitte aufzuteilen?

Wieso eigentlich nicht? Ich fange an, die Geschehnisse zu sortieren. Die einfachste Methode wäre bestimmt, eine Gliederung nach Tagen vorzunehmen. Eine weitere Möglichkeit bestände darin, die einzelnen Bereiche den Städten nach zu ordnen. Ich wähle eine dritte Variante. Ich teile die Chinareise in meine verschiedenen Reisebekanntschaften auf.

Begonnen hat die Fahrt ins Unbekannte nicht im Reich der Han Kaiser, sondern auf der ehemaligen Kolonie Formosa. Die Stadt Hsin Chu auf Taiwan ist der Startpunkt der Reise und sogleich auch deren erster Abschnitt. Die Stadt Hsin Chu mit meinen drei Freunden Jacky, Lin-Lin und Gerd kann als meine Heimatbasis betrachtet werden. Ich konnte mit den dreien am Arbeitsplatz, im Teehaus oder bei einem gemütlichen Bier die Reisepläne durchgehen. Ich hätte das kleine fernöstliche Abenteuer genauso gut mit meiner Großmutter besprechen können.

Am nächsten Tag der Chinareise veränderte sich meine Situation nur ein wenig. Ich war froh, Marlene, Frederic und Bork getroffen zu haben. Alle drei stammen aus meinem Kulturkreis, alle drei sprachen ohne Probleme meine Sprache.

Dieser zweite Abschnitt der Chinareise sollte mich als Hasenfuß entlarven: Obwohl ich bereits in China war, habe ich dennoch einen Rückzieher unternommen. Anstatt mich der neuen, unbekannten Kultur und Sprache zu stellen, habe ich den Kontakt zu meines gleichen vorgezogen.

Der dritte Tag ist zugleich der dritte Abschnitt auf der Reise. Ich traf den Englischlehrer Chen. Mir gegenüber war er nur noch äußerlich ein Chinese. Er war schon geübt im Umgang mit westlichen Besuchern. Sein Benehmen entsprach dem eines westlichen Touristenführers. Zudem sprach er die englische Sprache genauso gut wie ich selber. Chen ermöglichte mir den kleinsten, minimallsten Schritt in Richtung chinesischer Welt.

Heute Mittag fand mit dem Studenten Tzo-Ming der vierte Abschnitt statt. Genauso wie Chen ist auch Tzo-Ming Chinese. Aber im Gegensatz zu Chen bin ich für Tzo-Ming der erste westliche Kontakt gewesen. Ich kam also einen Schritt näher an China heran. Den einzigen gemeinsamen Nenner, den wir noch besaßen, das war die englische Sprache.

Jetzt sitze ich mit drei Soldaten der chinesischen Volksbefreiungsarmee zusammen. Ich habe den fünften Abschnitt, den fünften Akt erreicht. Die drei sind eindeutig Chinesen und sie können so gut wie gar kein Englisch. Habe ich es endlich geschafft, wenigstens für einen Moment ganz in China zu sein?

Leider gibt es zwei kleine, kaum erwähnenswerte Gegebenheiten. Ich bin des Chinesischen nicht mächtig. Es wird also immer eine sprachliche Differenz bestehen bleiben. Zum Zweiten, ich komme eindeutig, für jedermann sichtbar, nicht aus China, sondern aus dem Westen. Alle Chinesen werden mich als Langnase behandeln.

Ich werde als Reisender China immer nur bis zu einem bestimmten Grad kennen lernen. Damit wäre ich wieder bei meinen drei Gesichtern des Touristen, des Pandas und des Astronauten angelangt.

Meine Gedanken haben sich zu weit fortbewegt. Ich sollte mich besser auf das Hier und Jetzt konzentrieren. Kann ich mit den drei Soldaten kommunizieren, sprich ein Gespräch führen oder nicht?

Die drei haben ihre fröhliche Diskussionsrunde beendet. Ihre Aufmerksamkeit gilt jetzt ganz meiner Person. Der Lächelnde übernimmt die Wortführung und zeigt zur Unterstützung seiner Worte mit einem Finger sehr kurz auf mich. „Name, Name", spricht er zu mir. Also ein bisschen Englisch könnt ihr doch! „Peter", heiße ich und deute nun ebenfalls mit meinem Zeigefinger abwechselnd auf jeden von ihnen.

Aber erst einmal antworten sie mit einem Kichern und wiederholen meinen Namen. Natürlich, Peter ist ein internationaler Name. Den gibt es auch in China. Nur ein wenig anders ausgesprochen. So höre ich von allen dreien kichernd „Bieder, Bieder."

Ich vermute, dass sie genauso wie ich, obwohl es dafür nun wirklich keinen Grund gibt, etwas aufgeregt sind. Nach einem kurzen chinesischen Wortwechsel untereinander stellen sie sich der Reihe nach vor. Der Lächelnde, der auch diesmal wieder der Wortführer ist, heißt "Tschen-Gang". Sein gleichaltriger, immer noch skeptische Kollege hat den Namen "Lin-Tschang". Der Ausdruckslose und wie ich von ihren Gebärden untereinander vermute, Ranghöchste wird "Tschen-Jong" genannt. Wer kann sich nur diese fremd klingenden Namen merken?

Aller Anfang ist leicht, denke ich mir, aber wie wird unser Gespräch weiter gehen?

Der lächelnde Tschen-Gang hat die Antwort auf meine Frage: „Business, business > Geschäft, Arbeit<?" spricht er mich erneut fragend an.

„Nein", antworte ich, „ich bin als Tourist nach China gereist." Bei diesen Worten hole ich den Reiseführer und die Spiegelreflexkamera aus dem Rucksack. Bei dem Wort Tourist nicken die drei wie auf Kommando.

Der Reiseführer geht direkt in die Hände von Tschen-Gang und Lin-Tschang. Tschen-Jong inspiziert mit ausdruckslosem Gesicht die Kamera. Alle drei haben jetzt erst einmal etwas zu tun.

Ich hoffe nur, dass wir aus dem einfachen Frage -Antwort Spiel herauskommen und zu einer wirklichen Unterhaltung gelangen. Wie stehen eigentlich diesbezüglich unsere Chancen?

Etwas Englisch können die drei zusammen ja schon. Ich kann 20 Wörter Chinesisch, falls sie genauso viele in Englisch sprechen können, dann wären das 40 Wörter. Dazu kommen jetzt noch die Übersetzungen im Reiseführer. Ob das ausreicht für eine Unterhaltung, das wird sich zeigen.

Tschen-Gang und Lin-Tschang haben etwas gefunden. Sie zeigen die Seiten auch Tschen-Jong. Wieder beginnt eine kleine chinesische Diskussion. Ich nutze die Zeit für einen tiefen Schluck chinesischen Dosenbiers der Marke ... Tsing Tao? Nein, "Drachenrunde".

Es ist die Karte in meinem Reiseführer, die die drei so faszinert. Tschen-Gang zeigt vor mir auf den Boden und sagt „Yangjiang." Ich habe verstanden, was ich so wieso weiß. Wir sind hier in Yangjiang. Nun tippt er sich vergnügt lächelnd an die Brust und anschließend auf die Karte mit den Worten: „Zhao-Qing." Auch das habe ich verstanden, er kommt aus der Stadt Zhao-Qing, rund 80km von hier.

Nun bin ich an der Reihe. Der skeptische Lin-Tschang klopft mit den Fingern auf den Reiseführer und nickt mir freundlich zu. Ich antworte mit >de gor< für Deutschland. Leider schütteln alle drei nur mit ihren Köpfen. Macht nichts, mutig wiederhole ich mein >de gor<. Dabei versuche ich es in möglichst unterschiedlichen Arten zu betonen.

Es funktioniert, beim siebten oder achten Mal fangen sie plötzlich an, wild in Chinesisch durcheinander zu sprechen. Ihr Gespräch stoppt so schnell, wie es begonnen hat.

Der Ausdruckslose beugt sich etwas vor und sagt fehlerfrei und ohne Dialekt: „Schuhmacher."

„Ja, genau", entgegne ich, nicht ohne Verblüffung.

Die drei eröffnen kichernd eine weitere, kurze chinesische Beratungsrunde. Anschließend wird eine neue Runde Zigaretten gegeben.

Tschen-Jong reicht mir mit ausdrucklosem Gesicht die Kamera zurück. Mit einem kaum merkbaren Nicken bedankt er sich. Anschließend fährt er mit den beiden Zeigefingern die Form eines Rechtecks in der Luft ab und zeigt zwischen der Kamera und dem Rucksack hin und her.

„Nein, tut mir leid, ich habe bisher noch keine Fotos geschossen", antworte ich. Zu den Worten, die ich wieder einmal in Deutsch von mir gebe, schüttele ich verneinend den Kopf.

Mein Haupt ist noch nicht zur Ruhe gekommen, da hebt der skeptische Lin-Tschang seine Hand. Mit einem Zeigefinger streicht er Kreise auf der kleinen Karte des Reiseführers und zeigt anschließend auf mich.

Verstanden, er will wissen, wo ich schon überall war. Zum wievielten Male musste ich die Städte in den letzten Tagen aufzählen?

Nach dem ich fertig bin, fangen meine Gesprächspartner schon wieder eine kleine chinesische Gesprächsrunde an.

Sie beratschlagen natürlich die nächsten Fragen, die sie mir stellen könnten. Dem kann nachgeholfen werden. Ich nehme Lin-Tschang den Reiseführer aus der Hand und schlage die Seite mit den deutsch, –chinesischen Übersetzungen auf. Lächelnd nimmt Tschen-Gang mir das Buch wieder ab.

Diesmal dauert ihre Diskussionsrunde etwas länger. Zudem blättert jeder von ihnen in dem Reiseführer herum.

In dem gesamten Buch gibt es neben den Übersetzungen nur wenige Bilder, aber die werden von allen dreien ebenfalls zur Kenntnis genommen. Muss ich jetzt Glück haben, dass alle Abbildungen politisch korrekt sind?

Wie zur Antwort steht der skeptische Lin-Tschang plötzlich auf und verlässt den Raum. Ist jetzt doch irgendetwas schief gelaufen? Ich kontrolliere noch einmal schnell meine Mundwinkel.

Nein, das ist nicht die Ursache für Lin-Tschangs Fortgang.

Wieso aber ist der skeptische Lin-Tschang so schnell verschwunden?

Ich wende mich den Verbliebenen zu. Wenigstens Tschen-Gang ist gut gelaunt, aber der grinst ja so wieso immer.

Tschen-Jongs Gesicht ist so ausdruckslos wie eh und je. Das nützt mir jetzt alles nichts. Habe ich irgendwas falsch gemacht?

Ach was, nur keine Pferde scheu machen. Erst einmal alles mit der Ruhe. Das ist doch noch gar nicht so lange her, das ...

Der fröhliche Tschen-Gang hat wieder eine Frage. Diesmal bedient er sich des Reiseführers und zeigt mir eine der Übersetzungszeilen.

„Ja, ich bin eine Person", antworte ich und zeige mit dem Daumen auf mich. Jetzt geht Tschen-Gang die einzelnen Zeilen weiter durch:

„Nein, ich bin nicht verheiratet, nein, ich habe keine Kinder. Ja, meine Eltern leben noch", antworte ich brav der Reihe nach.

Wollen sie jetzt noch einmal kurz durchgehen, ob sie mich ohne schlechtes Gewissen foltern dürfen?

Tschen-Gang zeigt wieder auf eine Zeile. Ja, ich bin das erste Mal in China. Tschen-Jong zündet mit bewegungsloser Mine eine weitere Zigarette an. So wie der raucht, kann es nur die Marke "Un-Unsterbliches Leben" sein.

Tschen-Gang wird nicht müde, mich mit weiteren Fragen zu quälen. Gott, der ist ja noch schlimmer als das Mädel im Bus nach Guang-Zhou! Wie alt ich bin, was für Geschwister ich habe, was für einen Beruf ich ausübe ...

Das ist zwar alles ganz nett, aber uns fehlt der Stein von Rosetta, so kommen wir einfach nicht weiter. Unser Gespräch wird von den Übersetzungen des Reiseführers diktiert. Ich habe leider keine Idee, wie wir dieses Babylon-Desaster durchbrechen könnten.

Wieso können die drei nicht mehr Englisch sprechen? Wieso kann ich nur so wenig Chinesisch sprechen? Das alleine ist es auch nicht. Unsere wirkliches Problem ist: Wir haben kein echtes Gesprächsthema.

Bei Tschen-Gang und Tschen-Jong sieht die Lage ganz anders aus. Sie haben ein Gesprächsthema, nämlich meine Person. Über was unterhalten sie sich denn nun schon wieder?

Mein Hirn spielt Engelchen und Teufelchen zur gleichen Zeit. Das Engelchen signalisiert, dass die beiden das babylonische

Waterloo gerade in den Griff bekommen. Das Teufelchen hingegen ist davon überzeugt, dass sie mich jeden Moment verhaften werden. Sie tauschen sich lediglich gerade über die Foltermethoden aus.

Vielleicht werden sie sich einig, wenn Lin-Tschang mit den Handschellen zurückkommt. Am besten, er kommt zurück, Hand in Hand mit diesem provozierenden, verlogenen Taxifahrer, diesmal in Uniform anstatt gefälschter Mao Blüten.

Ob Engelchen oder Teufelchen, ich leere die erste Dose "Drachenrunde" und öffne die zweite. Was bleibt mir noch zu tun? Ich kontrolliere vorsichtshalber wieder meine Gesichtsmuskeln. Egal was passiert, die Erhaltung einer positiven Grundstimmung besitzt weiterhin oberste Priorität.

Wer hätte das gedacht. Es ist der skeptische Lin-Tschang, der die Situation rettet. Ich hatte tatsächlich angenommen, falls er noch einmal wieder kommen sollte, dann als Menschenschlächter. Er ist wieder gekommen, aber mit einer Breitbildaufnahme ihrer gesamten Einheit. Ich bin gerettet, zukünftigen Sträflingen würde diese Ehre bestimmt nicht widerfahren.

Ich frage mich langsam, woher ich eine gewisse Furcht vor den dreien in Uniform habe? Wenn ich von dem hundertmal verfluchten Taxifahrer absehe, sind mir in diesem Land nur freundliche Menschen begegnet. Ich stelle meine "Drachenrunde" auf den Boden und konzentriere mich voll auf das Bild.

Da stehen und sitzen sie alle, schön säuberlich aufgereiht. Wie viele seid ihr eigentlich?

Jetzt wollen die drei auch noch, dass ich sie auf dem Bild suche. Ja, wo seid ihr denn?

Ich habe keine Chance, die sehen in ihren Uniformen alle gleich aus. Die drei lassen mich einige Zeit zappeln.

Nein, tut mir Leid, ich kann euch nicht finden. Ich hebe hilflos die Schultern und bewege verneinend den Kopf. Ein heiteres

Gekicher ist die Antwort. Tschen-Gong zeigt mir nacheinander jeden einzelnen auf dem Bild. Nein, euch hätte ich beim besten Willen nicht entdecken können.

Ich nehme die Dose Bier wieder vom Boden auf. Die Drei zünden sich erneut Zigaretten an. Tschen-Gang zeigt auf die nächste Frage im Reiseführer.

„Guang-Zhou ist mein morgiges Ziel", antworte ich. Wieder beraten die drei, was sie mich als nächstes fragen könnten.

Die zweite "Drachenrunde" neigt sich dem Ende entgegen. Tschen-Gang reicht mir das Buch zurück. Ist unsere kulturübergreifende Fragerunde beendet? Nein, Tschen-Gong und Lin-Tschang zeigen beide auf zwei Zeilen im Buch. Ich lese die deutsche Übersetzung der chinesischen Zeichen. In der ersten Zeile steht "Bus", in der zweiten Zeile steht "Bahn".

Ich tippe auf die obere Zeile.

Alle drei winken ab. Natürlich, welche Armee fährt nicht mit der Bahn? Ich zucke wieder mit den Schultern.

Tschen-Gang reibt Zeige und Mittelfinger an den Daumen. Das ist das internationale Handsignal für Geld.

Ich muss unwillkürlich an meinen Triadencoiffeur denken. Wieso ist mir das nicht sofort aufgefallen? Wieso benutzen die Chinesen dasselbe Handzeichen für Geld wie wir. Mir ist klar, was er sagen will. Ich sollte besser mit der Bahn fahren, die ist preiswerter. Wieso nicht? Öfter mal was Neues! Dann werde ich morgen vom Bus auf die Bahn umsteigen.

Ach ja, wann fährt morgen ein Zug nach Guang-Zhou? Ich tippe auf das chinesische Zeichen für Bahn und anschließend auf meine Uhr. Die drei haben sofort verstanden, diskutieren aber noch eine Weile. Tschen-Gang wendet sich als erster wieder zu mir und bittet noch einmal um den Reiseführer. Ohne Vorwarnung schreibt er die Uhrzeit neben das Symbol für Bahn. Klasse, die Zeit werde ich mir merken können. Trotzdem bedanke ich mich artig.

Für einen kurzen Augenblick herrscht Schweigen in unserer Runde. Stopp, einen haben sie noch. Lin-Tschang hebt den rechten Zeigefinger. Sofort fangen die drei auf Chinesisch an, miteinander zu plaudern. Ich übe mich wieder im freundlichen Warten.

Tschen-Gang übernimmt wieder die Wortführung. Mehrere Male hintereinander wiederholt er das Wort „bi-ka, bi-ka, bi-ka?"

Ich kann ihn nur fragend anschauen: „Bi ka kenne ich leider nicht", antworte ich ihm achselzuckend.

Die drei beratschlagen erneut. Diesmal ist es der ausdruckslose Tschen-Jong, der mich fragt: „Bi-em-dabbel-ju, bi-em-abbel-ju, bi-em-dabbel-ju?"

Die Lösung fällt mir wie Schuppen, ich meine wie Reiskörner, aus den Augen. Natürlich fragen sie nach einem deutschen Auto, dem BMW. Ich nicke, überglücklich sie verstanden zu haben.

Jetzt sagt Tschen-Gang „Benz, Benz", zu mir.

Damit löst er gleichzeitig für mich das "Bi-ka" Rätsel. Der Anfangsbuchstabe beider Fahrzeugtypen ist das "B". Ausgesprochen im englischen "bi". Der Logik weiter folgend, steht das "ka" für das englische "car". Die Jungs haben halt ihre Probleme mit dem "R", da lassen sie es einfach gleich aus. Zusammen gesetzt lautete also die erste Frage „B-car?"

Wir nicken alle zufrieden und Tschen-Gong streckt einen seiner Daumen zufrieden nach oben.

Habt ihr nicht etwas vergessen? Was wollt ihr mit euren B-Autos? Diesmal bin ich es, der nacheinander „BMW, Benz, BMW, Benz?" fragend in den Raum wirft.

Kurzzeitig kichern sie alle drei, sie kichern wie kleine Kinder. Ach, wie ihre Äugelein leuchten!

Tschen-Gang bewegt wieder seiner Finger zum Handzeichen für "Wie viel kostet?" und sagt „Dor zau tien Benz? >Wie viel kostet ein Benz?<" zu mir.

Er will also wissen, wie teuer so ein gutes Stück Deutschland ist. Ich schreibe den Betrag auf eine Seite in meinem Reiseführer.

Die Zahl bringt die drei völlig aus dem Häuschen. Das Chaos im Hühnerstall ist perfekt. Was habe ich nur angerichtet?

Natürlich, die Summe übersteigt ihr Lebenseinkommen bei weitem. Zumindest glaube ich das.

Oh, oh! Mit dieser Botschaft möchte ich die drei nicht zurücklassen.

Während sie weiterhin wild und lautstark durcheinander diskutieren, kommt mir eine Idee. Ich muss unwillkürlich an die pausbackige Fahrkartenverkäuferin denken. Ich nehme Tschen-Gang den Reiseführer ab und gehe nun meinerseits die Übersetzungen durch. Was ihr könnt, das kann ich schon lange!

Nach kurzer Zeit werde ich fündig. Erleichtert hebe ich meine Hand, zum Gebrauch des internationalen Zeichens für "Hallo, hier".

Ob jung oder alt, augenblicklich genieße ich ungeteilte Aufmerksamkeit. Ich schreibe eine bedeutend niedrigere Summe unter die erste Zahl und zeige abwechselnd auf die chinesischen Schriftzeichen für "alt" und "neu".

Es dauert keine zwei Sekunden, dann haben sie begriffen. Der neue Betrag ist zwar immer noch astronomisch, doch wegen der vielen fehlenden Nullen am Ende wesentlich freundlicher.

Während ich anfange, die dritte Dose Bier zu leeren, dauert ihre Diskussion noch einige Minuten an. Mit einem Mal stehen alle drei auf und verabschieden sich freundlich von mir. Tschen-Gang hebt wieder glücklich seinen Daumen und zeigt kurz auf die kleinere Summe. Na wer sagt es denn, ist die Preisfrage doch noch zufriedenstellend ausgegangen.

Bevor ich so richtig begreife, sind meine drei Gäste aus dem Raum gegangen. Ich folge ihnen noch bis zur Tür und wir winken uns noch einmal freundlich zu. Und dann geschieht es! So plötzlich, so unwirklich.

Tschen-Gang und Lin-Tschang drehen sich im Flur noch einmal zu mir um.

Der Skeptische nickt lächelnd in meine Richtung und ich vernehme klar und deutlich das Wort "Astronaut".

Der Lächelnde schüttelt lachend seinen Kopf und sagt laut "Panda".

Kapitel XV.

Wir fahren mit der Eisenbahn

坐 火 車

Ich bin gefangen, eingeschlossen in einem riesigen weißen Gewebe aus Mao Blüten. Sie umspannen mich von allen Seiten wie ein undurchdringbares Netz. Das Gewebe ist überall, kalt fühlen sich die einzelnen Fäden an. Enge Maschen bilden ein unüberwindliches Gitter, die Hände können einfach nirgends hindurch. Ich muss hier raus, unbedingt. Der Weckruf meines Handys ist bereits ein schrilles Piepen. Das elektronische Signal treibt mich in den Wahnsinn. Was kann ich nur tun?
Wie wäre es mit aufwachen? Ich bin es nicht gewöhnt, morgens unter einem Moskitonetz aus einem Bett zu krabbeln.
Der letzte Tag meines Chinaausfluges hat begonnen. Es ist der Tag meiner Rückreise. Die Rückreise!
Mein gottgütiger Tempelwächter, hoffentlich verläuft die Fahrt planvoller als mein morgendliches Moskitonetzaufstehmanöver.
Während ich meinen Rucksack zum x-ten Mal vollstopfe, gehe ich in Gedanken die einzelnen Reiseabschnitte, die einzelnen Kettenglieder der Heimfahrt noch einmal durch:
- Ich muss als erstes mit einem Taxi zum Bahnhof von Yangjiang fahren.
- Gelingt mir dieses, geht die Fahrt mit einem Zug weiter nach Guang-Zhou.
- Anschließend überquere ich mit einem Bus die Grenze hinter Guang-Zhou und erreiche den Hong Konger Flughafen.
- Ein Flieger wird mich über das Meer nach Taiwan setzen.

- Zum Abschluss wird mich ein Taxi vom dortigen Flughafen zur Stadt Hsin-Chu bringen.

Wenn doch bloß all die kleinen Reiseabschnitte so schön funktionieren würden, wie ich sie jetzt aufgezählt habe!

Was sagte einmal der Reisende zu mir? Der Gedanke an eine vielleicht große, eine vielleicht ferne Reise, dieser Gedanke wirft uns Reisenden nicht aus dem Gleichgewicht. Was uns Reisenden Kopfzerbrechen bereitet, das ist das unumstößliche Gesetz, dass jede Reise einmal unweigerlich ihr Ende findet.

Er nickte mir noch einmal zu und verließ seine Heimat für ein Wochenende auf Mallorca. Alter Schwätzer!

Ich verlasse mein Hotelzimmer mit Yangjiang als erstem Ziel vor Augen. Ich durchschreite mit dem geschulterten Rucksack den Flur der kolonialen Dorfschule. Zu beiden Seiten reihen sich Tür an Tür. Ich spähe nur beiläufig und ohne große, wirkliche Neugierde an den vielfach offenen Türen vorbei. Die dahinter liegenden Räume sind alle leer. Alles, was ich sehe, sagt mir, dass ich an diesem Morgen der letzte Gast des Hotels bin.

Die Betten sind gemacht, die Zimmer sind gerichtet. Nur die Gäste fehlen. Moment mal, die Gäste! Wo sind all die chinesischen Soldaten geblieben?

Von den vielen chinesischen Jungs, die gestern noch den Flur und die Zimmer bewohnten, ist jetzt weder etwas zu hören, noch etwas zu sehen. Ist das noch das gleiche Hotel, in dem ich gestern Nacht schlafen ging? Wo sind die chinesischen Soldaten geblieben?

Mir erscheint die nächtliche Zusammenkunft, der fünfte Akt mit Tschen-Gang, Lin-Tschang und Tschen-Jong, wie ein abenteuerlicher Traum aus tausend und einer ... wie ein fantastischer Flug auf einem chinesischen Drachen. Wo sind die chinesischen Soldaten geblieben?

Ich treffe erst vor dem Eingang des Hotels auf zwei Männer in Zivil. Sie passen weder von ihrer Kleidung noch von ihrem Alter zu den jungen Soldaten von gestern.

Ich habe verstanden! Die Soldaten sind längst über alle chinesischen Berge. Schade, ich hätte sie gerne noch einmal getroffen.

Ich grüße die beiden vor mir und zeige ihnen lächelnd die chinesischen Zeichen für Taxi und Bahnhof im Reiseführer.

Wie unkompliziert es doch manchmal gehen kann? Sie lesen kurz den ihnen wohlbekannten Schriftsatz und winken mir zu, ihnen zu folgen. Ich tue, wie mir befohlen, und wir betreten einen Nebenraum, in dem sich noch mehr Männer in Zivil aufhalten.

Es folgt ein kurzes Gespräch auf Chinesisch. Ich kann der Diskussion zwar nicht folgen, ich kann mir aber deren Inhalt mühelos vorstellen. Am Ende wird über Telefon ein Taxi geordert.

Einer der Männer deutet mir gegenüber auf seine Uhr und öffnet drei Mal seine Hand. Er zeigt drei Mal seine fünf ausgestreckten Finger. Ich habe verstanden, in fünfzehn Minuten kommt das Gefährt. Vorausgesetzt, dass diese fünf ausgestreckten Finger auch wirklich der Zahl fünf entsprechen und nicht einem mir unbekannten chinesischen Fingercode.

Ich bedanke mich artig und verlasse die Männerrunde in Zivil. Sie winken mir alle fröhlich nach. Ich habe das unangenehme Gefühl, dass sie mir nur deshalb geholfen haben, um die fremde, lästige Langnase loszuwerden. Oder habe ich nur dieses schlechte Gefühl, weil mein morgendlicher Kaffee fehlt?

Ich warte draußen vor dem Hotel. Das Taxi erscheint pünktlich wie angegeben. Ich verfolge misstrauisch, vom gestrigen Erlebnis noch gekennzeichnet, die Fahrt des Taxis zum Bahnhof. Ich verfolge die Fahrt des Taxis bis zum Bahnhof und dann noch zwei hundert Meter weiter. Was soll das denn? Der Haupteingang ist doch klar sichtbar dahinten.

„Ticket, Ticket, Ticket", kichert der Fahrer und deutet über die Straße.

„Ja, wenn du meinst", entgegne ich achselzuckend. Ich zahle und wir beide steigen aus.

Der Taxifahrer hat recht. Erst jetzt sehe ich in einem Nebengebäude des Bahnhofes die Fahrkartenschalter. Wieso sind denn die Fahrkartenschalter außerhalb des eigentlichen Bahnhofsgebäudes?

Was soll's. Der Taxifahrer begleitet mich hilfsbereit zu den rund ein Dutzend Schaltern. Anschließend verabschiedet er sich mit einer kleinen Verbeugung. Er ist das genaue Gegenteil seines Falschgeld verteilenden Berufskollegen. Hätte er nicht schon gestern Abend mein Fahrer sein können?

Die hiesigen Ticketschalter erinnern mich an die Kartenverkaufsstände vor unseren Fußballstadien. Die einzelnen Warteschlangen sind auch hier mit Metallgeländern voneinander getrennt. Ich benötige, mit den chinesischen Schriftzeichen für Guang-Zhou im Reiseführer, keine fünf Minuten für die erwünschte Zugfahrkarte.

Ich eile ohne Pause weiter. Schnellen Schrittes erreiche ich den Haupteingang und werde dort von einem Uniformierten gestoppt. Der Beamte prüft die Zugfahrkarte eines jeden, der in den Bahnhof will.

Ach, so ist das hier. Nur wer im Besitz einer gültigen Fahrkarte ist, der darf den Bahnhof betreten! Wer kein Zugticket hat, der muss draußen bleiben.

Ich darf passieren und betrete den Eingangsbereich der Bahnhofshalle. Ein zweites Mal werde ich angehalten. Ich muss am Ende einer Schlange Aufstellung nehmen und warten.

Wie in Guang-Zhou, so werden auch hier alle Gepäckstücke von einem Röntgengerät durchleuchtet. Ich kann es immer noch nicht fassen. In China fangen die Sicherheitskontrollen schon bei den

Zugfahrten an. Zum Glück geht es zügig voran, die Beamten sind ebenso wie der Taxifahrer sehr freundlich. Die helfen mir sogar, den Rucksack wieder aufzuschnallen.

Wie geht es weiter? Ich folge einfach dem Strom der anderen Reisenden. Woher kommen bloß all diese Menschenmassen her? Wie oft schon erwähnt? Ich bin in China, in China bin ich niemals alleine. Aber diesmal bin ich als Reisender unter Reisenden!

Während der Völkerwanderung kann es nicht viel anders zugegangen sein. Schnellen Schrittes wird der Sicherheitskontrollbereich verlassen. Alles eilt in eine riesige Halle.

Ist das der Wartesaal? Hier stehen und sitzen ja noch mehr Chinesen als draußen. Der Raum ist an Einfallslosigkeit und Gleichförmigkeit nicht zu überbieten. Es könnte genauso gut die Produktion –oder Lagerhalle eines Industriebetriebes sein. An den Architekten wurden sichtbar nur zwei Anforderungen gestellt. Erstens müssen möglichst viele Chinesen hinein passen und zweitens muss alles in der Farbe Weiß gestrichen sein.

Der riesige Saal ist eine Konstruktion aus in weiß gehaltenen Wänden und weißen Betonsäulen. Die langen, raumhohen Fenster sind alle milchig weiß getönt. Ich vergaß, die Decke ist selbstverständlich ebenso weiß. Selbst die Plastikstühle für die Wartenden sind weiß. Wo ist meine Schneebrille? Ohne Zweifel, dies ist ein Saal zum Warten, aber hoffentlich nicht zu lange. Hatte ich etwa das farbenfrohe, gemütliche und verspielte Ambiente eines chinesischen Teehauses erwartet?

Wie geht es weiter? Ich wähle wieder die bereits erprobte und erfolgreiche Methode des Lächelns. Mit einem hoffentlich auch für Chinesen klar erkennbarem fragenden Gesicht betrachte ich meine Fahrkarte.

Das alte Spiel beginnt von vorne. Das Kärtchen ist hübsch rot und weiß gestreift. Ich weiß diesmal wenigstens, wie herum ich das Ticket halten darf. Neben den vielen, für mich immer wieder nicht lesbaren chinesischen Zeichen gibt es auch einige arabische Zahlen. Neben den etwas fetter geschriebenen Zeichen für Gu-ang-Zhou steht ein "T80".

Wo bitte sehr finde ich jetzt mitten in China ein "T80"? So schwer kann das doch gar nicht sein. Na bitte, auf der anderen Seite des farbenfrohen Wartesaloons gibt es ein paar rote LED Anzeigen. Alle Nummern starten mit einem großen "T" (T = Train, Zug ???). Wenn ich das richtig interpretiere, muss ich jetzt nur noch war-ten, bis auch mein "T80" erscheint. Ich muss für diese Weisheit noch nicht einmal unter dem Volk der Wartenden um Rat bitten. Zu spät, mein Zugticket wird bereits von zwei jungen chinesi-schen Männern in Augenschein genommen. Einer von ihnen klopft mit dem Finger auf die Karte und zeigt dann auf die roten LED Anzeigen. Ein anderer zeigt auf seine Uhr und nickt mir lä-chelnd zu. Zwei weitere Chinesen kommen hinzu und kontrollie-ren nun ihrerseits das rot-weiß gestreifte Kärtchen. Einer von ihnen klopft mir lächelnd auf die Schulter und deutet ebenfalls auf die LED Anzeige.

Ja, was wollt ihr alle von mir? Was klopft ihr auf meine Schulter? Wieder deutet ein weiterer auf seine Uhr und auf die LED An-zeige. Ist ja gut, ich schaue wieder auf meine Karte und entdecke etwas weiter unten eine Zeitangabe. Hoppla, der Kreis hilfsberei-ter Chinesen hat ja recht, es wird Zeit meinen Zug aufzusuchen. Hätte ich darauf nicht selber kommen können? Natürlich, so-lange der Zug noch nicht abgefahren ist!

Ich deute jetzt ebenfalls lächelnd in Richtung der LED Anzeige und gehe unter allgemeiner Zustimmung darauf zu.

Wo bleibt bitte mein "T80"? Ich durchquere die Halle und bleibe kurz vor den Anzeigen stehen. Bahnbeamte prüfen erneut die Fahrkarten an einem schmalen Durchgang.

Jetzt endlich erscheint auch das ersehnte "T80". Was immer es wirklich bedeutet. Die Bezeichnung erinnert eher an eine Flugnummer, als an eine Reise mit der Eisenbahn.

Ich passiere und schließe mich dem dichten Strom der Zugreisenden an. Wie war das noch einmal: Nur tote Fische schwimmen mit dem Strom. Der Spruch kann unmöglich in China erfunden worden sein.

Der Gang vollführt eine Linkskurve und anschließend leiten uns Treppenstufen eine Etage tiefer.

Der Zug steht bereits vorschriftsmäßig am Bahnsteig bereit und wartet geduldig auf seine neuen Passagiere. Ich muss die Fahrkarte noch zwei Bahnbeamten zeigen und fünf Waggons der Länge nach durchschreiten. Dann erst stehe ich vor meinem reservierten Platz. Es ist der Waggon 5 mit der Sitzplatznummer 25. Das Ticket, mit seinen Angaben in Arabisch und Chinesisch, ebnete mir den Weg.

Ich verstaue den Rucksack direkt über mir in der Gepäckablage und nehme Platz. Ich habe Glück, es ist ein Fensterplatz.

Ich weiß nicht, ob in China die Zugfahrt als etwas Besonderes gehandhabt wird. Vielleicht ist es die Stimmung der vielen anderen chinesischen Reisenden, die sich auf mich überträgt? Die Atmosphäre besitzt weiterhin mehr das Flair einer Flugreise als einer Zugfahrt.

Ich bin in China, schon wieder bin ich nicht alleine. Wer in diesem Abteil alleine sitzen möchte, um ein wenig private Atmosphäre zu haben, der wird sich schwer tun. Hätte ich eine andere Klasse buchen sollen?

Während die Fahrt ruckelnd beginnt, lächele ich freundlich meine drei neuen Reisebegleiter an. Wir wollen doch von Anfang positive Wellen verbreiten, oder? Schade, umsonst gelächelt, keiner von ihnen nimmt Notiz von der Langnase.

270

Ich schätze das Alter des chinesischen Mannes mir gegenüber und komme zu keinem Ergebnis. Sein Alter könnte alles zwischen 20 und 50 Jahren betragen. Mein Gott, der passt wirklich in die komplette Bandbreite. Zu seinem schwarzen Anzug trägt er ein giftgrünes Hemd. Er scheint auch etwas mehr in seine Haare zu investieren als alle anderen Chinesen zusammen im Abteil. Mit dieser Kombination passt er nicht in mein Phantasiebild eines normalen Chinesen. So stelle ich mir einen Spieler vor. Also genau das, was ich als Reisender nicht bin. Vielleicht ist er ein Casanova, ein Frauenheld, ein Glücksritter oder alles in einem, in Chinas neuen, schnellen Zeiten.

Die nächste Person in meiner Sitzgruppe ist eine junge chinesische Frau. Sie sitzt mir schräg gegenüber. Aber genauso wie der Spieler, so gehört auch sie nicht in mein Bild von den Menschen dieses Landes. Ich stelle mir junge Chinesinnen immer noch klein und schlank vor. Sie sind zierlicher Gestalt und sie tragen lange, glatte schwarze Haare.

Die Realität sieht natürlich anders aus:
Ihre Haare sind kurz geschnitten und der Bubi-Kopffrisur nachempfunden. Die schwarze Pracht ist einem orange-roten Fleckenteppich gewichen. Sollte etwa das Färbungsmittel nicht gleichmäßig gegriffen haben?
Ihre Körperfülle dürfte locker dreier ihrer schlanken Schwestern entsprechen. Meine Gute, das kann doch nicht das Ergebnis vom Nudelschlürfen und Fischköpfe aussaugen sein? Die kleine Chinesin schiebt sich, wie zur Antwort auf meine Frage, einen Schokoriegel in den Mund und nimmt einen langen Schluck aus einer Dose mit sportlichen Werbeversprechungen. Wieso nicht, vielleicht bringt sie diese Ernährung dem Traum vom westlichen Leben näher.

Ich wende mich meinem dritten Reisegefährten zu. Durch eine Brille starrt er konzentriert auf einen Schreibblock. Mühelos stelle ich ihn mir als Studenten irgendeiner chinesischen Universität vor. Habe ich meinen zweiten Tzo-Ming in ihm gefunden?

Was fesselt den jungen chinesischen Mann denn so? Ich erwarte, die unendliche Fülle unverständlicher chinesischer Schriftzeichen zu sehen. Ich muss wieder einmal auf ein Neues meine Vorstellungen korrigieren. Der junge chinesische Student ist tief in eine wissenschaftliche Sprache versunken. Es ist die mathematische Sprache der Elektrotechnik.

Alten und jungen Professoren gehorchend, sollten im Reich der Mitte und im Oxident die Gesetze der Natur gleich sein. Die verwendeten Formeln und Zeichen ihrer Ingenieure tun es auch. Was wurde erst kürzlich in den Nachrichten verkündet: Chinas Universitäten produzieren Jahr für Jahr wie viel Ingenieure? War das nicht ein Druckfehler? Vielleicht wirst du ja eines Tages meinen Job ...

Ein Geräusch hinter mir erweckt die allgemeine Aufmerksamkeit aller Fahrgäste. Eine Bahnbeamtin in blauer Uniform schiebt einen Essenswagen ins Abteil. Die Nachfrage bestimmt das Angebot. Hoch im Kurs der Geschmäcker stehen die Instantnudelsuppen.

Ich bin nach den letzten drei Tagen nicht mehr überrascht, keine Hühnerfüße, Fischköpfe oder braune Eier auf dem kleinen Wagen vorzufinden. Dafür empfinde ich es als merkwürdig und unpraktisch, dass zu den Instantsuppen keine Essstäbchen, sondern kleine zerbrechliche Holzgäbelchen verteilt werden. Welche hohe Instanz in der chinesischen Bahnhierarchie ist denn auf diesen glorreichen Einfall gekommen? Die hungrigen chinesischen Fahrgäste mühen sich redlich und kritiklos mit dem neuen instabilen Essbesteck. Die Börsennachrichten des Zugabteils verkünden einen eindeutig steigenden Trend der Essstäbchenwertpapiere.

Meine drei Sitzgefährten scheinen von all dem Geschehen im Abteil unberührt zu sein. Der Casanova wechselt pausenlos zwischen dem Reinigen seiner Fingernägel und dem Stöbern in seinem Terminkalender ab. Ich finde, er sollte wenigstens während des kollektiven Suppenmahls bei seinem Terminkalender verweilen.

Das recht beleibte Mädel investierte lange Zeit, um einen MP3 Player in der Tiefe ihrer Handtasche zu finden. Nun hat die Gute ihre Ohren in die High Technik eingestöpselt. Sie schiebt zur Belohnung einen weiteren Schokoriegel nach.

Tzo-Mings Bruder ist der theoretischen Erfassung seiner Welt eine karierte Seite nähergekommen. Ich bin mir nicht sicher, ob er überhaupt irgendetwas um sich herum wahrnimmt.

Die drei geben mir das Gefühl, gar nicht mehr in China zu sein. In der Gesellschaft dieser drei Chinesen lösen sich meine Phantasien von chinesischen Toren, von Tempeln und von Pagoden von selbst in Luft auf. Sie entsprechen so gar nicht meinen Vorstellungen. Ich frage mich wieder einmal, wie weit Traum und Wirklichkeit auseinander liegen und flüchte mich in die Phantasie.

Der alterslose Casanova vor mir gibt eine ausgezeichnete Triade ab. Die dicke Chinesin neben ihm, mit ihrem MP3 Player im Ohr, passt eher zu einer Amerikanerin chinesischen Ursprungs. Eine "ABC", eine "American born Chinese". Der weltentrückte chinesische Student lässt mich über die Zukunft meines Arbeitsplatzes nachdenken.

Zusammengefasst handelt es sich in meiner Vorstellung um schlechte Hong Kong Filme, andere Nationen und Ängste der deutschen Wirtschaft. Da ist nichts Chinesisches dabei.

China besitzt seine eigene Welt. Aber anstatt sie wahr zu nehmen, falle ich immer wieder zurück in meine gestrigen Vorstellungen von dem alten Kaiserreich. Als wenn die Chinesen weiterhin ein

Volk wären, deren Hauptbeschäftigung es ist, mit Fahrrädern durch Reisfelder zu fahren.

Ein bereits bekanntes Geräusch hinter mir lässt mich noch mal über eine kleine Mahlzeit nachdenken. Der nächste Essenswagen wird ins Abteil geschoben. Das sind aber eine Menge Essenswagen im Zug, oder ist deren Dichte heute nur zufällig? Ich bemerke sofort, dass diesmal keine Instantnahrung angeboten wird. In heißen Aluminiumbehältern wird echte Kantinenkost unters reisende Volk verteilt.

Wieso nicht, Hauptsache, ich habe etwas im Magen. Der Weg nach Taiwan ist noch weit. Als der Kantinenwagen meine Höhe erreicht, hebe ich lächelnd den Zeigefinger und sage „i" >eins< und schaue auf den Wagen. Ich erhalte in einer kleinen Pappschachtel ein Gemisch aus Reis, Gemüse und Fleisch mit jeder Menge Soja Soße. Dazu noch ein ekliges braunes Ei mit Essstäbchen und einen dieser dickbauchigen Plastiklöffel. Die Reisemahlzeit sieht ganz ordentlich aus und kostet 5 RMB, also 50 Cent.

Ich fange an zu essen und werde vom halben Wagenabteil dabei beobachtet, als wenn ich der leibhaftige Panda wäre.

Habe ich irgendetwas falsch gemacht? Selbst der Student hat seine geistigen Überlegungen gestoppt und beobachtet mich schweigend.

Habt ihr noch niemals einen Panda essen sehen? Ach ja, ihr seid alle neidisch auf meine Essstäbchen!

Ja was, habt ihr noch niemals eine Langnase mit Stäbchen essen sehen?

Na gut, ich habe mit der Bahnbeamtin nicht um den Preis gefeilscht. Sollte ich etwa in den letzten Stunden der Chinareise um 50 Cent kämpfen?

Aber natürlich, das ist es! Wieso habe ich nicht gleich daran gedacht? Die Küche ist nicht einsehbar. Die Chinesen trauen dem

Essen im Zug nicht. Sie wissen nicht, wie die Zubereitung stattfand!

Ich weiß Bescheid, ich bin kein Panda mehr, sondern ein Versuchskaninchen! Was immer euch veranlasst mich zu beobachten, behaltet es bitte für euch, zumindest solange ich noch esse.

Zufrieden schiebe ich mir eine riesige Portion Reis in den Mund. Jetzt schaut auch die Dicke zu mir und fängt an zu kichern. Ich folge ihrem Blick und registriere, das sich die Soja Soße verselbstständigt hat.

Durch ein winziges Loch in der Pappe ist sie geflossen und hat ein kreatives, schwarzes Fleckenmuster auf meiner Hose hinterlassen.

Wer den Schaden hat, der braucht für den Spot nicht zu sorgen. Jetzt fängt der Casanova vor mir auch noch an, fröhlich auf den Boden zu lullen. Das ist ja richtig lecker. Wo ist nur sein Terminkalender geblieben? Wieso rutscht dieses eklige braune Ei immer wieder zu meinen Essstäbchen?

Nein, ich habe nicht mehr vor, positive Wellen zu verbreiten. Mir fällt das Lächeln aus dem Gesicht.

Ich lasse die halbe Mahlzeit in der löchrigen Verpackung und schließe deren Deckel. Der Casanova setzt sein Saba-Ritual ungerührt fort, die Dicke gönnt sich einen weiteren braunen Riegel.

Der Student tippt mir freundlich auf die Schulter. Ein wieder blau uniformierter Bahnbeamter schiebt ein Abfallwägelchen durch den Gang. Wie alle anderen Fährgäste, so entsorge auch ich den Abfall schnell bei dem lächelnden Beamten.

Für einen kurzen Moment kehrt Ruhe bei den Reisenden ein. Aber bei der chinesischen Eisenbahn geht alles der Reihe nach. Zuerst wird gegessen, dann werden die Fahrkarten kontrolliert. Die Abteiltür hinter mir wird geöffnet und zwei Schaffner betreten die Räumlichkeiten. Es sind zwei freundliche lächelnde

Beamtinnen in den bekannten blauen Dress. Lächelnd reiche ich mein rot, weiß gestreiftes Ticket einer der beiden Damen.

Die Beamtin nimmt das Kärtchen entgegen und betrachtet es einen Augenblick. Aber anstatt das Ticket zu entwerten und zu mir zurückzugeben, fängt sie eine heftige Diskussion mit allen Fahrgästen an. Was ist denn jetzt schon wieder? Ich hoffe, ich bin nicht doch aus Versehen in den falschen Zug gestiegen. Ankunft Beijing in 38 Stunden, es ist eine Nonstop Fahrt! Ich hätte genug Zeit und Muse, meine Hose Sojaschwarz zu färben!

Ich muss an die Träume eines Rucksacktouristen denken. Der Backpacker witzelte, er wollte wenigstens einmal in seinem Leben durch ganz China reisen. Falls der Zug jetzt wirklich Beijing anstrebt, würde ich das riesige chinesische Reich in seiner ganzen Süd-Nord Ausdehnung durchqueren. Halt, so einfach ist es denn dann doch nicht, ich habe die Mandschurei vergessen. Ob sich der Backpacker damit zufrieden gegeben hätte?

Der Student stößt mich freundlich an und unterbricht meine Gedanken: „Guang-Zhou, Guang-Zhou?" „Ja, hen hau, hen hau >sehr gut, sehr gut<", antworte ich erleichtert und strecke einen meiner Daumen nach oben. Ein zufriedenes Kopfnicken geht durch die lächelnden Reihen der Schaffner und Fahrgäste.

Ich bin auch erleichtert. Ein ganzes Zugabteil wird darüber wachen, dass ich im richtigen Bahnhof aussteige. Ob Sojaflecken hin oder her, es hat doch Vorteile, einen Pandastatus zu besitzen!

Ich lehne mich zurück und beobachte die beiden Schaffnerinnen, bis sie in das nächste Abteil wechseln. Meine drei Zuggefährten haben in der Zwischenzeit ihre gewohnten Tätigkeiten wieder aufgenommen.

Die Triade blättert geschäftstüchtig in ihrem Terminkalender herum. Der Rotschopf spielt mit dem MP3 Player und sucht gleichzeitig nach irgendwelchen Schokoriegeln. Der Student übt sich weiter fleißig im Aufbau seiner Karriere.

Für einen kurzen Moment überlege ich, ob ich wenigstens mit einem der dreien ein Gespräch wagen sollte. Bis wir in Guang-Zhou eintreffen, wäre Zeit genug vorhanden.

Nein, ich kann mich nicht mehr aufraffen. Der gestrige Abend, der fünfte Akt mit den Jungs vom chinesischen Militär, das war der Abschluss der Reise. Ich werde keinen sechsten Akt mehr starten. Irgendwann muss Schluss sein.

Ich übe mich also im Warten. Das alte Los des Reisenden!

Das ist natürlich leichter gesagt, als getan. Leider dehnt sich die Zeit auch in China nach dem bekannten wissenschaftlichen Gesetz des berüchtigten Langeweile-Koeffizienten.

Die Zugfahrt schleppt sich dahin. Nach einer kleinen, dahin tröpfelnden Ewigkeit ist das Ziel erreicht. Der Zug stoppt in einem von Guang-Zhous Bahnhöfen. Der Panda wird höflich aufgefordert, hier den Zug zu verlassen. Als ob ich das nicht alleine geschafft hätte!

Ein Taxi befördert mich zu einem der Ausländerhotels in der Millionenstadt. Der Reiseführer empfiehlt dieses Hotel, da von hier aus fast stündlich Busse über die Grenze nach Hong Kong fahren. Mich überrascht weniger, dass Busse stündlich von Guang-Zhou nach Hong Kong fahren, als das der Reiseführer einmal recht behält.

Die Fahrt aus China gestaltet sich genauso problemlos wie die Einreise vor drei Tagen. Die Prozedur läuft lediglich genau anders herum ab. Die Busse werden getauscht, die Verkehrsordnung wechselt vom Rechtsverkehr zum Linksverkehr und mein Reiseausweis wird um zwei Stempeleintragungen schwerer.

Ich komme etwas früher als geplant am Hong Konger Flughafen an und bin froh darüber, wie reibungslos und einfach die Grenzüberschreitung war.

Bis zum Rückflug nach Taiwan verbleibt noch etwas Zeit. Ich suche im oberen Stockwerk des Flughafens ein chinesisches Restaurant auf.

Ich bestelle einen großen Teller heißer Dumpliens. Nach Guang-Zhou sind es nur wenige Kilometer und doch ist hier bereits alles anders. Ich ordere meine Gerichte vertrauensvoll mit Hilfe einer Speisekarte. Die Wörter sind in englischer Sprache geschrieben. Die Preise sind gleich daneben aufgeführt. Die langen, schlanken Essstäbchen sind aus Plastik und reichlich verziert. Sie stecken in ihrer Originalverpackung. Die kleinen Tellerchen und Schälchen des Restaurants sind aus Porzellan und mit chinesischen Schriftzeichen und Schnörkeleien bedruckt. Erst ein Blick auf ihre Rückseite verrät, dass sie Exportware aus China sind.

Das sind doch alles nur Nebensächlichkeiten! Ich bin fast der einzige Gast in dem chinesischen Flughafenrestaurant. Ich bin das erste Mal seit vier Tagen alleine. Ich sitze nicht mit dutzenden kleiner Chinesen an einem Tisch. Die unablässig wuselnden Massen sind jenseits der Grenze geblieben. Das fremde, exotische Sprachgewirr ist von einer entspannenden Stille abgelöst worden. Nur die Flughafenansage tönt gelegentlich auf Englisch und auf Chinesisch.

Die neue Umgebung ist sauber, staubfrei und geruchlos. Einzig die Dumpliens verströmen einen leicht würzigen Essensgeruch. Die Internationale erweist sich als geruchlos, langweilig und leer. Hoppla, bahnt sich da ein neuer Kulturschock an?

Quatsch, alles nur Nebensächlichkeiten! Was ist denn wirklich wichtig für mich? Ich habe mit dem Hong Konger Flughafen nicht nur China verlassen, ich bin in meine alte, bekannte Welt zurückgekehrt. Ich bin wieder, wer ich bin. Der Sonderstatus als Tourist, Panda oder Astronaut ist ab jetzt nicht mehr gültig!

Der Tourist! Der Panda! Der Astronaut! Da war doch noch etwas! Habe ich nicht eine Kleinigkeit vergessen?

Es gibt ein Wiedersehen, Herr Reisender! Was ist geschehen, dass ich die drei Wetten vergessen konnte?

Ich drehe einen der leckeren Fleischdumpliens langsam im Schein der untergehenden Sonne. So so, meine Freunde, während ich in China meine Haut zu Markte getragen habe, habt ihr zu Hause eure Messer gewetzt!

Jacky, Lin-Lin und Gerd warten bereits auf mich. Jeder von ihnen wartet siegesgewiss mit seiner Wette!

Es ist erst vier Tage her und doch muss ich meine Erinnerung bemühen. Was hatte ich noch einmal mit Jacky gewettet? Ich käme ohne fremde Hilfe in China nicht zurecht.

Ich würde aus dem Bus in Guang-Zhou aussteigen und wüsste nicht mehr weiter. Mir bliebe kein anderer Ausweg, als mich in eines der vielen Ausländerhotels zu retten.

Es sei denn, ein Fremdenführer würde mich beim Betreten Chinas empfangen. Das hast du dir aber schön ausgedacht, Jacky! Deiner Logik folgend, war es nur ein kleiner Schritt vom Fremdenführer hin zu einem süßen, weiblichen chinesischen Begleitservice.

Jacky, die Wette hast du klar verloren! Ich habe nicht nur die Bushaltestelle in Guang-Zhou gemeistert, sondern meine geplante Reiseroute durch China einhalten können.

Jacky, du liegst ebenso falsch in der Ansicht, dass ich mich nicht alleine durch China bewegen kann. Ich kann aber ganz gut alleine durch China reisen, vor allem, ohne ein weibliches Abenteuer einzugehen.

Zudem wirst du, da du vorschnell gehandelt hast, mir nicht nur Chinesisch beibringen, sondern auch eine Karaoke Nacht bezahlen dürfen. Ich wünsche dir viel Spaß und noch mehr Geld.

Zufrieden tunke ich einen weiteren Dumplien in das Schälchen mit schwarzer Sojasoße.

Der Dumplien ist leicht cross gebraten und schmeckt ausgezeichnet.

Meine liebe Lin-Lin, wie lautete doch gleich unsere Wette? Du hast gewettet, dass dein Panda die vier Tage in China ohne Probleme durchsteht!

Meine Liebe, es tut mir schrecklich Leid, du hast die Wette auf ganzer Linie verloren.

Was ist mir in China nicht alles Unangenehmes passiert! Ich erinnere mich genau, angefangen hat alles mit diesem als Zombie verkleideten Taxifahrer, ... die anvisierte Jugendherberge war zu teuer, ... ich wäre um ein Haar von den chinesischen Massen fast zu Tode getrampelt worden, ... zum Abendessen haben sie mir eklige schwarze Riesenameisen aufgetischt, ... ich wurde auf Schritt und Tritt bevormundet, ... Hotelschlepper wollten mich austricksen, ... mein Reiseführer war vom letzten Jahrhundert, ... die Hotels auch, sofern sie noch standen, ... überall Bettler, ... ich musste aus alten, abgenutzten Tonkrügen löffeln, ... die Essstäbchen waren auch von vorgestern, ... das Hotelpersonal hat sich über mich lustig gemacht, ... ich wurde Nachts von hübschen Frauen belästigt, ... stopp, den letzten Punkt sollte ich lieber vor Lin-Lin verschweigen.

Wie viele Punkte wären das schon für die ersten zwei Tage? Lin-Lin, wenn das nicht ausreicht? Dir wird nichts anderes überbleiben, als mich in das Herz Taiwans zu fahren. Taiwans fast 4000m hohen Berge im Landesinnern und der weiße Schnee hoch oben auch deren Gipfeln warten bereits auf mich!

Geschafft, somit wäre auch die zweite Wette unter Dach und Fach. Ich muss zugeben, dass meine Mittel nicht gerade fair sind, aber wer will schon eine Wette verlieren?

Ich spieße den letzten Dumplien einfach mit einem meiner Essstäbchen auf. Also Gerd, wie möchtest du deine Wette verlieren?

Ich bin überrascht, wie manche Dinge sich doch von selbst regeln.

Die Wette mit Lin-Lin werde ich gewinnen, indem ich alle negativen Erlebnisse mit Tränen in den Augen vor ihr auf den Tisch ausbreite!

Bei Gerd werde ich die gleiche Methode anwenden, nur genau umgekehrt. Mögen die Geschichten, die Gesteinsbrocken des Astronauten, für Gerd noch so an den Haaren herbeigezogen sein, solange sie meiner Wette dienen, werde ich sie hervorbringen. Vielleicht kommt es auch nur auf die Anzahl an, bis Gerd kein Ausweg bleibt, als nachzugeben!

So wie sie mir in den Sinn kommen, so zähle ich die Geschichten oder besser gesagt, Fakten auf:

In den nächsten Tagen kann ich sie in aller Ruhe in brauchbare Reiseberichte umformulieren:

Um durch China zu reisen, ist es nicht mehr nötig, chinesisch sprechen zu können, ... alles ist preiswert, ... das Reisen von Stadt zu Stadt geht mühelos mit Bus und Bahn, ... überall gibt es westliche Fastfood Restaurants, falls dir das chinesische Essen nicht schmeckt, ... die Taxis sind billiger als der Abrieb an deinen Sohlen, ... dank deines Sonderstatus findest du spielend leicht englischsprachige Chinesen, ... die Chinesen sind ein wirklich hilfsbereites Völkchen, nicht nur dem Reiseführer nach, ... mit einem Lächeln im Gesicht wirst du es bis in den Palast des Kaisers schaffen, ... und die Mädels von den Reisfeldern sind eine Augenweide, ... stopp, Lin-Lin hört ja mit!

Moment mal, Gerd entscheidet ja gar nicht über die Wette? Lin-Lin ist der Schiedsrichter!

Verflixt, das darf doch nicht wahr sein. Wieso fällt mir dieser Zusammenhang erst jetzt auf? Sie darf bei zwei der Wetten ihr Veto einlegen. Die Kleine hat mich ausgetrickst!

Wieso fällt mir das erst jetzt ein! Jetzt habe ich aber wirklich ein Problem. Ich kann Lin-Lin schlecht vorheulen, wie schrecklich es mir in China ergangen ist; und einen Tag später lobe ich das Land am gelben Fluss in den höchsten Tönen. Das wird mir die Gute nicht abnehmen!

Der letzte Dumplien verliert seinen Geschmack. Wie kann ich das Ruder jetzt noch herum werfen. Oder sollte ich mich mit dem Ergebnis zufrieden geben? Nach dem jetzigen Stand stehen die Wetten 2:1 für mich. Einziger Kostenpunkt wäre ein Garnelen-Essen an der Ostküste Taiwans mit Lin-Lin und Gerd.

Genau so soll es sein!

Halt, war das nicht gerade der Aufruf zum Einsteigen! Mein Flieger steht bereit. Hastig zahle ich die Rechnung und beeile mich, den Flug nicht zu verpassen.

Die Prozedur ist bereits bekannt. Knapp über eine Stunde benötigt der Vogel von Hong Kong nach Taiwan. Dennoch vergeht, bis ich die taiwanesische Zollabfertigung hinter mir lasse, noch einige Zeit.

Die automatischen Türen öffnen sich und ich betrete die Empfangshalle des ehemaligen Chiang Kai-Shek Airports. Ich habe nicht mit einem Empfangskomitee gerechnet, schon gar nicht mit einem Komitee des bösen Tempelwächters. Ja, gibt der denn immer noch nicht Ruh. Ich muss nicht erst nach einem Taxi fragen. Ich erkenne auf Anhieb meinen Freund, den Zombie von vor vier Tagen wieder.

Oder ist er es doch nicht? Was für eine Überraschung! Ich habe mich in dem Taxifahrer geirrt, ich muss diese Gegebenheit akzeptieren und zugeben! Aber wie häufig ist mir dieser Wertewandel in den letzten Tagen nicht schon bewusst geworden?

Gute Frage, ich folge völlig verblüfft meinem Taxifahrer.

Während ich mich auf dem chinesischen Festland herumgetrieben habe, ist ihm die vollendete Metamorphose gelungen. Seine stinkenden und in Betelnüssen eingeweichten Klamotten sind einem seriösen Anzug gewichen. Er muss auch seine Haare gewaschen und geschnitten haben. Die Fingernägel tragen keine schwarzen Ringe mehr. Nur das eine seiner Augen schaut immer noch bewegungslos ins Nichts.

Der Rücksitz seines Taxis ist blitzblank sauber, die Karre stinkt auch nicht mehr wie ein ausgewachsener Wasserbüffel, na bitte, geht doch. Hat der Tempelwächter den guten Mann wieder freigegeben! Der Zauber ist gebannt.

Ohne Zweifel, ich habe mich in dem Fahrer geirrt. Er hat bei unserer Fahrt zum Flughafen nicht nur meinen Terminal wissen wollen. Der alte Fuchs hat zudem auch überprüft, ob nicht noch eine zweite, lukrative Fahrt für ihn dabei heraus springt. Geschäftstüchtig sind die Chinesen, das muss ich ihnen lassen.

„Den Weg kennst du ja, also zurück nach Hsin-Chu."

Kapitel XVI.

Das Finale

終 場

„Peter, sie müssen dich wirklich übel behandelt haben." Lin-Lin massiert sanft meine Schultern. Ich komme mir vor wie ein Hauskätzchen, das seine täglichen Streicheleinheiten erhält.

Was heißt doch gleich >Katze< auf Chinesisch? Richtig, Katze heißt >mau< und >eine Katze< heißt >i tsche mau<. Sollte ich jetzt zufrieden schnurren?

„Peter, was haben die Chinesen auf dem Festland bloß mit dir angestellt?" Jacky wendet sich kopfschüttelnd der Flasche Erdinger Schwarzbier zu und füllt erneut unsere Gläser.

Die Globalisierung sendet nicht nur Marlboro, McDonald, Coca Cola oder Dixi Toiletten in die hintersten Winkel unseres Planeten. Das Erdinger Schwarzbier kann ebenso in diese Liste weltweiter Produkte aufgenommen werden.

„Peter, wieso musstest du unbedingt eine Schweiß, Blut und Tränen Tour in China durchziehen. Wären nicht ein paar feuchtfröhliche Abende in Hong Kong entspannter gewesen?" Gerd klopft seine japanische Mild Seven Zigarette ab und atmet einen kompakten Rauchballon knapp über der Mitte unseres Tisches aus.

Ich sehe der Wolke nach, wie sie die Gestalt eines kugelrunden Buddhas annimmt und langsam zwischen Jacky und mir Richtung Nachbartisch entschwebt. Gerd sollte sich diesen Kugelbuddha patentieren lassen.

Wieso bin ich wieder im B52? Wieso sitze ich mit Jacky, Lin-Lin und Gerd zusammen an einem Tisch? Wieso behandeln mich die drei so fürsorglich? Was wird hier gespielt?

Lin-Lin hat ihre Massage beendet und ihren alten Platz neben mir wieder eingenommen. Ich schaue in schneller Folge von Jacky über Lin-Lin zu Gerd und wieder zurück.

Richtig, es gibt ein Wiedersehen. Die Stunde der Endscheidung ist gekommen. Hier und jetzt werden die Gewinner und Verlierer der drei Wetten ausgehandelt. Wie stehen meine Chancen?

Die Situation könnte nicht verworrener sein! Ich muss jetzt Jacky Weiß machen, dass ich in China auch ohne Touristenguide super zurechtkam. Zur gleichen Zeit will Lin-Lin überzeugt werden, dass die Fahrt eine einzige Katastrophe war. Zu guter Letzt müssen meine Reiseerlebnisse in Gerd eine ungeahnte Chinabegeisterung auslösen.

Ich hatte jede Wette mit jedem einzelnen von ihnen ausgehandelt. Dass die einzelnen Wetten sich gegenseitig widersprechen, das stellte zum damaligen Zeitpunkt kein Problem dar.

Jetzt sitzen mir die drei Wettkontrahenten vereint gegenüber. Jetzt kann mir diese ungünstige Verschachtelung der drei Wetten zum Verhängnis werden. Ich muss zudem davon ausgehen, das Jacky, Lin-Lin und Gerd sich untereinander ausgetauscht haben. Jeder von ihnen weiß über die Wetten der jeweils anderen Bescheid!

Das darf doch nicht wahr sein! Während ich meine Haut in China zu Markte getragen habe, haben sie bei Nudelsuppe und grünem Tee Kriegsrat gehalten. Sie haben sich bestimmt eine Strategie zurecht gelegt, wie sie mir bei meiner Rückkehr das Fell über die Ohren ziehen können!

Irgendetwas ist schief gelaufen. Gottgüter Buddha, lieber Konfuzius, ist das die Rache des bösen Tempelwächters?

„So, Peter, wir sind ganz Ohr. Wie war es denn so in Chinesin?" reißt mich Gerd aus den Gedanken.

Er zieht ein belustigtes Gesicht und schaut zu Lin-Lin und Jacky. Alle drei heben ihre frisch gefüllten Gläser und prosten mir lächelnd zu.

„Alles mit der Ruhe, Gerd. Ihr habt es ja richtig eilig, eure Wetten zu verlieren", antworte ich und hebe nun ebenfalls mein Glas.

Die Gläser klirren, wir trinken alle und lächeln, was die Backen hergeben. Der Gedanke an ein feierliches Ritual kommt mir in den Sinn. Der Startschuss zum Finale ist gefallen.

„Also, Peter, jetzt erzähl mal", Lin-Lins Lächeln ist wirklich zuckersüß: „Wie hat sich denn mein kleiner Panda im großen China geschlagen?"

„Alles >i pu i pu lei< meine Liebe", antworte ich gelassen.

Richtig, um die drei Wetten zu gewinnen, werde ich Schritt für Schritt vorgehen müssen. Eine Reise wird ja auch Schritt für Schritt ...

„Habt ihr ihn gehört? Er hat als guter Tourist sogar ein wenig Chinesisch gelernt", frohlockt Jacky.

„Gib dir keine Mühe, Jacky. Die Redewendung hat er von mir", klärt Lin-Lin Jacky auf: „Ich habe meinem kleinen Panda die Worte bei unserem letzten Teehausbesuch beigebracht."

„Ja, ja", winkt Jacky Lin-Lin ab: „Für deinen nächsten Ausflug nach China musst du unbedingt mehr Chinesisch lernen, Peter. Ein paar aufgeschnappte Straßenbegriffe reichen dann nicht mehr aus! Weißt du was! Ich bringe dir Chinesisch bei."

„Was?" entfährt es mir. Ist meinem Chinesisch Lehrer da nicht eine Kleinigkeit entfallen? Und was will Lin-Lin ständig mit ihrem blöden Panda?

„Peter, hör nicht auf Lin-Lin und Jacky", tritt auch Gerd jetzt auf den Plan: „Ich sage dir was: Es ist egal, ob du Chinesisch beherrscht oder nicht, für die wirst du immer ein Astronaut bleiben."

„Ja in drei Herrgottsnamen, was ist mit euch denn los?" frage ich verwundert in die Runde.

„Genau, lass dir von den beiden nichts einreden", bringt Lin-Lin, meine Frage nicht beachtend, wieder ihren Panda mit ins Spiel: „Deine Reise hat dir ja bewiesen, dass du als Panda nur wenige chinesische Ausdrücke benötigst. Vorausgesetzt, du vergisst das Lächeln nicht."

Lin-Lin, woher willst du wissen, wie meine Reise war? Ich habe doch noch gar nichts erzählt, fährt es mir durch den Kopf.

„Das stimmt doch gar nicht! So läuft er ins offene Messer", vertritt Jacky erneut die entgegen gesetzte Meinung, „Peter, erinnere dich! Wie häufig haben sie dich, den dummen Touristen, ausgenommen? Nur indem du emsig Chinesisch lernst, kannst du dich aus deinem hilflosen Touristendasein befreien."

Jacky, wie stellst du dir bloß meine Chinareise vor? Ich habe doch noch gar nichts erzählt, gelange ich auch bei ihm zum selben Ergebnis.

„Es ist, als wenn wir von einem anderen Stern hier gelandet wären. Wir sind Astronauten unter vielen gelben Außerirdischen. Ihr Planet ist uns so fremd wie der unsrige ihnen." Versucht sich jetzt Gerd als Sektenguru? „Peter, das einzige, das mich hier noch aufrecht hält, das ist das Wissen, jederzeit mit einer Kapsel den Heimatflug antreten zu können."

Gerd, du musst nicht von deiner Person auf die meinige schlussfolgern.

Sind die Drei während meiner Abwesenheit närrisch geworden? Ich kann mir nicht anders helfen und unterbreche das Trio: „Stopp, stopp, so geht das nicht. >Ich verstehe nichts. Ich verstehe überhaupt nichts< >Wor butze dau, wor butze dau<."

„Was versteht mein kleiner Panda nicht?" Lin-Lin beginnt mit gespielter, besorgter Miene meine Hände zu tätscheln.

„Lass das!" befreie ich mich von ihr: „Ich dachte, wir sprechen hier am Tisch über unsere Wetten?"

„Das tun wir doch!" bestätigt Gerd.

„Ja, wir reden über nichts anderes als die Wette", pflichtet Jacky ihm bei.

„Die Wette also, ja prima, dann lasst die Katze, die >i tsche mau< mal aus dem Sack. Um welche der drei Wetten geht es gerade? Muss ich euch denn alles aus der Nase ziehen?"

„Wir sind natürlich bei unserer Wette, mein lieber Panda." Lin-Lins Lächeln ist die Unschuld selbst: „Bei welcher Wette bist du denn gerade?"

„Was? Was meinst du mit unserer Wette? ... Habe ich irgendetwas verpasst? ..." Ich schaue irritiert von einem zum anderen. Mit dieser Variante hatte ich nicht gerechnet: „Wieso, gibt es eine weitere, eine vierte Wette?"

„Wer hätte das gedacht? Unser großer Chinaexperte ist nicht im Bilde, unser kleiner Tourist hat keine Ahnung", spottet Jacky vergnügt.

„Ich habe es euch ja gesagt", amüsiert sich Gerd ebenfalls", in China ist er durch jedes Reisfeld gewatet, aber was vor der eigenen Haustüre abgeht, das weiß er nicht."

„Nun, Peter, das ist das schwere Los des Reisenden", lehrt Lin-Lin weise: „Während du fort warst, hat sich die Welt auch in Hsin-Chu weitergedreht."

„Die drei Wetten sind längst nicht mehr aktuell", fährt Gerd fort.

„Sie sind", Lin-Lin muss kichern, „Schnee von gestern."

„Wir haben während deiner Abwesenheit für dich mit entschieden", erläutert Jacky weiter.

„Aber jetzt muss uns mein kleiner Panda etwas verraten", Lin-Lin nimmt wieder meine Hände und beginnt sie mehr zu kneten als zu tätscheln.

„Genau", stimmt ihr Jacky zu: „Als du auf deiner Touritour in China warst, wie soll ich sagen, also, was für einen Eindruck hattest du von dir selber?"

„Ja, als du auf dem Planeten China gelandet warst, was haben die Chinesen in dir gesehen?" will auch Gerd wissen.

„Wie war das auf deiner Reise? Du hast dich doch am meisten als Tourist gefühlt oder?" Jacky rückt merklich dichter zu mir heran.

„Lass dir nichts einreden Peter. Du hast dich doch am meisten als Panda gefühlt oder?" Lin-Lins Händedruck ist bedeutend stärker geworden.

„Von Langnase zu Langnase, du weißt doch, in der Fremde müssen wir zusammen halten. Du hast dich doch am meisten als Astronaut gefühlt oder?" Gerds Stimme wirkt jetzt fast hypnotisch.

„Was wollt ihr von mir? >Ich verstehe nichts. Ich verstehe überhaupt nichts< >Wor butze dau, wor butze dau<." Ich weiß mir keinen anderen Rat, als den Redefluss meiner drei Freunde erneut in Deutsch und chinesisch zu bremsen. Die Methode hat ja schon einmal funktioniert!

„>jo venti ma< >Hast du ein Problem?<", fragt Jacky auf Chinesisch zurück.

„Wieso? Du musst doch nur zwischen dem Touristen, dem Panda und dem Astronauten auswählen. Was ist daran so schwer, Peter?" Lin-Lin entlässt meine Hände zurück in die Freiheit.

„Darum geht es nicht. Was ist mit den drei Wetten?" Wer hat sich dieses Durcheinander bloß ausgedacht? Ich fürchte schon allein deshalb zu verlieren, weil ich im Redeschwall und dem Chaos der drei untergehe.

„Jetzt stell dich nicht so an, Peter. Zu deinen drei Wetten kommen wir noch früh genug", beschwichtigt Gerd.

„Nein, was ist mit den drei Wetten?" Das darf doch nicht wahr sein! Den Kampf ums Finale hatte ich mir irgendwie anders vorgestellt.

„>Man man lei, man man lei< >alles mit der Ruhe, alles mit der Ruhe<", flüstert mir Lin-Lin ins Ohr.

„Nein, was ist mit meinen Wetten?" beharre ich stur.

„>Mäi venti, mäi venti< >kein Problem, kein Problem<", besänftigt jetzt auch Jacky.

„Die drei Wetten!" Ich bleibe hartnäckig auf meiner eingeschlagenen Linie. Wenn ich jetzt klein beigebe, dann bedrängen sie mich augenblicklich wieder mit ihren Touri-Panda-Astronauten-Nummer.

„Peter, nun sei doch nicht ..."

„Die drei Wetten", bohre ich unnachgiebig.

Ich kann es immer noch nicht fassen. Alle drei Wetten hängen von meinen Erlebnissen in China ab. Aber weder Jacky, Lin-Lin oder Gerd haben sich für diese Erlebnisse interessiert.

Wie können sie, ohne meine Reiseberichte zu kennen, über die Wetten urteilen? Die drei haben mich schlicht weg übergangen! Was fällt denen ein?

Stille! Das gibt es doch gar nicht! Nur aus der Musikanlage des B52 dröhnt es: „This is the end of the world ...". Es ist das erste Mal, dass eine kleine Gesprächspause am Tisch herrscht.

Vier Augenpaare suchen Blickkontakt, finden ihn und wenden sich ab, zur nächsten Suche. Schultern werden ratlos gezuckt. Biergläser werden nur gefüllt, um Aktivität vorzutäuschen.

Mir drängt sich ein anderer Gedanke auf: Lin-Lin sprach von dem Los des Reisenden! Ohne Zweifel, während meiner Reise hat sich die Welt auch hier in Hsin-Chu weiter gedreht. Hatte ich wirklich erwartet, dass alle und alles Bewegungs -und Tatenlos auf meine Rückkehr wartet? Das Leben geht auch für Jacky, Lin-Lin und Gerd weiter.

„Also wenn er unbedingt darauf besteht, dann tun wir ihm den Gefallen", höre ich meine drei Freunde diskutieren. „Wer fängt an?" „Am besten, du, Jacky."

Jacky nickt, wiegt seinen Kopf, streicht über sein Kinn. Nach kurzer Zeit, nach kurzem Überlegen nickt Jacky noch einmal.

„Also, Peter", beginnt er sein großes Wettbekenntnis, „mit unserer Wette ist es doch folgendermaßen: Wenn du gewinnst, dann bringe ich dir etwas Chinesisch bei. Wenn ich gewinne, dann spendierst du eine Karaoke Nacht.

Du weißt ja, wie ich bin. Ich konnte einfach nicht widerstehen. Das heißt, wie soll ich sagen? Was sind das für Spieler, die nicht auf Sieg setzen? Ich habe die Karaoke Nacht ein zweites Mal verwettet. Das hat sich einfach so ergeben.

Der Vorteil lag klar auf meiner Seite: Jeweils eine der beiden Wetten hätte ich ohne Verlust verlieren können. Im Falle eines Doppelsieges hätte ich sogar gute Möglichkeiten gehabt, das Geld für eine Karaoke Nacht einzustreichen. Ich weiß, das ist nicht ganz fair, aber so ist halt das Leben.

Ja, so ist das Leben. Und wenn du sicher bist, dass alles glatt geht, dann kommt immer irgendetwas dazwischen. Du weißt doch, Peter, kleine Sünden bestrafen unsere Götter sofort, größere später.

Ich habe noch keine Idee, wie und von wem, aber unsere hoch geschätzte Lin-Lin hat von der ganzen Geschichte Wind bekommen. Sie hat sich einfach in meine Angelegenheiten eingemischt, stell dir das mal vor.

Aber vielleicht hat dieser Umstand für mich auch alles wieder vereinfacht! Du bist nämlich ein Teil meiner zweiten Wette.

Du erinnerst dich doch an mein e-Mail? Ja, das ist gut. Also, wenn du morgen Abend mit kommst und bereitwillig deutsche Karaoke Lieder singst, dann haben wir die Wette gewonnen.

Du siehst, es geht gar nicht mehr darum, ob du in China zurechtkamst oder nicht. Es geht darum, ob du für uns ein paar Lieder zum Besten geben kannst oder nicht!

Ein bisschen Chinesisch kann ich dir natürlich noch ganz nebenbei lehren. Was meinst du? Denk gar nicht lange drüber nach, schlag ein."

Jacky reicht mir über den Tisch die Hand. Was soll ich tun? Ich schlage ein. So schlimm wird das Singen schon nicht werden! Im Grunde genommen habe ich gewonnen. Jacky lehrt mich Chinesisch und ich darf kostenlos eine Karaoke Nacht genießen. Schade ist nur, dass dieses neue Wettabkommen meine Chinareise überflüssig hat werden lassen. Wie sagte doch Lin-Lin? Die Reise, nein die Wette, ist "Schnee von gestern".

„Apropos Lin-Lin, wie hast du dir denn den Ausgang unserer Wette vorgestellt?" wende ich mich ihr zu.

„Ja, jetzt ist die Reihe an mir", kichert die kleine Insulanerin und nimmt erneut meine Hände. „Peter, ich muss es dir einfach sagen. Ich bin so glücklich. Ein ganzes Wochenende werden nur wir beide zusammen am Sonne-Mond-See verbringen. Ich habe schon die ganzen Tage davon geträumt, wie wir auf einer der Terrassen am See sitzen und die Sonnen Auf -und Untergänge genießen. Wir nehmen uns ein Hotel mit Balkon zum See hinaus. Während des Tages können wir eine Bootstour unternehmen.

Ach ja, bevor ich es vergesse, nicht nur der See ist wunderschön. Du wirst es kaum glauben, die Landschaft rund um den See ist ebenfalls nicht zu verachten. Besonders die dortige Bergwelt!

Na mein Guter, merkst du schon etwas? Wie lange lebst du schon auf Taiwan? Ich denke, es dürfte bereits mindestens ein halbes Jahr sein. Bei der Zeitspanne, mein lieber Panda, darf doch schon ein wenig Ortskenntnis verlangt werden! Findest du nicht auch? Ich war daher auf alle Fälle sehr überrascht, dass du in unsere Wette eingewilligt hast.

Ich meine natürlich nicht die eigentliche Wette. Wie lautete sie doch gleich? Ach, ich habe es vergessen ... sie spielt wirklich keine Rolle. Ich meine nämlich unseren Wetteinsatz!

Ich habe es zuerst gar nicht für möglich gehalten. Stellt euch vor, ich habe da im Teehaus gesessen und mir war, als ob ich träumte. Ich hatte tatsächlich den Verdacht, jemand hätte mir etwas in den Tee gegeben ...

Ich weiß, ich weiche vom Thema ab. Aber die Situation war so unglaublich ... Jacky, wie sagtest du vorhin: "Wenn du denkst, dass alles glatt geht ...", dann ist bestimmt irgendwo der Wurm drin.

Peter, ich habe tagelang darüber gegrübelt. Aber ich bin immer und immer wieder auf die gleiche Antwort gestoßen: Du hast dir eine recht originelle Idee ausgedacht, wie du mich zu einem Wochenende am Sonne-Mond-See überreden kannst. War es nicht so, mein Liebster?

Dein Plan war, dass es so aussehen sollte, dass ich mir selber die Idee mit dem Sonne-Mond-See ausgedacht hätte. Dass ich mit dir in einer Wette um ein Wochenende am See hätte kämpfen müssen.

Ich habe dich durchschaut, es war von vorn herein von dir so ausgeheckt worden. Nun gut, ich gebe auf. Du hast mich überredet. Ich komme mit dir zu dem See.

Ach ja, bevor ich es vergesse! Gerd, damit du auch weißt, worum es geht. Wenn mein geliebter Panda und ich an den Ufern des Sonne-Mond-Sees stehen, dann könnten wir in etwa eineinhalb Autostunden zum He-huan shan >shan = Berg< fahren. Die dortige Passstraße führt, ich habe extra im Internet nachgesehen, in eine Höhe von 3275m und direkt zum Taiwanschnee. Den Schnee gibt es aber nur im Winter zusehen!

Weißt du, was das bedeutet: Der Weg in die Berge, zu meinem See und der Weg in die Berge zu deinem Schnee, ist ein und derselbe.

Ist das nicht phantastisch? Ich schließe eine Wette ab, bei der ich nicht verlieren kann!

Ich kann es immer noch nicht glauben. Also, wie gesagt, da sitze ich im Teehaus und werde von meinem Panda zu einem Wochenende am Sonne-Mond-See ausgeführt. Ist das nicht toll?"
Lin-Lin klatscht begeistert in ihre Hände und entlässt somit die meinigen. Ich wäre ein Narr, ihr jetzt einen Korb zu geben. Ob ich will oder nicht, der Sonne-Mond-See ist beschlossene Sache. Weiber!
Wieso hat auch die Wette mit Lin-Lin nichts mit meiner Chinareise zu tun? Nein, so habe ich mir das Finale nun wirklich nicht vorgestellt.
Hatte mich der Red-Hot-Chili-Pepper-Dumpling derart abgelenkt, oder war ich in Gedanken schon tief ins chinesische Reich versunken? Lin-Lins Los des Reisenden war dieses Mal nicht schuld an meiner Niederlage. Wohl aber meine Faulheit, mich über Kultur, Land und Leute der kleinen Insel zu informieren. Ich nehme mir auf ein Neues vor, den taiwanesischen Reiseführer wieder zur Hand zu nehmen.
„Und Peter", höre ich Gerd, der sich erneut eine Zigarette anzündet, „alle guten Dinge sind drei!"
Ich nicke ihm zu. Jetzt kommt die Auflösung meiner Wette mit Gerd, der letzten der drei Wetten:
„Also, Peter", beginnt Gerd, als wollte er meine Gedanken bestätigen, „kommen wir nun zu unserer kleinen Wette.
Wie war das doch gleich? Ich erinnere mich genau. Du wolltest so viel tolle, interessante Geschichten von deiner Reise erzählen. So viele, dass ich geradewegs in den nächsten Flieger nach China springe.
Nun Peter, korrigiere mich bitte, wenn ich mich irre, aber bis jetzt habe ich noch keine einzige Geschichte von dir vernommen. Sollte unser tapferer Weltenbummler doch verloren haben? Ich kann dich beruhigen Peter, du hast unsere Wette gewonnen. Ich kann es selber kaum fassen, aber es ist tatsächlich so. Ich werde

nächste Woche nach China aufbrechen. So schnell kann das gehen.

Du wirst dich fragen, was mich zu diesem Schritt bewegt hat? Das ist schnell erzählt: Du weißt ja, wie meine Firma ist. Ein Viertel wollen sie jetzt auf die Straße setzen. Ich kann es immer noch nicht glauben, ganze 25% schmeißen sie einfach raus.

Was soll ich sagen. Die Kündigungslisten sind noch nicht raus. Du kannst dir aber vorstellen, dass jetzt die ganze Mannschaft stramm steht. Mich haben sie, obwohl oder gerade wegen meiner Chinabegeisterung, sofort ins selbige beordert. Was habe ich für eine Wahl?

Du siehst, während du in China warst, hat sich auch hier so einiges getan.

Aber das soll nicht zu deinem Schaden sein. Lin-Lin, unser großer Schiedsrichter, hat gesprochen. Sie meinte, es würde schon recht merkwürdig sein, wenn ich die Wette gewinne und ein paar Tage später nach China fliege. Nun gut, machen wir das Beste daraus! Ich lade euch alle zu einem kleinen Abschiedsdinner an der Ostküste ein. Aber nur unter der Bedingung, das Lin-Lin oder Jacky fährt."

„Du hast noch eine Kleinigkeit vergessen, Gerd", merkt Lin-Lin an, „wenn du in zwei Monaten wiederkommst, so wie deine Firma es entscheidet, geht das Begrüßungsdinner an Peter."

So einfach geht das also. Ich werde zum Karaoke eingeladen, erhalte Chinesischunterricht, darf auf große Entdeckungstour in die taiwanesischen Berge aufbrechen, werde zum Garnelenessen an die Ostküste gefahren und darf selber zum Dinner laden.

Das alles ohne mein Dazutun und vor allem ohne meine Chinareise. Ich hätte genauso gut zu Hause bleiben können ...

... oder hat der Wettausgang mehr damit zu tun, dass ich eben kein Spieler bin, sondern einfach nur ein Reisender?

... oder wären Jacky, Lin-Lin und Gerd mehr Reisende als Spieler, dann hätte ich doch noch einige nette Geschichten aus China erzählen können.

... aber ich bin ein Reisender und kein Geschichtenerzähler!

... oder ist an der Bemerkung von Gerd und Jacky, ich sollte mir ein paar schöne Tage in Hong Kong machen, doch etwas dran?

Die Lautsprecher im B52 verkünden: „I can get no sleep." Wie auf ein Zeichen heben wir alle unsere Gläser und stoßen an.

Das war es also, das Finale!

„Also, Peter, was ist jetzt."

„Genau, du hast deinen Willen bekommen, jetzt sind wir dran."

„Mach es nicht so spannend, dir kann es doch egal sein."

„Panda, Panda, Panda."

„Was, ich habe gewusst, das er parteiisch ist."

„Recht hast du, lass dir von den beiden nichts erzählen."

„Mein gottgütiger Tempelwächter, ich meine Buddha, was habt ihr euch denn da für eine Wette andrehen lassen."

„Ja, ja, nachher weiß man alles besser."

„Was für ein Tempelwächter?"

„Was meinst du?"

„Bevor ich es vergesse, Peter, frag mal bei China Airline nach, die haben jetzt auch jede Menge Direktflüge von Taiwan nach China."

„Ja, ja, nachher weiß man alles besser."

Vielen Dank an:

An meine taiwanesische Frau Rachel, die erst die Übersetzung aller Überschriften ins alte Mandarin ermöglichte. Zudem meine Sprachkenntnisse des chinesischen erweiterte und so für einige Spracheinlagen in diesem Buch sorgte.

An Frau Ulrike Wentz, die mühselig all die unendlichen Rechtschreibfehler und Zeichensatzfehler soweit es ging korrigierte.

Vor allem aber an alle Pandas, Astronauten und Touristen, die dieses Buch erst möglich gemacht haben!